魯《ろ》鈍《どん》の人

信長の弟、信秀の十男と言われて

牛《ド》一《ン》

Illustration ニシカワエイト

斉藤利政
帰蝶

魯《ろ》鈍《どん》の人

信長の弟、信秀の十男と言われて

牛一《ドン》

Illustration　ニシカワエイト

新紀元社

目次

プロローグ

胡蝶の夢でも見ているのだろうか。

俺は車を運転して土砂崩れに巻き込まれた。気付くと赤ん坊に生まれ変わっていた。

しかも、戦国時代だった。

戦国時代と判るのにも時間が掛かった。なぜなら赤ん坊の目はピントが合わず、顔がぼやけて誰かわからない。耳も巧く音を拾えず、何を言っているかわからない。ようやく目が見え、音が拾えるようになって知ることとなった。

一ヵ月くらいは何もできなかったのではないだろうか。

俺の世話を焼く女達が妙に堅苦しい言葉を使い、その衣装は着物だった。そして、男共が兜鎧《かぶとよろい》のコスプレをしていたのを見た時は首を捻った。ロールプレイングにしてはあまりに凝り過ぎている。その推理から思い浮かべた『魂のみのタイムスリップ転生?』などという奇想天外《きそうてんがい》過ぎた結論を受け入れるには時間が必要だった。

ただ、考える時間はたっぷりとあった。俺は動きたくとも上手《うま》く動けない乳呑み子であり、乳呑み子は乳母の乳を吸って、波の音を子守り歌に悠久の時間を過ごすのが仕事だ。そして、なにもせずとも皆が色々と教えてくれた。

なに、俺は織田信長《おだのぶなが》の弟……信秀《のぶひで》の十男だと?

しかも十男、信長の弟に十男がいるとは知らなかった。

ホント、びっくりだ。慌てるより呆れた。

親父、頑張り過ぎだろう。


母は、熱田商人の大喜嘉平《だいきかへい》の娘で『熱田の楊貴妃』と呼ばれ、その噂を聞いた女好きの親父が、楊貴妃を我が物にせんが為に今川氏豊《いまがわうじとよ》の那古野城《なごやじょう》を騙し奪ったと噂されている。親父は母に熱烈な愛を語ったらしい。いつの時代も大衆はそんなゴシップを喜ぶのだろう。

だが、真実は少し違う。

お爺の大喜嘉平は熱田神宮神官の大喜五郎丸《だいきごろうまる》の縁者の商人で、熱田でも中々の豪商だった。大喜五郎丸は熱田の長の一人で、親父は熱田との縁を結ぶ為の愛妾として母を見初めたのだ。その証拠に俺を身籠もっても側室されず、俺が生まれると熱田衆で中根南城主の中根忠良《なかねただよし》に母を下げ渡し、俺ごと中根南城《なかねみなみじょう》に預けてしまった。

親父は熱田衆を信用している証として、熱田神宮に俺を預けたのだ。

悪い言い方をすれば、人質……ゴホンゴホン、基《もとい》、神に奉納した人身御供《ひとみごくう》だ。

俺が生まれた天文十五年（一五四六年）頃の親父は最盛期であり、東は三河の安祥城《あんじょうじょう》から西の美濃牛屋城《うしやじょう》（後の大垣城《おおがきじょう》）までの三国にわたって領地を支配していた。

しかし、翌天文十六年（一五四七年）に『美濃の蝮《まむし》』と嫌われる斉藤利政《さいとうとしまさ》（後の道三）との『加納口の戦い』に敗れ、天文十七年（一五四八年）に東三河の『小豆坂の戦い』で今川軍に敗れた。

【プロローグ】


その今川軍を指揮していたのは、戦国の覇者である『東海一の弓取り』と呼ばれる今川義元《いまがわよしもと》を育てた雪斎《せっさい》和尚（太原崇孚《たいげんそうふ》）だ。

戦った相手が悪かったのだ。

幸いにして、俺は戦禍とは無関係に過ごしていた。

俺が住む中根城は熱田の東に位置し、鎌倉街道の中渡し場となっており、潮が満ちて松炬島《まつごじま》に行けない時に舟で渡る中道となる。あるいは、天白川《てんぱくがわ》の上流にある渡り場の迂回路として栄えていた。

海も近く、潮風が気持ちいい、住むにはいい所だった。

お爺が豪商だったので金に困ることはなかったが、生活は不便だった。まず布団がなく、板の間に直に寝させられるので寝返るとゴツゴツして痛い。

生まれてから六ヵ月後に冬が来た。

掛け布団代わりに服の重ね着で寒さに耐えるが、マジで寒い。手足が凍え、震えながら何度も死ぬかと思った。赤子らしく自重しようと思っていたが凍死しては元も子もないと自重を捨てた。凍え死にしたくなかった。俺は発音できるようになっていたので暖を取る為に頑張って呼び掛けた。

俺の必死の呼び掛けに侍女や女中らが首を傾げ、駄々を捏ねているようにしか見えない俺に困り果てた。だが、奇跡的に気持ちを汲み取ってくれる女中が一人いて、女中は俺付きの侍女となった。

他の侍女らが「どうして言ってる意味が判るの？」と俺付きの侍女を問い質していたが無視だ。

そして、その侍女に練炭《れんたん》を作らせた。あれは練炭というより炭団《たどん》かな？

海藻の一種の布海苔《ふのり》を繋ぎ糊《のり》として炭に混ぜて、燃焼時間を長くする生活の知恵だ。

大昔の暖を取るための便利なグッズだ。

さらに、海藻を燃やした灰と油を混ぜた『なんちゃってソフト石鹸』と、その灰を濾したうわ水に塩と油と果実汁を混ぜた『なんちゃってシャンプー&リンス』を作らせた。でも、髪の洗浄力より艶に際立つ米糠のうわ水を使ったシャンプー&リンスのほうが喜ばれた?

女心は微妙で判らん。

色々とやらかしているうちに暖かくなり、春となった。

やっと片言が話せるようになってきたが、発音が前世とは微妙に違う。『はは』は正確には『ふぁふぁ』と発音するため間違いを訂正された。

「は・は・う・え、こ・れ・は・な・ん・と・よ・む・の・で・す・かぁ」

「今日はこれを読むの?」

「あ・い」

「では読みますよ」

「あ・い」

自力で本も持てない身なので母上や侍女に読んでもらい、このミミズが這ったような文字を丸暗記してゆく。古典や漢文が苦手だった記憶はないが、独特の原文に苦労した。

この頃には、根気よく聞いてくれれば、誰とでもコミュニケーションを取れるようになっていた。

義父上《ちちうえ》の中根忠良は何が嬉しいのか、近くの領主や城主らを呼んでは自慢した。

今日の客が誰かは知らないが、とにかく、お客が絶えない。

【プロローグ】

「さすが、魯坊丸《ろぼうまる》様。信秀様のお子だ。これほど聡明とは」

「そうで御座いましょう」

「まだ二歳とは思えませんな」

「大事に育てようと思っております」

「熱田明神様の生まれ代わりと噂される事だけある。これは殿にお知らせせねばなるまい」

「よろしくお願いします」

「任せておけ」


この魯坊丸という名が、俺の幼名だ。

幼名というのは大人になるまでの名であり、あの有名な織田信長の幼名は吉法師《きっぽうし》である。俺の魯坊丸という名も親父である織田信秀から頂いた。

とにかく、母上に骨抜きにされただけかもしれないが、義父上《ちちうえ》は俺のことを溺愛してくれた。

今、二歳と聞こえたが、正確にはゼロ歳だ。

この時代は『数え年』で生まれた時点から一歳と数え、天文十六年（一五四七年）正月を迎えて二歳になったが、初夏に生まれた俺は、二ヵ月後の誕生日を迎えても、まだ満一歳なのだ。

ある日、俺は白湯を差し出す侍女の手のあかぎれに気付いた。

どうしてかと聞くと、中根南城は海に面しており、城の北にある井戸から水を汲んで城の大甕に満たす作業があるらしい。春といってもまだ寒く、何十回も往復した結果だった。

な、なんと夏場になると大甕にボウフラが浮く事もあると言うのだ。

駄目だ。これは駄目なやつだ。

生活改善をするしかない。まず、大甕を改良して濾過《ろか》式浄水器を造らせた。大きな桶に大石、小石、砂、砂利、炭、砂利、小石などを重ねた物であり、これで綺麗な水を確保させた。

幸いな事に他にも知恵はいくらでもあった。

前世の俺は国家プロジェクトに失敗し、岐阜のど田舎の保養センターに左遷された。そこで暇を持て余した俺に釣り友達になっていた村長から『村おこし』を頼まれた。爺さん婆さんに地元産の手造り品を作らせて売ることにし、地元名物の梅酒を完成させた。花見の時期には、鉄砲『種子島』の実演をして客を呼んだ。

村には予算がなかったので手造りから始まり、俺は様々な知恵と技術を習得する事になったのだ。その経験を生かし、『村おこし』ならぬ『熱田おこし』がやれるのだ。

俺が材料探しのために抱っこされて城の外に出掛けると、母親似で麗しい見た目の稚児である俺は「熱田明神様の生まれ代わり」とか言って崇められた。噂を流した張本人は熱田神宮の大宮司である千秋季光《せんしゅうすえみつ》様だ。義父上《ちちうえ》が俺自慢のために一番多く呼んだ方だ。季光様は俺を教祖に仕立てて持ち上げる事で、織田家との繋がりを強くする事を狙っていた。

俺をヨイショしても何も出ないぞ?（出ないよね?）

そんな胡散臭い大宮司様はともかく、竹を燃やして竹酢液《ちくさくえき》を作らねば。蚊連草《かれんそう》にタブ粉を混ぜ、ナデシコと椿油《つばきあぶら》を合わせてうずまき形に整えた蚊取り線香も作った。

次に、大変な井戸の水汲みを簡単にする『竹ポンプ』に着手した。

【プロローグ】


俺は細工作りが得意な庭師に頼んで竹細工で井戸に竹ポンプを作らせた。竹ポンプはすぐに壊れるおもちゃだが庭には材料がたくさんあった。

片言の俺に付き合ってくれる侍女と庭師に感謝しかない。

お礼に庭師と侍女らに作物の収穫を増やす知恵を授けた。

実家の収穫が増える事で喜んでもらえるだろうか？

ただ俺の知識は中途半端だったので、庭でも色々とテストしておく事にした。

皆、田畑作りに手慣れていたのは驚いた。


初夏が近付き、俺も正式に一歳となった。

かなり生活改善は進んだが、生活が整うとやはり我慢できないのが食事である。数え年で二歳となったからなのか、年が明けてからは乳を止めて離乳食となっていた。俺の舌では乳も離乳食も味など判らないが、無性に醤油をかけた焼き魚と豆腐入りの味噌汁が食べたい。そう思ったから、味噌職人を誘致して醤油・納豆・豆腐・麹などを作らせることにした。

分野違い？

そんな事知るか。次期城主が欲しいと言えば、無理でも造らねば首が飛ぶ。いやいや、俺はそんな乱暴な事はしないぞ。だがしかし、周囲の無言の圧力が職人らを苦しめる。すまん。俺の為に頑張ってくれ。

山羊が手に入れば山羊乳でバターを作らせた。

次に小麦があるので水車を造ってうどんを作らせたが、卵が使えないので山芋と豆腐で代用させる。麻糸を調達して網を作らせ、網漁を推奨すると、毎日魚がお膳に上がるようになった。網漁が広まっていなかったのは謎だ。

実際に俺が離乳食を卒業して魚を食したのは、歯が生え揃った夏の終わり頃だった。

その頃になると、お爺が次の発明品は何かと急かしてくる。

そのお爺の期待に応えて、活動範囲を城の外へ外へと延ばしていった。

えっ、外を歩けたのかって？

当然、あんよが上手程度の俺は歩けないので、お供の者に抱っこされていた。

中根城の周りには長根荘《ながねそう》という古くからある農地が広がり、熱田社領になっており、そこを治めているのは村上一族だ。土豪らを手懐けるのは大変な事なのだと義父上《ちちうえ》は言う。

だが、あの熱田の大宮司様が俺のことを「熱田大明神の生まれ代わり」と宣伝してくれたので、信仰心の篤い村上一族は俺を神の子と崇めて何かと協力してくれる。俺を大教祖に仕立てるウザい大宮司と邪険にしてすまなかった。土豪が無言で従ってくれるのも大教祖ゆえだ。

大教祖様、万歳。

春に出掛けた時に俺を歓迎してくれた村上一族らには、春から夏に掛けて米を作り、秋から春まで麦を植えるように指示した。山から調達した簡単な腐葉土肥料でも少しだけ収穫量が増えた。それから今後のために肥料小屋でちゃんとした堆肥《たいひ》を作らせることにした。

本格的な水田は水路などを引く土木作業もあり、簡単ではない。

村上一族に命じれば、無理を押してもやってくれるが、それは違うと思い、労働力として河原者を雇うことにした。手が足りない時に、村上一族も雇う事があると聞いたからだ。

河原者を集めると熱田明神効果か集まり過ぎたので、土木作業全般を河原者の仕事とした。

多少は自前で食料を調達できる様に抱っこ紐（吊り紐）の練習もさせる。

抱っこ紐とは、スリング（投石ひも）の事である。紐で石を回して遠心力で遠くに飛ばす。その飛距離は四百五十メートルと大弓に匹敵し、投げるのが石なので材料に困らない。人類史上、狩りに使用した最古の武器の一つだ。

その抱っこ紐を使わせて猪や鹿の駆除を積極的にさせ、狩った鹿や猪は血抜きし、河で冷却させて捌いてもらった。これで定期的に害獣駆除を兼ねた肉も手に入るようになった。

彼ら河原者らは何も疑わずに凄く素直に俺の言う事を聞く。

金策の為に適当に木を取ってこいと命じると、小山ができるほどの木々を取ってきた。曖昧な命令をすると大変な事になると知った。だが折角取ってきてくれた木なので、全部の木に椎茸の胞子を植えさせた。贅沢品の椎茸をたくさん使ったので呆れられたが、春にはたくさんの椎茸ができるはずだ。

中根南城で河原者が優遇されているとの噂が流れ、次の寒さから逃れようとした河原者が増えてきた。河原者らに文字と計算を教えて人材育成だ。もっと使える人材にするぞ。

もう乗りかかった船と、俺は覚悟を決めた頃だ。

天文十六年（一五四七年）九月十日。

二度目の『加納口の戦い』が起こり、親父が大敗を喫した。

その戦で大宮司様（千秋季光）が亡くなって、子の季忠《すえただ》様が大宮司を継いだのだが、季光の遺言なのか？　困った時は熱田大明神様に相談しろと言い残しており、季忠様は何かあると『大明神様！』と俺に助けを求めてくる。

俺は「〇〇えもん」じゃないぞ。

十月初めに新大宮司様がまたやってきて、熱田明神の知恵を貸してほしいと言った？

詳しく聞くと、えっ⁉　俺に神官しろって事ですか。

こ、断わりきれなかった。

織田軍が美濃で大敗を喫したことが原因だ。そのすぐ後に岡崎城《おかざきじょう》を奪って、親父の面目を保ったそうだが、美濃に出陣して討死した者は数知れない。先代の大宮司を始め、織田贔屓の熱田衆の多くが亡くなった。熱田神宮内では織田派が劣勢となり、若い新大宮司のみで擁護するのが難しく、熱田明神との神望《じんぼう》の高い俺を据えて対抗しないと面倒な事になりそうだったのだ。

俺は会合の奥座敷に座っているだけだが、それだけで不満の声が小さくなるから不思議な話だ。

熱田神宮に出掛けることが多くなると、路上で飢える棄民《きみん》が目に付く。戦禍で土地を追われ、流れて逃げてくる者らであった。俺は餓死して死んでゆく子供を見捨てるほど冷徹になれない。

だが、助けるには銭が足りない。

これは清酒と焼酎で儲けるしかない！

実は、前世の『村おこし』が軌道に乗ったのが酒造りを始めてからだった。

正確には、『梅酒』を造って売ろうと思ったのが、酒を造るには製造免許が必要であり、その面倒な審査をすり抜ける裏技として、倒産しそうな酒造所を買い取った。それから酒を造りたい人を公募で募り、酒造所を彼らに任せた。赤字さえ出さなければそれでよかったのだが、その酒が地元の名産品として売られて、村おこしの予算を捻出してくれたのだ。

嬉しい悲鳴の想定外だったが、酒造りは予算的に美味しい事を知った。

熱田なら米と麦はいくらでも集まってくるので原料に問題はなく、酒を造る人手は路上から拾って労働力にできる。

もちろん、酒造りには、腕の良い杜氏《とうじ》と質の良い酵母《こうぼ》などが必要であり、人手だけあっても色々足りない。だが、俺は伝統の酒造りの工程と器具など一通り覚えている。

機械化された大手の酒造りは真似できないが、機械化していない伝統の酒造りなら不可能ではない。

低予算で酒造所の準備をさせられた苦労がここで生きる。

そして、この時代の人の根性が凄かった。

米研ぎの精米歩合六十パーセントとか、桶を回して米を研ぐのだが、機械で回しても十八時間くらいは掛かる。それを七日七晩も人力で桶をぐるぐると回し続けるのだ。

この死ぬほどつらい作業も交替で平気な顔でやってくれた。

天文十六年（一五四七年）十二月に最初の酒ができた。もちろん、一度で成功するとは思わないが……えっ、一度目で成功してしまった（嘘だろう？）

最短六十日で完成した。成功したのは二十樽のうち、わずか一樽だったが……。

俺もこっそりと舐めてみたが味はやはり判らない。だがしかし、熱田の杜氏らが大絶賛だった。

試しに親父らにも配ってみたがやはり大好評らしい。

おぉ、これでいいのか⁉　駄目だろう。伝統の味がこんな簡単に再現できる訳がない。

伝統の味に後ろ髪を引かれたが、売れる目途が立ったと笑みが浮かんだ。

今回の採算は大赤字だったが、黒字化できる目途が立った。

意気揚々とお爺らと祝杯を上げ、皆にご馳走を振る舞って事業の拡大を計画した。

そんなドタバタの中で、年が明けて天文十七年（一五四八年）正月を迎えた。

何故か、お裾分けの酒を親父が帝に献上して大量の注文を受けてきた？

偶然に大酒呑みの山科言継《やましなときつぐ》卿が尾張に立ち寄っており、土産の酒が帝に渡ったとか。

意味が判らん。ともかく酒造所を増やさなければ、納期に間に合わないぞ。

酒造所での成功率は半分、否、四分の三が失敗すると仮定しよう。

失敗した酒は焼酎やお酢として再利用にチャレンジしているので無駄にはならない。

しかし、失敗作を献上酒として使えない。

そうなると酒造所の数が、ひい、ふう、みい、よ、いつ、む、なな、や、ここの、とお……とたくさんとなり、作業員の住まいを建てると、村となる規模だった。

酒の秘伝を探りにくる間諜《かんちょう》（スパイ）にも警戒が必要であり、素人では絶対に守り切れない。

お爺に相談すると、伊賀忍を雇う案が出た。

なんでも熱田商人が堺に商品を運ぶ時に、伊賀越えの護衛として伊賀の者を雇う事があるそうだ。

もちろん貴重な商品を運ぶ時に限るらしいが、熱田に住む伊賀友生《いがともの》出身の数珠商人の主人を通じて、伊賀者と連絡が取れるらしい。

で、その見積もりの総額が三千貫文（三億六千万円相当）と訳が判らない額になった。

ぜ、銭が足らん！

こんな大金を出せるのは親父しかなく、親父と会う事となった。

親父は『尾張の虎』と呼ばれるだけある強面で、筋肉が盛り上がった強そうな武将だった。

部屋に入ってきた親父は帝に清酒を褒められて上機嫌だったが、俺が差し出した酒造りの事業計画書を睨んで難しそうな顔になってゆき、むむむっと唸る。

大量の酒造所を建造する額が大き過ぎたか？　だが、これは必要経費だ。

親父が顔を上げて聞いてきた。

「警備に忍びを雇うのか」

「製造技法を守らねば、酒の利益は一時的に終わってしまいます。忍びを召し抱えるのは、そのほうが秘密漏洩を防ぐと思ったからです。また、河原者や浮浪者・孤児を雇い、酒村に囲うのも秘密保持の為にございます」

当時のことを日記を書きながら文字に直すと流暢《りゅうちょう》に話しているように思えるが、その時の俺は「せいぞうぎほう、を、まもらねば、さけ、の、りえきは、いちじ……」と一句ごとに息継ぎを入れて話していたので、かなり聞き取りにくかったと思う。だがら、俺の言葉がちゃんと通じたのかと心配だった。

　長い間を置いて、親父はその重い口を開いた。

「お主は何歳になった」

「三歳となりました」

　年が変わったので数え三歳だが、正味一歳九ヶ月だ。

なんとか線は引けるが字は書けないので、計画書も俺が指示して侍女に書かせた。

その計画書を掴み、俺をじっと睨んだままで親父はしばらく黙り込んだ。

　難しい顔をした親父はゆっくりと重い口を開いた。

「今川に勝つにはどうすれば良いと思うか」

「今川に？　何を聞かれているのか、意味が判りません。しかし、勝つ必要などございません。三河に拘るのは馬（鹿）……でなく、従わない三河衆などは損切りすればよろしいと思います。そして、今川を憎む三河衆に銭を渡して反抗させ、織田家は直接に戦わないのが得策です」

「戦わぬ武将に領民は付いてこぬ。それを如何《いかが》する」

「身の丈に合わぬ領地など不要です。石高が上がれば、領民は付いてきます。銭があれば、兵を雇えます。他に何が要りますか？　酒蔵の警備兵を雇うように常備兵を増やし、普段は開拓などさせて、広がった農地を家臣に貸し与えれば、石高も増えて味方する者も多くなるでしょう。いずれ常備兵が多くなれば、家臣の兵を当てにする事もなくなります……と、簡単に言いましたが、十年は掛かる大事業です。お忘れ下さい」

「…………………」

親父は絶句してしまった。

途中で本音が漏れそうになったがセーフ、セーフ、セーフだ。

誤魔化す為にツラツラとしゃべって、最後に〝にぱぁ〟っと母譲りの悩殺スマイルを向けた。

「相判った。三千貫文を用意してやろう。好きに使え」

「ありがとうございます。必ずや清酒造りを成功させてみせます」

「励め」

そう約束すると帰ってしまった。

それから親父とは会っていない。信光《のぶみつ》叔父上が俺の窓口になってしまった。その信光叔父上は気さくな方で俺の話に興味を持ったのか、色々と聞いてくるので俺も色々としゃべってしまった。

口は災いの元だ。

親父が許可を出せば、土地も使い放題、開拓や埋め立ても自由にできる。

俺は親父を金蔓《かねづる》（パトロン）として大切にしたい。

簡単に死んでもらっては困るので、信光叔父上と身辺の警護を厚くする計画を立てて毒殺も警戒したし、甘い酒を呑み過ぎて糖尿病にならぬように健康にも気を付けさせた。

気が付くと俺の知っている戦国時代とまったく違う流れになっているような？

もうどうとでもなれ、人間万事塞翁《にんげんばんじさいおう》が馬だ。

第一話　赤塚の戦い、信長兄ぃとの対決

天文二十一年（一五五二年）、俺は数え年で七歳となった。

その三月三日に『尾張の虎』と呼ばれた親父、織田信秀が逝った。

顔を会わせたことは一度しかなく、親父が死んだと言われても悲しくもなかった。

それとも歴史上の人物と思えたからだろうか？

しかし、親子の情はなくとも大切なパトロンである。親父に長生きしてもらおうと努力はしたのに……何故だ。去年の秋までは元気であり、親父は敵を欺く為に病の振りをしていただけだった。

だが、秋が深まる頃に本当に寝込んでしまって、回復する事もなく、亡くなってしまった。

これが歴史の修正力とでもいうのだろうか？


俺が住む中根南城は御器所台地《ごきそだいち》の南の端にあり、天白川の河口に近い海岸の小城だ。

白石と呼ばれた石灰を用意してローマンコンクリートで段々畑のような曲輪を造った。そして、その内側に草花を植え、家畜を飼い、拾ってきた者や各地から呼んだ技術者の小屋を建てて住まわせた。さらに、防備を固める為に周りを高い壁で覆うと、板壁に囲まれた屋敷が四年の歳月で海に突き出して聳える小城になってしまった。

そして、その一つ一つの外輪が俺の遊び場だった。

そんな外輪の一つで作業をしながら親父の事を考えていると、遅れて親父の死を知った義父上《ちちうえ》が俺を捜しにきたらしく、声が聞こえてきた。

「魯坊丸、魯坊丸はどこか？」

「若様なら庭におります」

「千代か。庭で間違いないか」

「裏庭のほうでございます」

「そうか、判った。城の警戒は厳にせよ」

「すでに準備は終わっております。警護担当の加藤が頑張っておりますので問題ございません」

「ならばよし」

この城の城主である義父上《ちちうえ》の中根忠良が声を掛けたのは望月千代女《もちづきちよじょ》という。

なんと武田信玄《たけだしんげん》の情報網『歩き巫女』を作ったと、現代に伝わる伝説の『くノ一《くのいち》』だ。


千代女が俺の下に来る事になったのは、あの四年前、天文十七年（一五四八年）の酒造りの話の後に遡る。俺は朝廷に納める酒造りの為に三千貫文を親父にねだった。

その三千貫文を使って酒造りの村を作るならば、出掛ける事も多くなるだろうと、親父は岩室宗順《いわむろそうじゅん》を名代として送ってきた。この宗順は元甲賀の忍びであり、親父の警護を担当していた。

宗順から『護衛を付ける。どんな忍びが良いか？』と問われ、忍びと聞いた瞬間にテンションが上がって俺はヤラかした。

忍者といえば、猿飛佐助《さるとびさすけ》とか、霧隠才蔵《きりがくれさいぞう》を思い浮かべる。

だが、彼らは実在が怪しい。

有名な武田の『三ツ者』や上杉の『軒猿《のきざる》』からの引き抜きは不可能だ。

そして、同じく武田の『歩き巫女』も無理……と思った瞬間に閃いたのだ。

口伝に残る女頭の千代女は戦国後期の人物なので、まだ嫁いでいないかもしれない？

俺は望月千代女が欲しいと宗順に言った。

宗順は凄く不思議そうな顔をして帰っていくと、末森城《すえもりじょう》の親父に報告して指示を仰ぎ、親父の命令で宗順は甲賀に行かされた。

宗順も二十年以上も里に帰っていなかったので、千代女の存在を知らなかったらしい。

だが、望月家の棟梁である出雲守《いずものかみ》とは面識があり、宗順は望月家を訪ねたのだ。

そこでこんな会話があったらしい。

「宗順も偉くなったな。それで、今をときめく織田様が甲賀の山奥に何の御用だ」

「こちらに千代女という者はございますか。ございますれば、織田信秀様のご子息、魯坊丸様の護衛として雇いたいと思っております」

「千代女の名をどこで？」

「某《それがし》も知りもうさぬ。魯坊丸様が直にご指名されました」

「魯坊丸様というと熱田の？」

「如何にも」

「今熱田明神様は千里眼でもお持ちなのか」

「まったく見当も付きません。某がお聞きしたいくらいです」

「ふふふ、面白い。行ってみるか、千代女」

「父上。行かせて下さい」

千代女が実在した事に宗順が驚き、加えて出雲守の娘だった事にも驚いたという。

出雲守は日の出の勢いの『尾張の虎』に興味を持ち、誰かを潜らせる算段をしており、そこに宗順がやってきたのは渡りに船であった。そして、探らせるつもりが、どっぷりと蜜月な関係になるとは思っていなかっただろう。

そもそも、宗順が言った『どんな忍びが良いか？』とは、男か女か、同い年か年長者かという意味であり、どこの誰が良いかという意味で聞かれた訳ではなかったのだ。

テンションが上がった俺の誤解と偶然で手に入れた奇跡だった。千代女は護衛だけではなく、秘書としても非常に優秀だった。


さて、千代女に連れられて、義父上《ちちうえ》が俺の下にやってきた。

「魯坊丸、魯坊丸はどこか？」

「義父上《ちちうえ》。こちらでございます」

「捜したぞ。一番外の広場であったか」

「グライダーの実物大の模型を造らせておりました」

「ぐらいだ？　また奇妙なモノを……まぁよい。今はそれ所ではない。大殿が亡くなられた」

「そのようでございます」

「すでに知っておったのか」

「去年の秋の終わり頃から伏せっておりましたから、覚悟しておりました」

「去年の秋？　大殿が体調を崩されたのは一昨年からだぞ」

一昨年とは、天文十九年（一五五〇年）の十二月の事だ。今川勢に押されて尾張領まで進行を許し、困った親父は公方様（将軍）の力を借りて停戦交渉を纏めると、体調不良で公務を次男の信勝《のぶかつ》に譲り、病気療養と称して末森城の奥に籠もってしまった。

家臣らは美濃や三河の領地をすべて失ったショックで、親父が気落ちしていると思っただろう。

床に呼ばれた家臣も、親父の気弱な言葉に織田家の将来を心配した。

だが、冷静に考えてほしい。

今年になって妹が二人も増えており、この後に四人の弟妹《ていまい》が生まれる予定だ。

去年の夏までに六人の側室を孕ますほど元気だったということだ。

六人もだぞ、元気過ぎだろう。

つまり、今川を騙す為に病気と偽って奥に籠もっていたのだ。去年の秋の中頃にご懐妊の報告を聞く度に親父は本気で隠す気はあるのかと、俺は呆れていた。

そんなご懐妊の朗報を怪しいと思わず、義父上《ちちうえ》は一昨年の冬から倒れたと思っているようだ。

「去年の秋だと？　何を惚けておる。大殿が倒れた時期も忘れたのか。兄妹の中でお前だけは見舞いに来るにあたわずと言われておるのだ。儂《わし》はその言葉を大殿から聞いた時は心臓が止まるかと思ったぞ。末森の重臣らは、お主の葬儀参加を認めるかと悩んでおる。お前が葬儀に出席できぬとなると、どうなる事やら」

「葬儀などどうでも良いですが、父上は私のどこが気に障ったのでしょうか？　不思議です」

俺の返事に横で聞いていた千代女が、えっという顔をして口を開いた。

「若様。本気で言っておられますか？」

「うむ、本気だ。千代はそう思わぬのか」

「私は信光様から聞いた事があります。大殿は若様と話されて織田弾正忠家《おだだんじょうのじょうけ》の当主を続ける自信を無くしたとボヤいたそうです。余程、若様の才覚を羨み、そして、苦手にされていたのでしょう」

「千代女。それは本当か。魯坊丸。お主は大殿に何と申し上げたのだ」

俺は義父上《ちちうえ》に親父と会った時の事を話した。

「なんと恐れ多い事を大殿に言ったのだ」

「三河に拘るのは馬鹿のする事だと言いそうになった所を『損切り』と柔らかく言ったのですが、不味かったですか」

「お前は大殿がやってきた事を全否定したのだぞ。嫌われて当然であろう。これからどうすれば良いのだ」

「これからなど、そんな悠長な事を言っている暇はございません。家老の山口教継《やまぐちのりつぐ》が今川方に寝返ります。末森衆は中根家の事に構っておれません」

「教継殿は大殿の信頼も厚く、今川家との交渉を一手に引き受けてくれた忠臣であるぞ。本当に寝返るのか？　そんな事が起こるのか？」

「親父には忠誠を誓っていたでしょう。ですが、『うつけ』の信長兄上や、未熟な信勝兄上に従うつもりはないでしょう。今川家をよく知っているからこそ寝返ります」

熱田・津島衆は先進的な信長兄ぃを支持し、武士団は古風で礼節を重んじる信勝を支持する。

織田家は信長派と信勝派の二つに割れていた。

それが親父の計略であり、その為に親父は病を装って信勝に末森城を任せた。

信長兄ぃを嫌う武士団は信勝に近付き、その中に織田弾正忠家に不満を持つ獅子身中《しししんちゅう》の虫をあぶり出す謀略であった。

親父はそんな害虫を尾張守護代の織田信友《おだのぶとも》と一緒に滅ぼして尾張を統一するつもりだった。

親父の言い付けで『うつけ』を演じてきた信長兄ぃは、突如に梯子をはずされ、家督を巡って信勝と争う事になる。

今頃、信長兄ぃは怒り狂っている事だろう。


ズズズ。お茶が美味しい。

俺は新製品の緑茶を試飲して一時を楽しむ。

よく育った薬草を見ながら、これをどう使おうかと思案してゆったりと過ごす。

平和が一番だ。

親父が死んで、わずか一ヶ月で手早く葬儀が執り行われた。

喪主は信長兄ぃと信勝の二人と決められ、信勝と同列にされた信長兄ぃはふて腐れた。

ところで何故俺は信長を兄ぃと愛称で呼び、信勝は信勝のままなのか？

大した理由ではない。

信長兄ぃは本人がそう呼べと言ったから、そう呼んでいるだけだ。一方、信勝はよく城に訪ねてくるお市《いち》の癖がうつった。お市は信勝と反りが合わないらしく、信勝と呼び捨てにするからだ。

話を葬儀に戻そう。

信長兄ぃは怒っていたのだろう。禅宗である親父の葬儀を林秀貞をはじめとする家臣団が勝手に浄土宗で執り行ったからだ。信長兄ぃは葬儀にワザと遅れて抹香《まっこう》をグワッと掴むと『喝《かつ》ッ！』と叫んで未練を切った。禅宗の礼儀で見れば、未練を断つという一点で英断である。しかし、来世も主従でありたいと願う浄土宗の門徒から見れば、そんな蛮行は許されない。だから、憤慨《ふんがい》した家臣らには『うつけの馬鹿殿《ばかとの》』と罵られた。

憤慨といえば、熱田衆も怒っていた。

息子である俺を親族席に座らせないばかりか、葬儀に呼ばなかったからだ。

元服前の俺が呼ばれないのは不思議ではないと思うのだが、熱田衆は憤慨した。

この怒りを静める為に俺は新大宮司様と同じ神職が着る衣冠単《いかんひとえ》の装束《しょうぞく》で神官として参加してやった。つまり、葬儀を執り行った大僧正《だいそうじょう》、次に熱田の大宮司、続いて俺が三番目に偉いと主張したのだ。俺は目立つのは嫌なのだけれどね。

ホント、面倒臭い。

葬儀が終わると、末森家老の山口教継は親父との義理を立て終えたのか、あるいは、信長兄ぃの蛮行で織田家に見切りを付けたのか、史実通りに今川方に寝返った。

息子の教吉《のりよし》に鳴海城《なるみじょう》を固めさせると、「織田家はもうおしまいだ。織田家には『うつけ』と『若輩者』しかおらず、今川に寝返るのは今しかない」と織田家を見限るようにと、各方面への調略を始めた。調略を受けた末森の他の家老らが考え直せと説得している間に、沓掛城《くつかけじょう》の近藤景春《こんどうかげはる》が調略され、調略を断った大高城《おおたかじょう》の水野為善《みずのためよし》は教継の使者と一緒に入ってきた護衛に城門を開けられ、城の外に隠していた兵を城内に入れられて、城を強奪された。

我が中根南城では、教継の使者に付いてきた護衛を城に入れさせずに事なきを得た。

そうこうするうちに今川義元は兵を派遣してきた。

この素早い動きに信勝は対応できずに混乱し、信長兄ぃは信勝を見限って、単独で山口教継の討伐を決め、使者を中根南城に送ってきた。そして、その使者が帰ると義父上《ちちうえ》がやってきた。

「魯坊丸、魯坊丸はどこか？」

「義父上《ちちうえ》。こちらでございます」

「捜したぞ。今日は薬草園であったか」

「何か、ございましたか？」

「今川の兵が鳴海城《なるみじょう》に入った。戦になるぞ」

「信長兄ぃが何か言ってきましたか」

「兵を出せと言ってきた」

「義父上《ちちうえ》は何とお答えされました」

「もちろん承知した」

信長兄ぃは血の気が多過ぎて無鉄砲だ。那古野と熱田だけでは数が足りないので、まず末森を説得するべきだろう。それができれば、兵の数で互角以上となり、勝ち筋も見える。

信長兄ぃは兵法書の読み過ぎだ。兵法書にある「兵の多い少ないで勝敗は決まらない」と書かれているアレを信じているようだが、あれは嘘だ。

兵が多いほうが勝つ。兵が少ないのは、揃えられなかった者の言い訳に過ぎない。

信長兄ぃはそこから学び直してほしい。

ズズズ。俺はお茶をすすりながら、眉を顰《ひそ》めて空を見上げた。

「不満そうだな」

「信長兄ぃはもう少し巧く立ち回るべきです」

「だが、ここで立たねば、不甲斐ないと誹《そし》りを受ける。一戦に及んで存在を主張するのも重要だ」

「勝てばそうでしょう。負ければ意味がありませんし。引き分けであれば無駄な労力に終わります」

「辛辣な事をズバリと言うのぉ。戦はやってみなければ判らぬ。数で決まるモノではない」

「十倍の数を揃えれば、数で決まります」

「正論を申すな」

「言い過ぎました。黒鍬衆《くろくわしゅう》をお使い下さい。用意しておきました」

「それは助かる。彼らは熱田で最強の武装集団だ」

黒鍬衆は俺の家臣であり、この三年間で鍛え上げた。

河原者で構成する土木作業員兼傭兵軍団であり、日々、土木作業で体を鍛えている。

今考えられる最強の装備で身を守る彼らは、俄《にわか》の傭兵などには負けない俺の常備兵だ。

普段は熱田湊の警備などを担当し、戦では熱田衆に交ざって何度か出陣した。

黒鍬衆が知多・熱田限定で有名となったのが、知多半島の領主である木田城《きだじょう》の荒尾空善《あらおくうぜん》と吉川城《よしかわじょう》の花井《はない》家との小競り合いであった。荒尾家と縁の深い西加藤《にしかとう》家は、熱田衆の援軍百人を連れて駆け付けた。西加藤家の援軍は後詰めとして後方を守ったのだが、花井軍は大きく迂回して空の木田城を狙った。

その迂回ルートに俺が委託する建造中の造船所があった。

その付近を守っていたのが、黒鍬衆三十人だったのだ。花井軍三百人に対して、進撃を遅らせる撤退戦でよかったのだが、黒鍬衆は「若様の造船所を守れ」と奮起した。

花井軍三百人にわずか三十人が襲い掛かり、百人近く討ち取って勝敗を決め、駆け付けてきた知多領主連合がボロボロの花井勢を追って勝利した。

その戦で黒鍬衆に死者なし。死兵と化した戦いぶりから一部の領主たちの間で『鬼の黒鍬衆』という異名が付いた。

ある意味で当然の結果だった。

敵の武将らが引き連れた兵は農民や傭兵を集めた有象無象の烏合の衆であり、軍隊として組織的に戦う兵とは質が違う。しかも黒鍬衆は三人で一組。防御、攻撃、警戒の三身一体の戦いを徹底的に仕込み、衣服はズボズボの麻着に帯をしているだけの見掛けだが、衣服の内側に革の鎧を身に着け、全身クサビ帷子《かたびら》を着込み、革の兜にも鉄を仕込み、さらに兜から肩まで伸びる布にもクサリを編み込んでおり、防御力がかなり高く、烏合の衆など敵ではない。

そのため、熱田衆には鬼がいると噂になったのだ。

戦の準備を終えた黒鍬衆が門前に集まり、俺は出陣する前の彼らに言った。

「皆の者、義父上《ちちうえ》と義兄上《あにうえ》を全力で守れ。勝つ必要はない。無理をするな。無事に帰ってこい」

兵達から少し笑いが起こった。元河原者が多いので、『勝ってこい』などと言えば、鬼のように敵陣に突撃して勝利を捥《も》ぎ取ってくるだろう。だが、敵の数は三倍近くあり、力押しで戦えば、こちらの被害も大きくなるので、こう言っておいた。

現在の話に戻そう。

山口教継は五百人を引き連れて、熱田に近い桜中村城《さくらなかむらじょう》に入り、後詰の今川方の葛山長嘉《かつらやまながよし》・岡部元《おかべもと》信《のぶ》・三浦義就《みうらよしなり》・飯尾乗連《いのおのりつら》・浅井政敏《あざいまさとし》ら五百人が笠寺城《かさでらじょう》に控え、教継の息子教吉は千五百人の手勢を集めて鳴海城に籠もった。対する信長兄ぃの那古野勢は熱田勢を加えても八百人しかいない。

総勢二千五百人を相手するには少な過ぎるのだ。

もちろん、それを承知している信長兄ぃは鳴海城を無視し、山王山（三王山）に布陣して駿河への連絡路を断つと見せ、鳴海城の教吉を釣り出した。

俺は部屋で辺りの地図を広げ、碁石を兵に見立てて置いてゆく。

次々と入る忍びの報告を聞きながら地図の碁石を動かし、千代女が入れてくれたお茶をすすった。

俺は千代女に声を掛けた。

「山王山は鎌倉街道の要所だ。敵の連絡路を断つと思わせたか。信長兄ぃは軍師としては有能なのだろうが、指揮官としては最低だな」

「若様ならば、どうされます」

「戦わん。鳴海の町か村に火を付けて引き上げる」

「町に火を放って、『勝った、勝った』と触れ回るのですね」

「それで十分であろう。それならば、熱田衆を連れていく必要もない」

「熱田衆は熱田を守って、山口教継が入った桜中村城を牽制させるのですか」

「よく判っているではないか」

次の忍びが戻ってきて、信長兄ぃの開戦を知らせた。

教吉は鳴海城から山王山方面に千五百人を連れて襲い掛かった。

信長兄ぃは待っていましたと山王山を下り、鎌倉街道を沓掛城方面に向かうと見せて、赤塚で迎え討った。

山口勢は町や村から集められた農兵だ。まず、信長兄ぃが鍛えた子分三十人が突撃を敢行する。

信長兄ぃも所々で自ら突撃を行い、士気を上げて織田勢が終始押していた。

我が熱田勢は右翼を担当し、黒鍬衆が敵を食い止め、新大宮司様らが追撃して追い払った。

だが、時間とともに疲れを見せ、数の多い山口勢が立ち直って押し切れなかった。

夕方に人質交換をして、信長兄ぃは悠然と引き上げた。

兵はそのまま那古野に帰し、信長兄ぃは中根南城に立ち寄って俺を呼び出したのだ？


どしっと上座に座った信長兄ぃが、両腕を組み、怖い顔で俺を睨んだ。

俺は戦勝の口上を述べた。

「松炬島に渡らず、鳴海城の後背にある山王山に向かって、敵をおびき出した手腕は見事でございました。寡兵《かへい》で倍近い兵を追い返し、ここに信長様ありと天下に知らしめた事でございましょう」

「儂を馬鹿にするつもりか」

「はて、何の事でしょうか？」

「この戦は負け戦とほざいたな。どういう了見か、聞かせてもらおう」

「何の事か見当が付きません」

「とぼけるな！」

久しぶりに会った信長兄ぃは相変わらずの横暴さを発揮した。


信長兄ぃに初めて会ったのは三年前だったと記憶する。

石鹸やシャンプー&リンスに続き、熱田うどんを広めた頃に、それに興味が湧いたのか、信長兄ぃは前触れもなくやって来て、うどんを食べながら俺に聞いたのだ。

「なにゆえに儂は『うつけ』で、おまえは『神童』なのだ？」

「信長様。申し訳ございません。何の事か、判りませぬ」

「話し方が固いな。もっと子供らしく普通に話せ」

「信長様とは身分が違います」

「儂の弟であろう」

「弟ですが、家臣筋でございます」

信長兄ぃは嫡男だ。俺は家臣にする為に中根家に預けられたので、家臣として接した。

だが、それが気に入らないらしい。

「信長兄上」

「まだ、固い」

「信長兄ぃ？」

「魯坊丸には、そう呼ぶ事を許そう」

妙にフレンドリーな信長兄ぃであったが、次期当主としてハチャメチャだった。

信長兄ぃは農村を回って丈夫な麻着を見つけるとそれを推奨するようになった。また、商人を真似て歩きながら飯を食べた。そんな行動の理由を聞いてほしそうにしていたので聞いてみた。

「信長兄ぃの行動に何か意味があるのですか？」

「聞いて驚け。行軍で歩きながら食べれば、行軍速度が上がる。草鞋《わらじ》の予備を用意すれば、すぐに履き替える事ができる。鍛冶師を真似て水をこまめに取れば倒れない。どうだ、凄い知恵だろう」

凄い。自力で熱中症対策に辿り着いたのは驚愕だった。

丈夫な麻着の麻はどこでも育ち、どこの家でも手仕事にできた。麻産業の育成の為に、率先して自ら麻着を身に着けていた。

そして、信長兄ぃは祭りがあると聞けば、村々に行って餅を配った。それは大衆へ『清き一票を』と叫ぶ政治家の告知活動であり、先進的な考え方だった。二十一世紀ならばトップ当選は間違いなし。だが、織田家の次期当主が安物の麻着を身に着けているので家臣らの評判が悪く、腰に瓢箪《ひょうたん》や草履は見栄えも悪い。頭が可笑しくなったと口々に言われ、家臣らは『うつけ』と呼ぶ。

一方、俺は石鹸やうどんを生み出し、改良した蝋燭《ろうそく》や油揚げ、清酒を造り出し、漁民には網漁を広めた。お裾分けを忘れず、家臣・領民の胃袋を掴んだので『神童』と呼ばれた。

信長兄ぃに「不公平だ」と散々に愚痴られて、備蓄用のうどんを全部持って帰られた横暴な所業が記憶に残っている。


あの時の愚痴は『神童』と『うつけ』だったが、今回はそんなやんわりとした感じではない。

赤塚の戦いで組織的に守っていた黒鍬衆の働きが、他の兵に比べて異質に映ったようだ。

一糸乱れぬ防御で敵を追い払ったが、追撃は他の熱田衆に任せて黒鍬衆は参加しなかった。

確かに追撃に参加すれば、敵の左翼を崩壊まで持っていけたかもしれないが、中央から増援を送られれば崩し切れない可能性もあり、増援された場合に数の少ない熱田衆への負担が大きい。

義父上《ちちうえ》と義兄上《あにうえ》を守る為に黒鍬衆が余力を残したのは良い判断だ。

だが、攻めきらなかった事で、勝つ気がないと疑われた。

戦が終わり、信長兄ぃは熱田衆を率いていた者を呼び出して詰問すると、指揮官の一人が義父上《ちちうえ》と義兄上《あにうえ》を守る事を最優先にしろと命じられたと答えた。

こうして、信長兄ぃの怒りが俺に向けられたのだ。

「もう一度聞くぞ。戦において真剣に戦うなと命じたのか」

「そのような命令はしておりません。誰一人も欠けることなく、無事に帰ってこいと言ったくらいです」

「同じであろう」

「違います。中根家の家臣は負けぬように戦った。それとも我が家臣の中に逃げるような卑怯者はいましたか？」

「逃げる者はいなかったが、其方《そち》らの兵は追撃しなかった。あそこで追撃すれば、山口勢の左翼は崩れておった。追撃しなかった為に態勢を整えられてしまった。判ったか、言い逃れできまい」

「それは勘違いでございます。負けぬ事が次の勝利へと繋がります。一か八か。そんな突撃をしなかった事で責められても困ります」

俺は馬鹿正直に命を大事にしろとは言ったと答えない。素知らぬ顔で否定した。

この程度の論戦は価値観の相違で押し通す。

「我が家臣は大盾を持っております。他の足軽と同じと思っていただいては困ります」

「大盾など捨てれば、よいであろう」

「大盾を捨てれば、怪我人も出ます。間違えば死人も出ます。そもそも敵を追う訓練などしておりません。兵の使い方を間違えているのに苦情を言われても困ります」

信長兄ぃは怒りに任せて怒鳴ってくるが、俺も一歩も引かない。

癇癪《かんしゃく》持ちの信長兄ぃがぐわっと立ち上がり、刀に手を掛けてズバンと振り下ろされた刃が俺の鼻先を通った。

こういう威嚇が魔王と呼ばれた由縁かな?

しかし、信長兄ぃから溢れてくるのは怒気のみで殺気はなく、脅しただけで俺を殺すつもりはないらしい。

俺は殺気には敏感なのだ。

実践はやった事がないが、俺を守る護衛侍女の訓練には付き合わされている。

敵役の手練れらが俺の侍女を襲い、侍女らは俺を守りながら食い止める。真剣と真剣がぶつかって火花を散らす。俺は殺気の中に放り込まれた子羊のように怯えながら堪えるのだ。

間違って逃げれば、俺を慕う護衛長の加藤から「心を乱せば、正確な判断ができません。さらに状況を見極める目を養いましょう。まず、若様には度胸を付けていただきましょう」と言われて、殺気を乗せた太刀やクナイなどを浴び続ける折檻《せっかん》……ではなく、愛情の訓練が待っている。

絶対に幼児虐待だ。

散々慣らされているので、殺気のない刃は怖くないので笑みを零す余裕を見せた。

信長兄ぃも睨み返しながら、「この、うつけ者め」と口元が緩む。

熱田の楊貴妃と謳われた母親似の美しい顔立ちの幼児と、同じく土田御前似の涼やかな顔立ちが遺伝した美青年の信長兄ぃが互いに見つめ合う。

幼少の光源氏に頭中将《とうのちゅうじょう》が切り掛かっていると言えば、判りやすいだろうか。

絵巻物にすれば、見栄えの名場面だろう。

信長兄ぃの従者らは青い顔をしているが、俺の侍女達は脅しと見極めて頬を赤く染めてうっとりと見惚れていた。

「何か言う事はあるか？」

「うつけとは、『からっぽ』という意味だそうですから、ゴロゴロと寝転がって日々を過ごせるならば、『うつけ』になりましょう」

「ぬかせ。父上が言った通りだ」

「何と言われたのですか？」

「彼奴《きゃっ》に野心があるならば、織田の家督は彼奴が継ぐべきだとぬかしおったわ。あの時は負け過ぎて焼きが回ったかと思ったわ。どうだ、お前が継ぐか？」

「いつの話か知りませんが、遠慮します。そんな面倒なモノを押し付けないで下さい」

「ふっ、変な所で頑固な奴め」

「それはお互い様でしょう」

「で、あの戦い方を命じたということは勝つ気がない。では、何がしたかったのか申してみよ」

信長兄ぃはわずかに笑みを浮かべて腰を下ろした。

俺はゆっくりと腰を据えて話しはじめようとしたが、今度は俺の天敵が近付いてきた。つまり、幼子の体は夜が更けると睡魔《すいま》が襲ってくる。

段々と意識が朦朧として呂律が回らなくなると、信長兄ぃが本気で怒った。

「目を開け、馬鹿者。話の途中で寝る奴があるか」

「もう勘弁して下さい」

「儂を虚仮《こけ》にした奴が、この程度で尽きるな」

頬を何度も平手で叩かれて起こされ、寝ぼけ眼《まなこ》を強引に開けさせて聞こうとする。

全部、信長兄ぃが悪いのだ。

信長兄ぃはすべてを理解しないと話を前に進ませてくれない。

だから、「常備兵の利点が判らぬ」「すぐに集めるのに何の支障がある」「銭がないならば津島や熱田に命じて矢銭《やせん》を募ればよい」などと頓珍漢《とんちんかん》な事を言うので、経済の基礎知識から話さなければならないと悟った。悟ったのは良いがもう頭が回らず、言葉が続かない。俺の言葉が止まると、ほっぺたを叩かれ、「続きを話せ」と言う信長兄ぃに俺の中の何かが弾けた。

ははは、止めだ。止めだ。

「説明しろだと、馬鹿らしい。明日は城主でなくなる者に説明がいるか。家督だなんだと五月蠅《うるさ》いんだよ。自分の尻に火が付いている事さえ知らぬ愚か者め。千代、紙と筆を」

信長兄ぃがすべき事を箇条書きにして押し付けて、ぐっと睨むと「それが終わるまで話の続きはなし」と啖呵を切る。さらに、できないようならば、那古野城主も降りてもらうと、目の下に隈《くま》を作った俺が言い切ったらしい。そして、夜が明けてきた頃に眠りに就いたとか。

目が覚めてから、千代女にこの話を聞かされて真っ青になった。

まったく覚えていない。

第二話　織田信長と一杯食わされた魯坊丸

織田家に生まれたのは幸運だったが、信長の弟であった事は不幸だ。

戦国の勝ち組でうはうはとか、とんでもない。

自分より無能な上司を持つと、恨みを買い、次々と難題を積み重ねられ、トラブルが起こると責任を押し付けられて、挙げ句の果ては詰め腹を切らされて左遷となる。

ソースは前世の経験談だ。

信長兄ぃに腹を立てて怒鳴りつけてしまった事に後悔はないが、脅したのは余計だった。

このまま、世を捨てて隠遁《いんとん》したいがそれもできない。

この時代は物騒《ぶっそう》なのだ。

何もせずに引き籠もっていれば、首が飛ぶ。

無職になるという揶揄《やゆ》ではなく、物理的に胴体と頭が切り離されてしまう。

それを回避する為に当主になっても、忙しい日々が襲ってくるのでやる気にならない。

信光叔父上はやってくれないし、信勝は若いくせに頭が固い。他の織田一門衆は一長一短があって論外であり。傀儡にできそうな有能そうな武将は若すぎるか、まだ生まれていない。

やはり信長兄ぃに頑張ってもらうしかない……糞ぉ。

　さて、俺に中根南城を追い出された信長兄ぃは早朝に那古野城に戻ると、津島衆四家七名字の一人であり、義理の叔父にあたる大橋重長《おおはししげなが》を呼んだ。急かされた大橋重長は昼前に那古野城に到着し、俺と信長兄ぃが争った場合、津島衆がどちらに付くかを聞かれたらしい。

「叔父上、率直に答えてほしい。津島衆はどちらに付くのか？」

「信長様。申し訳ございません。私は信長様にお付きしますが、津島衆の総意は魯坊丸様を推す事になるでしょう」

「何故だ。彼奴はまだ何の力もない」

「確かに城主としての権限すらございませんが、津島・熱田で巨額の投資を行い、その配下を掌握しております。その数は三千人余り。職人や女子供も含まれますが、魯坊丸様に何かあれば、その者らが槍を持って立ち上がります。また、魯坊丸様を失えば、新商品も生まれず、津島・熱田衆は大損であります。何としてもお守りする事になるでしょう」

「それほどか」

「判りやすい所でいえば、熱田で南蛮船を模した船が建造中です。たまに海に浮かべて試験をしております。一度見ては如何でしょうか。これが完成すれば、寄港地を介さず、堺や博多まで直接にゆく事ができます。その設計をしたのも魯坊丸様です。どれほどの銭を儲けさせていただけるのか。考えただけで胸が躍ります」

「であるか」

　そんな那古野城の密談まで俺の所に伝わってくる。

雇い主の親父が死んで、伊賀と甲賀の忍らは織田家の代理者である信光叔父上と、伊賀忍の主である俺の両方に情報を流す。

何故、忍びの主人になったかといえば、これも四年前の酒造りにまで話が遡る。

甲賀の忍びは、朝廷や幕府の仕事に携わっている為に身分の高い者と親しく、家臣として召し抱える者が多いが、伊賀の忍びは、修験道、悪党、野盗の類いからなった者が多い。そのため身分が低いと蔑まれており、金銭で雇って使用するのが普通だった。

だから、親父は伊賀者を召し抱える気がなかった。俺はそんな常識も知らずに召し抱えると言って伊賀者らを連れてきたので、到着してから召し抱える話はなくなったとは言えない。

誰かが召し抱えなければならない。

信光叔父上には、「なんだ。儂らに召し抱えさせるつもりだったのか。魯坊丸が召し抱えるつもりと思っていたぞ。連れてきたのだ。最後まで面倒を見ろ」と断られ、俺の家臣にするしかなかった。

伊賀者には粗野の悪い者も多いと聞いていたが、そんな懸念は無用だった。

熱田を拠点に構えるだけあって伊賀者の数珠屋『露川《ろせん》』の主人は利に聡く、酒が巨万の富を生むと察して、能力の高い者より命令を確実に熟す者を重視した人選をしてくれたからだ。

こうして酒造りが回り出すと、津島衆も酒造りをしたいと願い出てきた。

親父も信光叔父上も商人が生む銭の力を承知しており、その商人らが酒造りに参加したいと言ってきた事に重きを置き、親父は俺に津島にも酒造所を造るようにと、俺に命令を下した。

だが、津島の辺りは低地である。

酒造りに適した湧き水が出る場所は、山の際か、林の周辺に限られる。しかも洪水での浸水、敵の侵入から守り難い場所では困る。

結局、津島神社の聖地である鎮守の森と勝幡城《しょばたじょう》の付近しかなく、津島神社の宮司達は聖地に酒造りの村ができる事を嫌がったので、勝幡城に隣接する場所に増築する事になった。

酒蔵を守るのも城を守るのも同じなので、城と酒造所を囲む総構えの城にするのが手っ取り早いと考えた。最初は木の柵で仕切り、後々にローマンコンクリートの壁で覆う計画とした。

もちろん、その警備に伊賀者を追加で召し抱える事になった。

張り切った千代女が無双して伊賀者を従えてしまったのは笑い話だ。

それはさておき、なんといっても忍び働きは三K［きつい、汚い、危険］だが、せめて衣食住などの福利厚生を整え、労働環境が悪くならないように警備計画や組織図もしっかり作った。

すると何故か、忍びらが神でも崇めるような目で俺に従うようになった。

千代女曰く、「忍びには過分過ぎる配慮かと」とか言う。

張り切った勝幡城の伊賀者は今川配下の服部党と裏で連絡を取っていた織田家臣の連絡員を捕らえ、芋づる式に首謀者とその関連の家臣らを摘発した。勝幡城の城主である信実《のぶざね》叔父上も、薄々勘づいていたが、実態を知る為に泳がせていたらしい。伊賀者の働きであっさりと大掃除ができた事を喜んだ。

それを見た信光叔父上は使い勝手が良いと判断して、織田弾正忠家の城のすべてを忍びで守る事を親父に進言したのだ。親父に言われるままに、俺は二百人の伊賀者を召し抱えた。

伊賀者を追加で召し抱えると聞いた千代女は滅茶苦茶張り切った。

これが伊賀忍の主になった経緯であり、今となっては信長兄ぃの密談まで流れてくる。


さて、信長兄ぃを罵倒し、出した課題は然程《さほど》難しくなく、信長兄ぃはやり遂げるだろう。

俺は信長兄ぃについて再確認する事にした。

「千代。そなたが知る限りの信長兄ぃの事を教えてくれ」

「若様もご存じと思われますが……？」

「確認の為だ」

「判りました」

千代女は信長兄ぃが生まれてからの噂をさらりと語りはじめた。


俺が生まれた年である天文十五年（一五四六年）に信長兄ぃは元服した。そして、その翌年に初陣を飾った。その初陣前にこんな感じの一悶着あったらしい。

戦《いくさ》に出陣する前に占うのが儀礼らしく、筆頭家老の林秀貞《はやしひでさだ》が占った。

「若様、今日は日取りが悪うございます。出陣は後日になさいませ」

「林の爺よ。この戦は三河の安祥城《あんじょうじょう》とも関わっておる。今日、出ずにいつ出る」

「日取りが悪うございます。ご自重を」

「占いなど信じぬ」

実は占いの運勢などと言っているが、林秀貞はこれから攻める西三河の吉良大浜の砦の長田重元《おさだしげもと》の不在という報告に疑問を持ち、見事な勝利で初陣を飾りたい為に出陣を取り止めようとした。

しかし、信長兄ぃは織田と今川で拮抗する三河の情勢を有利にする為に出陣を強引に決めた。

秀貞の予想は当たり、長田重元は砦に戻っており、今川の援軍も到着していた。

これは誰かが意図的に長田重元を岡崎城に呼び出し、織田勢を誘い出したのかもしれない。

この誰かとは、戦下手な岡崎城主の松平広忠《まつだいらひろただ》でない事だけは判る。

信長兄ぃが率いた織田勢八百人は吉良大浜に向かう途中に今川勢二千人と対峙した。

数だけ見れば敵は倍以上であり、敗戦が濃厚だった。

信長兄ぃはわずかな兵を率いて背後に回り、葦《あし》の草原に火を付けると、退路が断たれるのを嫌がった今川勢を撤退に追い込んだと、千代女が語った。

「劣勢を計略で退却に追い込んだのか。信長兄ぃは大した軍略家だ。だがしかし、その為に信長兄ぃは寡兵《かへい》でも戦えると思うようになったのかもしれないな」

「信長様は果たして勝ったのでしょうか？　敵方の長田重元は戦で死んだ織田方の兵を弔う為に十三塚を建立しております。勝った側の余裕を見せております」

「どちらも勝ったのだ。信長兄ぃは戦に勝ったが、織田勢は吉良大浜は落とせず戦で被害を被った。今川方は守り切ったので戦略的に勝っている」

信長兄ぃは戦に勝ったが、戦略で負けたのだ。

同じく天文十六年（一五四七年）に美濃で二回目の『加納口の戦い』が起こり、天文十七年（一五四八年）に東三河での『小豆坂の戦い』と続く。どちらも織田家の敗戦であったが、信長兄ぃは尾張の留守番を言い付けられており、どちらも参加していなかった。

今川との敗戦の後、天文十七年四月に美濃の斉藤利政と和睦交渉が始まったが、信長兄ぃはそれには関わる事なく、親父の代わりに小競り合いで兵を出していた。

むしろ、俺のほうが京に送る清酒造りや伊賀者の配置などで大忙しだった。

天文十八年（一五四九年）二月に帰蝶《きちょう》義姉上が嫁いでくると、少しは織田家も落ち着くかと思われたが、嫌がらせなのか、今川勢が東三河に攻めてきた。幸いに全面対決はなく、小競り合いで終わったが……戦とは関係なく、岡崎城の松平広忠が亡くなり、その息子である竹千代（後の徳川家康）を取り戻す為に今川が動いた。天文十七年の冬に今川勢が瞬く間に安祥城を攻めて陥落させ、庶長子の信広《のぶひろ》と竹千代との人質交換を要求していたのだ。

人質交換が実現すると、今川家との一年の停戦協定が結ばれた。

だが、天文十九年の秋に停戦を破って今川方が攻めてきた。

将軍である公方様に頼んで再び今川と和睦を結び直した親父は、その直後に倒れた。

もちろん、親父が倒れたのは偽装であり、親父、信光叔父上、信長兄ぃの三人で織田家中の獅子身中の虫を炙り出す計略であった。そしてそれは半ば成功したといえる。

獅子身中の虫の一人だった東尾張の岩崎城《いわさきじょう》の丹羽氏勝《にわうじかつ》が、翌天文二十年の夏に叛旗を翻した。

日照り続く中、川の水を氏勝が堰き止めて一人占めした事が始まりだったらしい。

その河川の下流にあった藤島城《ふじしまじょう》の分家丹羽氏秀《にわうじひで》は、病気で療養中の大殿に訴えられず、代わりに信長兄ぃに訴えた。信長兄ぃの裁断は『川の水を半分にして分け与えよ』という真っ当な裁決だったが、氏勝は信長兄ぃを侮って裁断に従わず、氏秀の城を攻めた。

襲われた氏秀が信長兄ぃに援軍を求めたが、那古野の評定は揉めた。

氏秀の援軍に出陣するという信長兄ぃを林秀貞が止めたらしい。

「信長様。出陣はお待ち下さい」

「氏勝は俺の命令に従わなかったのだぞ。このままでは田が干上がって民百姓が飢える事になる。

氏秀の挙兵は正当である」

「分家の氏秀は力を付けてきております。我が織田家の力を借りて主家を乗っ取る算段やもしれません。軽挙《けいきょ》はなりません」

「このままでは織田家は頼りなしと誹《そし》りを受けるわ」

「どうしても援軍の兵をお出しになるのならば、軽はずみに兵を挙げた氏秀を糾弾し、氏勝に味方して、然る後に氏勝に水騒動の罰を与えるべきです」

「爺ぃ。世迷い言を申すな」

「戦は勝たねばなりません。確実に勝つほうに付いて、織田家の威信を守る事を優先して下さい」

「諄《くど》い。勝てば良いのだな。勝てば」

止めた林秀貞を振り切って、信長兄ぃは出陣した。

信長兄ぃは兵の少なさを埋める為に、藤島城に援軍を送ったように見せて、敵の本隊を釣り出して空になった居城の岩崎城を乗っ取る計略を巡らせた。

その計略は半ば成功する。

信長兄ぃの援軍が来たと知った氏勝は、全軍を挙げて藤島城へ兵を送った。

岩崎城には百人しか残っていなかったので、三百人を率いた信長兄ぃの本隊が落とすのは可能だったが、留守を預かっていた氏勝の父は山に無数の旗を立て、わずかな鉄砲を放ち、女子供らに鍋を叩かせて大きな音を出して大軍がいるように装った。すると、信長兄ぃが率いていた兵が浮き足だった。そして、運悪く一人の武将に鉄砲の玉が当たると、数を揃えただけの兵は瓦解して蜘蛛の子が散るように逃げ去った。

負け戦になると、農兵と傭兵はすぐに逃げる。

策士、策に溺れるというやつだ。


そこまで聞いて俺は千代女に尋ねた。

「信長兄ぃが指揮を執ったのは、それが二度目だったな」

「はい。報告書を見る限りですが、信長様は戦場には何度が参陣しておりますが、指揮を執ったのは、初陣の次は、この『横山麓の戦い』です。これが二度目と思います」

「しかも誤魔化しの利かぬ完全な敗戦はまずかっただろうな」

「はい。戦下手と噂され、家臣団の支持を失いました」

「親父が存命ならば問題なかっただろうが、実際に亡くなると織田家は空中分解する」

「そうなっております。しかし、熱田衆と津島衆が信長様を支持しておりますので、尾張の国のみで考えますと、信長様の有利は覆っておりません」

「今川義元がそれを放置する訳がない」

史実の信長が追い詰められたのは、その辺りが原因だろう。

横山麓の戦いでの敗戦後、那古野城に戻った信長兄ぃは秀貞が参陣していれば勝っていたと、秀貞を責めて遠ざけてしまったという。信長兄ぃは大人げないというか、まだまだ駄々っ子だった。

秀貞は親父が魏の曹操の忠臣の名に因んで『我が典章《てんい》』と褒め讃えて迎え入れた名家の将であり、少なくとも織田家の家臣団に絶大な影響力を持っていた。

秀貞が信長兄ぃの下を去ると、家臣団は信勝の下に集うようになってしまった。

それが現状であり、史実通りに尾張が混乱すると経済にも悪影響が出てくるので困るのだ。

しかし、信長兄ぃの命令だけで秀貞が仲直りしてくれるだろうか？

俺の心を察したように千代女が語り掛けてきた。

「若様。信長様が登城せよと命令を出しても、秀貞殿は従わないと思われます」

「親父はその状況を利用するつもりだったのだろうが、死んでしまっては意味がない。結局、仲介しなかったので織田家を分裂させてしまっている」

「秀貞殿は戦場で大殿を支え続けてきた御仁です。家臣団への影響は図り知れません。ですが、それだからこそ、秀貞殿にも面目がございます。簡単には応じないでしょう」

「そうだな。あちらも臍《へそ》を曲げている。赤塚の戦いにも参陣しなかった。互いに知恵が回る似た者同士、意地を張り合っているので、もうしばらくは無理だろうな」

「信長様が秀貞殿の屋敷まで出向くとも思えません」

「うむ、千代の見立て通りと、俺も思う」

「それでは和解ができません」

「そうだな。仕方ない。先日完成した『人斬り包丁』に手紙を添えて秀貞殿に送るとするか」

「喜んでいただけますでしょうか？」

「尾張で造らせた初めての『二振り』と書いておく。何の飾りもない刀ではあるが、名刀に負けぬ切れ味である事には変わりない。秀貞殿ならば切れ味が判るであろう」

「確かに。しかし、造られた刀の数は二本ではなかったと思いますが？」

「できたのは二本のみだ。一本は熱田神宮に奉納したと手紙に添える。他の刀は後からできた事にすれば良い」

俺がそう言うと、千代女がふっと笑った。

尾張で造られた名刀を所持するのは秀貞一人だと、プレミアムを付ける。

広く宣伝すれば自尊心をくすぐられるだろう。

熱田神宮から使者を送り、俺の頼みを聞いて一度でも那古野に登城すれば、俺の勝ちだ。

登城した秀貞を説得できないようならば、信長兄ぃを見限る。

まぁ、失敗する事もないだろう。

俺は信長兄ぃの昔話と現状の確認を終えた。

赤塚の戦いから四日後。人斬り包丁を送った効果か、信長兄ぃの登城命令に従った秀貞が和解したと報告が入った。

その日のうちに、信長兄ぃは信光叔父上に手紙を出して末森城の信勝に会いに行くと伝えたらしい。

その二日後、信光叔父上は信長兄ぃが行く日に合わせて末森城に登城した。

末森城は家老の山口教継の寝返りで、他にも寝返るかもとまだ落ち着いていない。

信長兄ぃの後ろ盾である美濃斉藤家に対抗する為に今川義元《いまがわよしもと》に助力を求めるという意見が出るほどに酷い有様だ。今川の間者が造反のお誘いを頑張っており、皆、疑心暗鬼になっていた。

これは織田家を分裂させている間に遠江・三河を平定するという、義元の計略の一環だ。

そんな家中を、信光叔父上は静観していた。

信長兄ぃが末森城に到着すると、謁見の間に末森の重鎮が並ぶ。

その中で信長兄ぃが信勝に頭を下げた。

「信勝様。織田家が二つに割れている場合ではありません」

「兄上がそれを言うのか」

「この信長も反省を致しました。悪戯に家中をかき乱すのは得策にあらずと」

「では、如何するおつもりか。俺を殺すか？」

「ふっ、まさか。織田家が一致団結して対処していただけるというならば、織田弾正忠家《おだだんじょうのじょうけ》の当主は信勝様とお認め致します」

「ま、まさか。兄上、真か」

「偽りなど申しません」

信光叔父上が信長兄ぃの後ろに寄って、「よう申した。さすが、俺が見込んだ男だ」と、腫れ上がるのではないかという勢いで背中を叩いた。

信光叔父上は上機嫌となった。

信長兄ぃは織田家を一つにし、信光叔父上の信任を得る事ができた。

秀貞との和解で家臣団に睨みが利くようになり、信勝を立てた事で家督問題が解決し、信光叔父上の信任を得た事で、織田一門衆の支持をも得た。

こうして、織田家が抱えていた課題を一度に解決したのだ。

信長兄ぃが一皮剥けたような気がする。

信長兄ぃにとって、今回は負け戦であったが、信長兄ぃは負けるごとに強くなる。

これぞ織田信長《おだのぶなが》、という感じだった。

信長兄ぃが末森城に行った夕方には、忍びによって末森の顛末《てんまつ》が伝えられる。

そのほぼ同時に信長兄ぃから「明日、登城せよ」との早馬が来た。

翌朝、那古野城へ向かう俺の足取りは重かった。

会いたくない。

弟の信勝に頭を下げたのは恥辱《ちじょく》だっただろうから、もっと悩むかと思っていたので読み間違った。

それとも信長兄ぃも気付いたのだろうか？

信勝が織田弾正忠家《おだだんじょうのじょうけ》の当主となっても何の問題もないことに。

この世の中は談合《だんごう》政治の合議制《ごうぎせい》だ。

あの武田信玄《たけだしんげん》や毛利元就《もうりもとなり》も例外ではなく、皆の意見を纏めないと何一つ決める事などできない。

彼らは人を引きつけるカリスマ性を備えているので反対する者もおらず、独裁とあまり変わりない政治を行ったのだが、織田信長は違った。

史実の信長は弟の信勝も殺し、尾張・畿内近隣の抵抗する敵をすべて処断し、将軍を追放して独裁体制を築いた。否、織田信長に従わないからすべてを倒すしかなかった。

その原因を俺は実感した。

信長兄ぃは頭が切れて先進的だったが、そのくせに舌足らずの説明不足で家臣の統率も取れず、我慢ができない性格の上に、身勝手で癇癪持ちだった為に反発されたに違いない。

決定的な欠点が戦下手だった。

一言で言えば、親父のようなカリスマ性を持ち合わせていなかった。

だがしかし、このわずかな間で成長した。

この成長力こそ、『ザ・信長』の凄さなのだろうか……と、信長兄ぃの凄さに感動しているが、当事者として会わねばならないのは別である。

不思議なことに千代女も暗い顔をしている。

「千代。どうした。問題でもあったのか？」

「申し訳ございません。那古野の常備兵を配置する事業計画書が間に合いませんでした」

「それは仕方ない。寺小屋で俺の知識を教えている生徒らに丁度よい課題と思ったので、十五日間で仕上げろと命じたが、俺の予想よりも信長兄ぃの行動力が勝り、七日間も早まってしまったのだ。七日間で事業計画書をまとめるのは無理であろう。千代に責任はない」

「ひとまず、那古野城の今期収支の概算だけは纏めておきました」

「それは助かる」

俺は千代女が作成した那古野の収支予想に目を通す。

次世代の黒鍬衆を目指す子の為に寺小屋が建てられ、俺が河原者に教えていた中根南城教室は終わっていた。

その寺小屋の教師は黒鍬衆から選ばれ、それを補佐するのが卒業直前の生徒らだ。

俺が戦闘術、戦略術、計略、算学、基礎科学、土木技術、経済学などを教え込んだ者らが教師となって教えている。

生徒らは黒鍬衆になる事を目指しているが、戦闘向きでない子もおり、そんな子には商人・職人の基礎を学ばせた。商人か、職人にするつもりだった。

しかし、清酒の売り上げが大きくなってくると、信光叔父上は熱田と津島の統括を俺に押し付けてきた。俺は儲けを明らかにする為に、複式簿記を採用し、矢銭を廃して、物品税を導入する。

酒や椎茸などの物品が動けば、物品税のほうが、織田家の総所得が大きくなるからだ。

すると、熱田と津島などの城下町を統括する文官は、複式簿記を覚えなければならない。

教師を送ったが、すぐには覚えられず、俺の生徒らを中間《ちゅうげん》として城に上げた。

今や河原者や棄民の子らがお城勤めだ。

これを見て、寺子屋に商家の子供らまで通い出し、寺小屋というより学校になってしまった。

生徒が多くなり、新校舎でも新築したほうが良いのではないだろうか？

それはともかく、信長兄ぃの速攻で予定が狂ったのだ。


那古野城に近付くと、物見が俺らを見つけて那古野城に戻っていった。

「帰蝶様の忍びのようです」

「帰蝶義姉上《あねうえ》も気苦労が多い方だな」

「若様も立てていただいており、帰蝶様には有り難く存知上げます」

「今日の会談にも同席してくれるそうだ」

帰蝶義姉上は美濃の蝮と恐れられる斉藤利政の娘と思えないほどの美人であり、仕草や物言いが柔らかな方だった。

年に二、三度しか会わないが、俺の事を立ててくれる。

正月に会った時も礼を言われた。

「魯坊丸《ろぼうまる》様。お久しゅうございます。いつも多分な化粧料に感謝しております」

「いいえ、義姉上。義姉上のお陰で『蝮土《まむしど》』(田畑に使う堆肥《たいひ》)を一気に広める事ができました。感謝しているのはこちらでございます」

「お役に立てて何よりです。『蝮土』は父も喜んでおります」

「そのことは斉藤利政様からも、お礼の手紙を頂いております」

「父は魯坊丸様に会いたがっております。なんとかしろと何度も言われておりますので、一度美濃に足を運んでいただけると嬉しく思います」

「一存では決められませんが、皆と相談しておきます」

帰蝶義姉上の父は斉藤利政、後の道三であり、下剋上を成した油断のならない男だ。

四年前、堆肥を作る為の石灰が必要だった。しかし、尾張に石灰の採掘場はなく、美濃での採掘となる。俺は石灰を購入する為に蝮殿と交渉した。

その交渉の過程で帰蝶義姉上が嫁いでくる価値を上げる為に、堆肥は美濃から持ち込んだ事として、『蝮土』と名付ける事になったのだ。

その交渉では、斉藤利政の老練さに敬意を評して、俺は『蝮殿』と呼ぶことにした。

今、思い出しても腹が立つ。


蝮殿との交渉に至った経緯は時系列に並べないと判り難い。

四年前の天文十七年(一五四八年)に酒造りの為に俺が親父に三千貫文をねだって、清酒造りが本格化した。以降、窓口となった信光叔父上は度々中根南城を訪れるようになり、そこで外輪の一つで試験的に『正条植え《せいじょう》』を行っていた田んぼに興味を持った。稲の植え方を変え、堆肥を使うようになってから収穫量が二倍になったと、義父上《ちちうえ》が言ったからだ。

実際、正条植え・塩水選・堆肥・水管理・除草などが偶然に巧く重なった結果だった。

いくつかテストした田んぼの中で一つだけが成功し、他の田んぼは五割増し程度だったから成功とも言えない。そもそも農業は分野外なので、課題が山積みだった。しかし、江戸時代に反収（十アール）で百五十キロだった収穫量が、正条植えを行うことで昭和五十九年には五百キロを超えている。

俺は、いつか収穫量を四倍にすると、義父上《ちちうえ》に豪語していた。

つまり、理論上で尾張の石高五十万石が二百万石になる計算だ（現実には無理だけどね）。

信光叔父上は俺の部屋に飛び込んでくると、堆肥を織田領内の全域で使いたいと言ってきた。

俺が断る理由は何もなかった。

しかし、近場で石灰が取れる場所が美濃であり、敵対国だったので諦めるしかなかったのだ。

こうして石灰の大量購入は頓挫した。

信光叔父上は諦められず、ああだこうだと言ってくるが、俺は都に納める清酒を大急ぎで造らねばならず、平行して織田家の城に伊賀者を配置する仕事も貰って忙しかった。

そして俺が忙しくしている間に天文十七年三月を迎え、親父は東三河の『小豆坂の戦い』で今川に敗れた。今川に敗れた事で親父の腹心の平手政秀《ひらてまさひで》が斉藤家との同盟を言い出し、織田家の空気が変わった。

天文十七年六月、宮中の行事である氷室の氷の解け具合によってその年の豊凶を占うという氷の節句に、清酒の納品をなんとか間に合わせた。そこで斉藤家と交渉していた平手政秀が俺と事前交渉をスイッチする事になった。政秀が急遽京に上がる事になったからだ。

そうはいっても、政秀はほとんどの事前交渉を終えており、俺は白石と呼ばれる石灰の購入交渉をするだけだったのだ。

さて、石灰を買うにあたって堆肥の作り方は秘蔵できない。

材料を集めるのに人出が要り、使用方法を農家に教えるからだ。

知恵が回る者なら、いずれは製造方法を思い至る。だが、堆肥の技術を盗むにも、五年から十年の歳月が必要であり、五年もあれば、石灰を利用して硝石を大量に作れる。そして、硝石、硫黄、炭粉を混ぜた『とあるモノ』ができる。

織田家が『とあるモノ』を大量に手に入れれば、美濃斉藤家を武力で黙らせる事ができる。

俺が信光叔父上に、『とあるモノ』ができる事をそっと教えると、信光叔父上が大笑いをした。

「あははは、美濃の蝮を謀るのか。これは愉快、愉快、愉快だ」

「別に愉快でもありません。裏切れば、報復するだけです」

「魯坊丸。其方は怖い奴だな」

「契約を守れば、心強い友好国になりますよ」

「果たして、そうなるかな?」

「約束を反故にしては信用を失います。そのために契約をしっかりと結ぶのです」

「ともかく、すべて魯坊丸に任せる」

そう言って、信光叔父上は政秀と京に上がる直前に、取次役代を監督するまとめ役に俺を抜擢したのだった。

元服前の稚児を総責任者とか、無茶という。

斉藤家の取次役は津島出身で利政の腹心を自称する堀田道空《ほったどうくう》と決まり、俺の名代として津島衆の堀田正貞《ほったまささだ》が選抜された。

俺は『白石（石灰）』のレクチャーを正貞にして、白石の交渉に美濃の稲葉山城《いなばやまじょう》に赴かせた。

正貞は蝮殿に頭を下げて挨拶をしたという。

「この度は濃姫《美濃の姫》様のご婚姻、おめでとうございます」

「かたじけない。まだ決まっておらぬが、ありがたく祝いの品は頂こう。さて、煩わしい挨拶はこれで良いであろう。何を欲しているかはすでに聞いておる。許可しよう。代わりに酒と蘇《そ》（古代式チーズ）と米が育つという土を寄越せ」

こんな感じで蝮殿が要求してきて、正貞は顔を見上げたままで絶句したらしい。

そんな想定はなかったので、正貞も返事に困ったのだ。

「儂が知らぬと思っておるのか、熱田明神から津島が貰い受けたのであろう。こちらにも寄越せ」

「一存では決めかねます」

「ならば、聞いてくればよい」

正貞は困惑したままで接待を受け、翌日には尾張にトンボ返りとなった。

蝮殿は親父を潰す為に多くの忍びを尾張に放ち、そこで俺の情報を拾っていたようだ。

尾張と美濃は近すぎた。

距離だけではなく、血の濃さでも近いのだ。

現に津島出身の堀田の者が蝮殿に仕える。

尾張と美濃では同族の者が多く、どこから織田家の情報が漏れているのか判らない。

もちろん、同じ事が斉藤家にもいえる。

道空と正貞は舟で木曽川を下り、津島を経由して熱田にやってきた。

当時、数え年で三歳だった俺は少しでも威厳を高める為に、熱田神宮の祭壇の前で道空との会見を行った。

「ははは、可笑しな事を言う。婚儀の祝いで、手土産として儲け話を持っていったのだ。何故、織田が折れねばならん。勘違いしてもらっては困る。土佐や関東でも白石は取れるぞ。美濃に拘る必要などない。それで同盟が結べぬというならば致し方ない。いずれは斉藤家を潰すだけだ」

俺は大見得を切った。

祭壇の奥だけが明るくなっており、逆光で俺の顔は見え難く、神々しく見える演出を怠らない。

なんといっても、まだ三歳だ。舐められたら終わりだ。

しかし、小さな子があぐらを組んで座り、扇子で手の平を打ち付ける仕草で怒っている態度を示した事で、道空は奇妙なモノを見た顔になっていた。

道空は気を取り直し、色々な事を言って取り次ごうとするが、俺は一切答えない。

大宮司様が「魯坊丸様はお怒りです。良き返事を持ってこないと天罰が当たるとお思い下さい」とフォローしてくれた。マジで天罰を信じているから言葉に力があった。

道空と正貞は川を遡って稲葉山城に戻った。

道空が報告すると、蝮殿が怒ったらしい。

「馬鹿者が。それでおめおめと帰ってきたか。もう一度行ってこい。そんな体たらくでよう我が腹心などとほざいたな。次にくだらん言葉を吐いたならば、舌を抜いてくれる」

その怒気に横で聞いていた正貞はびびったという。

こんな事もあろうかと、俺は正貞に妥協案として、銭なら払おうという返事を持たせていた。

それを聞いた蝮殿がニヤリとする。そして、毎年三千貫文という途方もない額をふっかけてきた。

「織田殿は『石コロ』に銭を払ってくれるのか。それはありがたい。毎年三千貫文でどうだ」

「ははは、それは欲が過ぎるというモノでしょう」

「がははは、それぐらいの銭は織田なら容易《たやす》かろう」

「白石の儲けの一割が限度です」

「半分なら許す」

「半分では手間賃も出ません。ですが、こちらが要望する量を用意できるならば、支払いましょう」

「良し、それで決まりだ」

簡単に訳するとこんな会話を、俺と蝮殿は道空と正貞を介して行ったのだ。

こうして蝮殿が俺の罠にはまった。

さすがの蝮殿も採掘費までは知らなかったようだ。慌てたのが、斉藤家の勘定奉行であり、その話を差し戻す。

「お待ち下さい⁉　織田家が要求する量を採掘するのが無理でございます」

織田家が要求する量は異常に多く、一度にそんな数の人夫を集めると斉藤家の倉が空になる。勘定奉行が前金で支払いを要求してきたが、正貞ははっきりと否定した。

蝮殿の顔が歪む。

本当に歪んだかどうかは知らないが、美濃の台所事情は、商人らとの取引額から想像していた。

今度は蝮殿が折れ、「一割でよい。ただし、前払いだ」と条件を付けてきた。

前払いの金がないと斉藤家は掘る者を雇えないのを見越し、俺はここで畳み掛けた。

「どうですか。採掘権を譲りませんか。こちらで採掘を致しましょう。完全譲渡で三千貫文を十年払いで、あるいは、一年間ごとに百貫文を譲渡代として払うのでも。こちらはどちらでも構いません」

「五年払いの年六百貫文ではどうか」

「話になりません。代わりに、美濃で作ったとして『蝮土』の名を与えましょう。輿入れする帰蝶様がお持ちになったと喧伝する名誉でどうでしょうか？」

「判った。だが、これを使うと石高が増えると言っておったな。ならば、増加した石高の一割を帰蝶の化粧料として寄越せ。帰蝶は織田に嫁ぐ。織田家の損にはなるまい」

「土の売り値が約一割《十%》。売上げ……儲けを全部寄越せとおっしゃるのか。儲けの一厘《一%》ならば認めましょう」

堆肥である蝮土を使って増加する収穫量は気候によるが二、三割程度だ。売り値をあまり高くもできず、蝮土の値段は石高の一割程度とした。これでも手間賃を考えれば、安く見積もっている。

それを全部寄越せとは、蝮殿が無茶を言う。

渡せるのは、儲けの一厘だ。

ひとまず断って、その十分の一の儲けの一厘ならば宜しいと言えと正貞に伝えた。

正貞は俺の返事を蝮殿に届けた。

「たった一厘か。まあよい」

蝮殿も納得したと思った。それからも互いに腹の探り合いの繰り返しだ。

移動の自由や宿賃や人足税など決める事が多い。

俺と蝮殿が直接会っていれば、一時間も掛からない交渉だった。しかし、道空と正貞は熱田と稲葉山を何度も往復し、さらに初めの頃は舟でのんびり移動したので時間が掛かった。

そんな中、数ヶ月後に平手政秀が京の用事を済ませて戻ってきた。

交渉をすべて政秀に返せればよかったが、政秀が先手を打って商人関係の交渉事は任せますとの手紙を送ってきた。政秀は帰蝶義姉上の輿入れの準備のみを担当した。

こうして、蝮殿との交渉が続いた。

婚儀の日取りが迫って時間が無くなっていくが、蝮殿の重箱の隅を突く交渉は終わらない。

道空と正貞は昼夜も問わず馬を走らせて往復した。

何度も稲葉山城まで行き来して、遂に政秀が帰蝶義姉上を迎えに行く日がやってきた。

政秀は向こうで接待を受け、翌日には帰蝶義姉上が稲葉山を出立する。そんな前日になっても、白石の交渉が終わっていない。

ギリギリまで縺れた。

「何、増えた石高の一厘だと。そんな話は聞いていない。増えた石高の一厘を寄越せだと⁉」

俺は確かに儲けの一厘の化粧料と言った。しかし、蝮殿は石高の一厘と聞いたと言い張った。

先に誓詞《せいし》を交すべきだった。

誓詞を交す段階になって駄々を捏ねるとは……？

儲けの一厘と石高の一厘では十倍の違いがある。

〔増えた石高一割が蝮土の儲け ＞ 増えた石高の一厘 ＝ 儲けの一割 ＞ 儲けの一厘〕

しかし、ここで俺が折れないと同盟そのものが瓦解するが、同盟を破棄するほどの額でもない。してやられた。

後で知ったが、交わした誓詞には、「蝮土で増えた石高……」と書く所を、「織田家で増えた石高……」と書き換えられていた。

新田が開拓されて収穫が上がるのは先の先の話だから今は良いが、将来的に不味くないか？

そちらは俺が考える事じゃないと匙を投げたのを覚えている。

最初は俺のペースで圧倒的に有利な交渉を進めていたのに、気が付くと譲歩に譲歩を重ねて、美濃での儲けもまったくない。

最後に美濃で商売をさせろと条件を付けた事で一矢報いた感じだ。

が、その町の投資も織田家持ちにされた。

利益の一割を矢銭として上げる以外は、取り立てない約束はしたが納得いかない。

絶対に取り戻してやると、俺は心に誓った。

蝮殿は、稲葉山城に到着した政秀を上機嫌で自ら出迎えたらしい。

宴会が開かれ、蝮殿は側室としてくる姫に所領を与えると宣言した。

「目出度い。目出度い。織田家から来られる姫には化粧料として五百石の所領をお渡ししましょう」

「これは忝《かたじけな》い。では、こちらも化粧料として銭五百貫文をお出ししましょう」

おぉぉぉっと、斉藤家の家臣から声が上がった。

蝮殿は強かだ。

銭がある織田家ならば、そう返事するだろうと予測していたと思う。

所領五百石といっても年貢は六公四民なので三百石程度となり、加えて土地の管理に代官・家臣を雇うので石高の四分の一の百二十五貫文しか手元に残らない。

一方、織田は石高ではなく、銭の五百貫文なので帰蝶義姉上が好きに使える。

連れてゆく侍女や下人の手当は百貫文（一千二百万円）もあれば用を為す。

政秀に別件の化粧料がある事を知らせていれば、こんな大風呂敷を広げなかっただろうが、俺はそこまで気が回らなかった。

こうして帰蝶義姉上の化粧料の上乗せが決まり、信長兄ぃの下に嫁いできた。

それと同時に大々的に『蝮土』を宣伝し、熱田で作っていた堆肥を美濃から持ってきたと言って、那古野の直轄地で使わせた。その秋、石高が増えている事を家臣や農民が実感させた。

同時進行で来年の『蝮土』作りに着手し、翌年には希望する領主の土地に『蝮土』を配った。

開拓事業も並行して進めているので、どんどんと化粧料が増えてゆく。

蝮殿は巧妙だった。たった一文を削り、「蝮土を使って増えた石高分」を「増えた石高分」に変更させていたのだ。儲けの一厘と石高の一厘に気を取られ、細かい変更まで気付かなかった。

帰蝶義姉上は信長兄ぃから今年の化粧料五百貫文を受け取り、増えた石高の一厘《一%》相当として五百貫文を受け取った。今年の総額年収は一千貫文（一億二千万円相当）となっている。

帰蝶義姉上が過分と言うのも判るが、まだまだ増える。

織田家内を環流するので織田家として損はないが、帰蝶義姉上の発言力が増してゆき、美濃斉藤家との結び付きを太くするだろう。

蝮殿がそこまで意図したかは判らないが……交渉が難しいものと身をもって知らされた。

思い出す度に蝮殿との交渉失敗に腹が立つ。

その交渉で勝ち取った報酬を受け取る度に、申し訳なさそうにする帰蝶義姉上も不憫に思える。

まったく気遣いが似ていない親娘だ。


「若様。到着致しました」

千代女の声で俺は我に返り、辺りを見回した。
どうやら色々と思い出しているうちに那古野城に到着していたらしい。

第三話　戦国の洗礼　魯坊丸の覚悟

天文二十一年（一五五二年）四月二十七日。赤塚の戦いから十日後。

これまで死にたくないので色々と画策してきたが、目立ちたい訳じゃなかった。

だから裏方に徹していたのに……魯坊丸、数え七歳。遂に那古野城デビューです。

はぁ……帰りたい。

「若様。覚悟をお決め下さい」

「千代。判っている」

「皆が張り切っておりますから、前回のような不用意な発言をいたしますと、邪魔者を排除しようなどと動く輩も出るかもしれません」

「脅かすな。家督など要らん。邪魔なだけだ」

「では、堂々として不用意な発言は控えて下さいませ」

千代女に背中を押されて俺は那古野城を見据えた。

この那古野城は熱田台地（今の名古屋台地）の北西の角に建てられた城であり、その高低差は五メートル。それだけで城としての機能を備えていたが、さらに城の周りに二重の空掘りを巡らせており、白い漆喰《しっくい》の壁が雅な美しさを際立たせ、築城した城主の趣味が窺えた。

この空掘りに掛かる橋を渡り、枡形《ますがた》の正面門をくぐると屋敷が見えてくる。城には主殿、寝殿、表座敷、裏座敷の五つの屋敷があり、玄関のある表座敷で帰蝶義姉上が出迎えてくれた。

「魯坊丸様。この度はご足労ありがとうございます」

「我が中根家は信長兄ぃの家臣でございます。お気遣い無用です」

「しかし、明日来いなどと。信長様も無茶を申しました。誠に申し訳ございません」

帰蝶義姉上に謝られても困るのだ。

俺に付き添ってきた侍女達はこの表座敷にある客間の一室で待機させられ、俺は主殿に続く廊下を歩いたが、その手前で帰蝶義姉上がくるりと左に曲がり、奥の住まいのある寝殿へ歩みを進めた。

ちょっと待て。

気の短い信長兄ぃならば表座敷の客間を使うか、皆に常備兵の説明を聞かせるなら主殿の大広間を使うと思っていた。

寝殿は親しい者や聞かれたくない話をする場合に使われ、その、アレだ。

ごちょごちょをする者を呼ぶ。

城主などの嫡男が遊び女に手を出して、変な病気を貰って命を落とさないように、嫁いできた姫に恥を欠かせないように、夜の手習いとなる側用人か、侍女を用意するのが慣例だ。

特に男愛妾は間違っても孕まないので、用意される事が多い。

切っ掛けはそんな感じなのだろうが、両刀使いになった信長兄ぃは元服したばかりの愛らしい小姓を好み、自らの寝室に招くのだ。

あははは、大丈夫だよね。俺はまだ数え七歳で圏外だ。圏外だよね。絶対にない。

今は帰蝶義姉上もいるから大丈夫だよね（汗）。

ぎぎぎっと寝殿へ続く扉が開き、それをくぐって進むと、講談ノ間に入った。

さっと近習らが左右に並んで俺を通してくれた。その奥の一つ目の襖を通り過ぎ、二つ目の襖が開けられると主ノ間に到着する。信長兄ぃは畳が敷かれた一段高くなった所に腰掛けていた。

「こちらにお掛け下さい」

帰蝶義姉上が信長兄ぃの前に置かれた円座を手で指し示した。

俺は言われるままに腰掛けた。

じろり、ぎらり、ぎょろりと様々な視線が横から俺を突き刺す。俺を値踏みする者、敵対心を丸出しにした威嚇を放つ者、何一つとして見逃さないという好奇心で目を見開いた者。その中には、中根南城に同行していた顔もあった。

上座から腹心の岩室《いわむろ》長門《ながと》守《かみ》、長谷川《はせがわ》橋介《きょうすけ》、山口《やまぐち》飛騨《ひだ》守《かみ》、加藤《かとう》弥三郎《やざぶろう》と続き、その後ろに控えているのは、鉄砲の名手である滝川《たきがわ》一益《かずます》、秀才と謳われる丹羽《にわ》長秀《ながひで》もいた。さらに後ろは、背が高い暴れん坊の前田《まえだ》利家《としいえ》、その利家の弟で信長兄ぃのお気に入りの佐脇《さわき》良之《よしゆき》だ。

飛騨守がギラギラした目で殺気を込めて俺を睨み、利家や良之も怖い顔で睨んでいた。

彼らに恨まれるような事をした記憶はないので、俺は小さな声で控えている千代女に聞いてみた。

「（何か、悪い事でもしたのか？）」

「（特に何もございません。ただ先日、若様が信長様に向かって怒鳴り上げた時に『無礼であろう』

と刀に手を掛けて立った愚か者を取り押さえられました。それを根に持っているのでしょう。他の方々は存じ上げません)」

あ～っ、納得した。

猛将を自称する飛騨守が侍女に取り押さえられたのか。余程悔しかったのだろう。

その後ろで睨んでいる彼らは『信長大好きッ子』だ。

利家と良之の二人はまだ若く初陣前であり、赤塚の戦いでは那古野でお留守番をさせられていた。那古野城に戻った飛騨守から中根南城の一件を聞いたのだ。彼らの大好きな信長兄ぃを怒鳴り付けたと聞けば、鼻息を荒くするのも理解できた。

彼らは家督を継ぐ事もない家臣の三男、四男らなのだ。家督を継ぐ嫡男は大切にされる。また、その嫡男に何かあった場合のスペアである次男も待遇は悪くない。しかし、それ以下の三男や四男は部屋住みの用無し。戦場などで貢献して家に尽くさなければ、無駄飯食いとむごい扱いを受け、いずれは家を追い出される運命なのだ。

そのような彼らを信長兄ぃが拾い、足軽として、あるいは、小姓として仕えさせて救った。

大恩ある信長兄ぃを罵倒した俺を、抜き身の刀のような目をした利家が睨む。

今にも襲い掛かってきそうで怖かった。

念の為に言うが、切り掛かられる事が怖いのじゃなく、この部屋が血で染まるのが怖いのだ。

何故、そんな心配をするのかといえば、天井や床下に俺を守る為に忍んでいる連中が容赦を知らないからだ。その筆頭が『飛ノ加藤《とびのかとう》』であった。

この『飛ノ加藤』は、江戸の軍記物に登場する有名な忍者の加藤ではなく、元の名を三雲三郎左《みくもさぶろうざ》衛門《えもん》といい、六角重臣の三雲定持《さだもち》の子だ。

三雲家は代々『猿飛び』を襲名する忍びだった。三郎左衛門は弟だった為か、実力が及ばなかった為か、その名が継げなかった。彼は家を飛び出して、諸国を放浪する変わり者となった。そして、熱田で望月家の鬼娘《おにご》に護衛させ、多くの伊賀者を召し抱える俺を気まぐれで襲ってきた。

もう二年も前になる。

その日は月が明るい夜だった。三郎左衛門は城壁を軽々と越えてやってきて、庭をゆるりと歩きながら近付き、俺の守りを固めた護衛や侍女らを無力化すると、最後の砦であった千代女を赤子のように扱って戦闘不能にしてしまった。

地面を這う千代女を見下ろして、三郎左衛門が笑みを浮かべて言った。

「こんなモノか。鬼娘と呼ばれた望月の実力は？」

「若様に何かしてみろ。相打ちとなっても其方を殺す」

「くくく、威勢だけは良いな。だが、実力が伴っておらん」

「若様に近付くな！」

ボロボロになりながら立ち上がろうとする千代女が、あらん限りの声で吠えたが、何の制止にもならない。三郎左衛門が俺に近付き、片手で胸ぐらを掴むと、もう片手の小刀が月明かりで光った。

死ぬ時はこんなモノかと覚悟を決めて、俺は黙って刺客を睨んだ。

すると、何故か「気に入った」と言って、俺を解放してその場から消えたのだ。

数日後、熱田を支配する一人の西加藤家の延隆《のぶたか》に連れられて、彼は再びやってきた。

「この度、加藤家の客将となりました加藤三郎左衛門と申します」

先日、俺を殺しに来たかと思うと、手の平返しだった。

三郎左衛門曰く、一目置いている望月出雲守が見込んで娘を送った主を見てやろうとしたが、幼子のくせに肝が据わっているのが気に入ったらしい。

その日のうちに、近江の六角家で重臣である三雲家の子息が西加藤家の門を叩いた。

三郎左衛門は図々しい事に西加藤家に仕えるのではなく、好きに動かせてほしいと要望したそうだ。延隆が何をしたいのかと聞けば、俺の護衛が手薄なので周辺を固めたいという。延隆は三郎左衛門を気に入って、加藤の名を与えた。

気に入った者に名字を与えるのはよくある事で、加藤の名を得た三郎左衛門は、猿飛ノ加藤で『飛ノ加藤』を自称した。

まず、加藤は俺の守りを固める為に侍女らを鍛える事から始めた。加藤に鍛えられた侍女らの実力はみるみるうちに向上したのだが、その訓練は可哀想と思うほど容赦なかった。

護衛対象として付き合わされている俺も、見ているだけでちびりそうな……ちびってないぞ。

ちびったのは度胸作りの愛情訓練のほうだ。

目の前を刀やクナイが飛び交い、一思いに殺してくれと叫びたくなるほどの恐怖の訓練だ。

加藤と千代女だけは逆らってはいけない。

次に、加藤は旅で知り合った変わり者の仲間を次々と呼び寄せ、俺の指揮下ではないが、それでいて俺の為に動く奇妙な一団を作った。熱田の秘密を盗もうとする不埒な間者を処断し、町で乱暴や狼藉を働く不遜な侍なども叩き伏せる中年不良グループは、やりたい放題の独立愚連隊《どくりつぐれんたい》だった。

だがしかし、最近は今川・武田・北条等々のヤバい奴らが入り込んでいるので、彼らがこっそりと護衛してくれているのは心強かった。

俺と加藤らの関係は、心の主従と言えよう。『ハート アンド ソウル』（魂の結びつき）で結ばれており、俺はそれを喜んで受け入れているが、何をしてもらうのも命令ではなく、お願いなのだ。

裏から俺を守ってくれて心強いが、彼らは容赦なく制御もできない。

利家達が動けば、加藤らが飛び出して、利家の体を切り裂くだろう。そして、乱入してきた加藤らに対抗して、信長兄ぃの側近らも入ってきて、抵抗する者らを次々と絶命させ、この主ノ間が死体と血の海に沈むのだ。ブラッディカーニバルは遠慮したい。

俺は主ノ間に到着して腰掛けたままで、挨拶もせずにそんな事を考えていた。

時間にすれば、二十秒、いや十秒くらいしか経っていない……と思う。

そんなわずかな時間だったが、信長兄ぃが待ちくたびれたのか、がさっと前屈みになって腰を前にずらして話し掛けてきた。

「挨拶など無用だ。さっそくだが先日の続きを聞こうか」

「何でございましたか。確か、黒鍬衆で行っている調練の話でございましたか」

「うむ。兵の体づくりが必要とか申しておったな。確か……食事、体操、飛脚走りが必要とか」

「まず、食事に関しましては、こちらの『家庭の医学書』をお読み下さい。体づくりに必要な知恵と病気に強くなる食事、軽い病気になった場合の対処療法が書かれております。以前、信長兄ぃがおっしゃった、暑い日にこまめに水を取ると倒れないなどの知恵も書かれております。当然ですが、調練に耐える体づくりの知恵が学べます」

この『家庭の医学書』は、舌足らずの二歳（満一歳）の時に、俺付きの侍女が、俺の指導をまとめたモノだ。

石鹸などを作り終えた俺は、その侍女の弟である武蔵《たけぞう》を抱っこ専属の世話役として雇い、蚊取り線香や風邪薬などの材料である薬草を探しに山に出掛けた。

そういえば、山々を薬草探しで巡ったのだが、侍女らの足で一日中、山を歩くのが無理だったので専属の抱っこ役として武蔵を雇う事になったのだったな～（忘れていた）。

今でも急ぎの時は抱っこされる。特に山は。回数は減ったけど……。

それはともかく、取ってきた薬草などは城外の空き地を耕して植え、薬草園にしようとしたのだが、課役として村人を呼び出すのも申し訳ない。何でも村人らも畑仕事で手が足りない時に河原者を使うと聞いて、河原者を集めて薬草園を作らせて、管理をさせる事とした。そして痩せ細った河原者らの健康管理の為にあれこれと指示を出し、病気の者には、卵粥と葛根湯《かっこんとう》を与えた。

そのようにして河原者らと過ごした一年間の覚え書きをまとめたモノが『家庭の医学書』であった。その本は河原者らを世話してくれた東八幡社の神主に渡り、写本して周りの神社や寺院に配られ、皆が喜んだので親父などにも配った。

「一つ一つ、説明せよ」

「説明しても宜しいですが、それだけで四、五日は掛かります。しかし、残念ながら私も忙しい身でありますので……次に登城できるのはいつになるやら。それでも説明いたしましょうか？」

信長兄ぃは嫌そうな顔をしながらも「相判った。それを読むとする」と、あっさりと引いた。

らしくないぞ？

次に、俺は寺小屋で使っている保健体育の教材を取り出した。

これは京の名医である曲直瀬道三《まなせどうさん》が訪ねてきた時に、俺が南蛮医学と称して語り合った事を纏めた本だ。道三が訪ねてきた理由は、『家庭の医学書』を見たことだ。どの経路から曲直瀬道三に渡ったのかは知らないが、より詳しく聞きたいと、道三が尾張を訪ねてきた。そして、俺と道三のやり取りを道三の弟子がまとめて保健体育の教材となったのだ。

健康づくりの為の体操はここに書かれている。

だが、公開はしていない。

事故で亡くなった死体を解剖した時の解剖図なども書かれており、僧侶達が見ると五月蝿そうなので中根の寺小屋限定の教材にしているのだ。

最後は飛脚走りの説明だ。

現代でいう長距離走であり、兜・鎧・槍・刀などの防具・武具・道具を装備して、長い距離を走れる体力を養う。ウルトラマラソンの二十五里《千キロメートル》を走れる体力があれば、十里《四十キロメートル》を走った後でも戦闘ができる。俺は信長兄ぃに利点を語った。

「お判りですか。飛脚走りを会得すれば、戦を有利に運べます。局地戦でも素早く敵の背後に移動でき、陣形を整え直して襲い掛かる事も可能です」

「なるほど、それは良い」

「ですが、これは普段から調練を行っていないと体得できません。常備兵でなければならない理由であります。もちろん、大盾を持つ重装備兵、槍しか持たぬ軽装備兵で扱いの用途が異なります」

「であるか」

おぉ、思っていたより早く終わるかもしれないと、そう油断した瞬間に爆弾が落とされた。

「で、今川を叩きのめす秘策とは、どんなモノか。早く答えよ。どんな策を考えている」

信長兄ぃの問いに、俺は絶句した。

寝殿に通された理由がやっと判った。これを聞く為に信頼できる者しか出入りできない寝殿を選んだのか。先に言ってくれ、要らぬ心配をした。

織田家の城の警備は俺が雇った忍びを貸し出して行っており、那古野城で行われた信長兄ぃの密談でさえ、俺の耳に届く。

だが、この報告は上がっていない……いやぁ。待て。

尾張から上がってくるすべての報告に目を通すほど、俺は勤勉ではない。

今回は希な例だ。

信光叔父上が信長兄ぃを煽った話など、上がらなくて当然だと納得した。

さて、どう答えたモノか？

信光叔父上は親父の弟で守山城主をしている。

親父より才覚があり、家臣達は家督を継がせるのは親父より信光が良いと、口々に言っていたらしい。これは信光叔父上自身の自慢話なので話半分だが、家督を継げる可能性があったのは本当だろう。

しかし、家督を継ぐ事を自ら拒絶した。家督を継げば、煩わしい仕事が山ほど増えるからだ。好き勝手できる弟の立場のほうが面白く生きられる。生き方を選んだのだ。

その信光叔父上を初めて頼ったのは、俺が蝮殿の事前交渉を引き受けた事と重なる。

俺は完成させた酒を清い澄み酒だから『清酒』と名付け、この清酒を売る話を堺商人らと進めていたのだが、堺の会合衆は売れないと話を断ってきたのだ。

熱田まで足を運んできた天王寺屋の津田宗及《つだそうぎゅう》は絶賛してくれており、これはいけると俺は思っていたので、嘘だろうと思わずにいられなかった。

俺が出した桶売り案は、『織田家が酒を造り、堺商人が酒を運び、寺が酒を売る』というものだった。

何故、寺に酒を納めるのかと不思議に思う人もいるだろう。

酒は僧坊酒《そうぼうしゅ》とも呼ばれており、寺で造った酒を地元の商人が売り、酒で儲けた銭で金貸しを始め、その銭で建った倉を『土倉《どそう》』と呼ぶ。貸した銭を返せないと、僧兵がやってきて、土地ごと根こそぎ奪われる。比叡山の延暦寺など、下手な領主より多くの奪った領地を持っていた。

だから、織田家が京で酒を売れば延暦寺と揉め、大和で売れば興福寺と争い、摂津・河内で売れば石山御坊の本願寺と揉め事を起こす事になる。

お布施というみかじめ料を払って仲介する手もあるが、これは酒が大量に売れると、天井知らずに上がってゆき、いつか破綻する。

それを回避する為に、初めから販売ルートに組み込み、販売を寺に丸投げする方法を考えたのだ。

この『桶売り』の案を聞いた津田宗及は、「目から鱗でございます。寺を黙らせる絶妙な一手でございます。是非、天王寺屋、いいえ、その役目を堺の会合衆に任せて下さい」と言い切った。

俺は『桶売り』の案に自信を持って、熱田衆の代表を堺に送ったのに失敗した。

俺の案は、堺の会合衆には不評だった。

横暴な寺が酒を納めても銭を払わない可能性を指摘され、その時の損失を織田家が見てくれるのか、その返答を求められて戻ってきたのだ。

俺が甘かった。

今は戦国時代であり、現代のような信用取引が通じない。

力がある者がすべてを奪う。そんな世界だ。

熱田で成功したのは、俺が織田信秀の息子であり、熱田神宮の後ろ盾があったからだ。

俺との約束を破る事は、織田家と熱田を敵に回す事。

そういう無言の圧力があったので、俺との約束を破る者がいなかったのだ。

俺は失敗を洗い出す事にした。

まず、俺は熱田商人の警護と周辺の情報収集の為に同行させておいた者を呼んだ。

名を望月兵太夫《もちづきひょうだゆう》という。

千代女の父である出雲守に頼んで譲ってもらった甲賀の優秀な人材の一人であり、千代女の叔父で師匠でもあった。

「兵太夫。訪ねてきたばかりで、役目となったが堺はどうであった」

「中々に楽しい事となっておりました」

「楽しいとは？」

「若様の案を何としても通したい天王寺屋と、ひとまず潰そうと暗躍する魚屋《ととや》との攻防が面白うございました」

魚屋とは、田中与四郎《たなかよしろう》（後の千利休《せんのりきゅう》）の事だ。

熱田の代表が魚屋から俺への手紙を預かっており、手紙には、「自分に任せてくれれば、話をまとめてみせます」という好意的な内容が書かれていた。

だが、そうではなかった。

兵太夫の話では、天王寺屋の努力もあって一度は多数派工作に成功したが、それを潰したのが魚屋だったのだ。兵太夫が密かに聞いた密談の内容はこんな感じだ。

「塩屋（宗悦《そうえつ》）殿。この話ですが、一度断りましょう。このような旨い話を最初からする相手です。

もう少し色を付ける事ができますぞ」

「魚屋さんは相変わらず、腹黒いお方ですな。で、どのような色を」

「仕入れ価格を三割ほど下げ、畿内、および、西国の販売権を譲渡させるのはどうでしょうか？」

「織田が、それを飲みますか」

「寺と諍いを起こさぬ為に我らの協力は必要でしょう。しかも畿内に大量の酒を運ぶ事ができるのは我らだけ。この地の利を使わずにどうするのです」

「その交渉はどなたが？」

「もちろん、私自らが尾張に赴いて、まとめてきましょう」

「判りました。魚屋さんの話に乗りましょう。二、三人ほど、声を掛けておきましょう」

「お頼み申します」

兵太夫からこのような会話があったと聞いて、俺は思わず笑ってしまった。

武将らは人の物を奪う事に遠慮がなく、商人は儲ける為なら我が子でも売ってしまうほど行儀が悪く、坊主は平気で嘘をついて人を騙す。

熱田・堺・寺で利益を三分割しようなど考えていた俺が馬鹿みたいだ。

俺は負けを認めた。だが、次はないと心に誓った。

俺は兵太夫に畿内の主な町に拠点となる商家を乗っ取るように指示を出した。

椎茸を売って、当面の資金に当てる。

さらに諜報役となる行商人と歩き巫女などの情報と裏工作できる人材を育てる計画を立てた。

堺での失敗は俺の転機だった。

甘い事を言っていると、がぶりと食い付かれる事を教えてくれた。

そして、恥を忍んで信光叔父上にそんな裏事情をすべて話して親父の助けを求めたのだ。

がはははは、と信光叔父上が豪快に笑ったのを覚えている。

「それで不景気な顔をしておったのか」

「不景気ではありません。素直に負けを認めただけです」

「それはいかん。武士は一度でも負けを認めると舐められる。絶対に頭を下げる事はならん」

「では、どうするのですか。堺商人の助けなしに畿内で酒を売る事は難しいと思います」

「俺に任せろ。当てはある」

そう言って、信光叔父上は平手政秀に助けを求めた。

信光叔父上に策があった訳ではないが、困った時の平手政秀頼みだ。

親父が政秀を『我が張良』と褒めるだけあった。

信光叔父上は政秀と共に京へ清酒の納品に行くと、政秀は公家の飛鳥井雅綱《あすかいまさつな》を頼り、その娘の目々典侍《めめのないし》から皇太子の紹介で、比叡山延暦寺の天台座主である清彦親王《きよひこしんのう》に清酒の売買を斡旋してもらった。天台座主は帝の弟なので、皇太子の叔父となる。

堺の商人と延暦寺の御用達商人を呼んで桶売り案が結ばれ、売り上げの一部が上納金として、織田家から朝廷に納められる事が決まった。

これで公家様方々は、いつでも延暦寺の清酒を買う事ができる。延暦寺は織田の酒を延暦寺の名で売れる。お上が関わった取り引きに、堺と京の商人は文句も言えない。

矢継ぎ早に、政秀は前関白の近衛稙家《このえたねいえ》を通じて、興福寺の僧を呼び出した。この近衛家は代々においで興福寺に僧正を送り出す家なので無視できない。そして、大和の興福寺は稙家の仲介で同様の取り引きが結べた。

次に摂津・河内に拠点を置く石山御坊の本願寺には、左近衛中将《さこんえのちゅうじょう》の三条実教《さんじょうさねのり》を頼り、さらに同様の方法で、日蓮宗や禅宗の寺を巡って戻ってきたのだ。

それから天王寺屋の手紙が届き、それを読んで胸がすっとした。

まぁ、平手政秀が京に上がったので、石灰の交渉を自分でする事になったんだけどね。

堺の会合衆らは、三者三得の『桶売り』を始めた栄誉をお上に譲った事となった。儲けが増えるどころか、織田家と同額の朝廷への献金分を求められて手取りが減った。欲を掻いた魚屋は会合衆の仲間から怒号を浴びたらしい。

また、会合衆では、俺の事は平手政秀の師事を受けている織田の秘蔵っ子という認識となった。

このお陰で、その後の取り引きが楽になったのだ。

俺も勉強になった。

念の為にいうが、織田家の取り引きはすべて信光叔父上の名義だ。官位こそ低いが、織田家のナンバー2と知られており、信光叔父上の署名は親父の署名と同等だった。

こうして、俺の基礎を築くことができた。

信光叔父上には、感謝百パーセント。恩義百パーセント。

だがしかし、今回も親父が腰を抜かした今川を撃退する策を俺に聞けとか、厄介事と仕事を押し付けてくるので、引き籠もりニートを邪魔してくる恨み二百パーセントの天敵でもある。


さて、今川を撃退する策とは、大砲と爆薬だ。

自作によって火薬の量が桁違いに多くなり、大砲と爆薬を使った『城崩し』と『足軽殺し』の方法を教えると、一方的な虐殺に親父が腰を抜かしたらしい。

そりゃ、数十キロ先から城を砲撃とか、地雷で数万人の足軽を一瞬で吹き飛ばすとかだ。

それを使えば、鎧袖一触《がいしゅういっしょく》で今川を倒せるのは間違いない。

だが、いつできるかは不明だった。

信長兄ぃなら、堺から火薬を買ってでも、爆薬を使った戦い方を試すに違いない。

しかし、そんな事をすれば、他国にバレる。

俺の返事すら待てないのか、信長兄ぃは畳を下りて鼻息が届くほど顔を近付けてきた。

「早う申せ。今川を撃退する策とは何だ」

「お人払いを」

「うむ。長門」

信長兄ぃが長門守に命じると、皆は出ていくことを嫌がったが長門守に強引に追い出されてゆく。

その間、俺は心の中で、[教える]［教えない］［教える］［教えない］と自問自答を繰り返していた。

うん、誤魔化そう。

俺は深呼吸をして息を整え、信長兄ぃに質問をした。

「信長兄ぃ、鳴海方面に約三千人の兵がおります。では、その兵が一日で食べる米の量はいくらかご存じでございますか」

信長兄ぃは目を見開き、帰蝶義姉上を見るが、帰蝶義姉上は小さく首を横に振る。

次に長門守を見ると、頷いて答えた。

「一日で兵一人が食べる米の量を五合と致します。三千人ならば、一日で一万五千合となります。おおよそ三十八俵《二千二百五十キログラム》の米俵が消費されます。ですが、これは家臣が用意する物でございますれば、信長様が知る必要はございません」

「長門守と申したか。本当に知らぬで済むと思うか。一年分で約一万三千六百八十俵《八百二十トン》となる。これを一家臣で揃えられるか」

「その為に知行を与えております」

「確かに一万三千六百八十俵も、石高に直せば六千石だ。鳴海・大高の石高で賄う事ができよう。だから、今川の兵が鳴海に居座っている。その米をなくせばどうなる」

「鳴海から米をなくすとは？　鳴海城を焼くのは……無理だな。ならば田畑を燃やすか」

長門守の独り言のような言葉に、俺はウンと頷く。

「魯坊丸様。田畑を燃やし、兵糧攻めで今川に兵糧入れを邪魔するならば」

「その通りです」

長門守は米の消費を把握できているだけあって、運送のコストも頭に入っていると見えた。

ほとんどの戦では手弁当で家臣が自前で用意する。

しかし、長期戦になると主君が兵糧を用意するか、足りない分を敵地で奪うのが常であった。

鳴海・大高の田畑を燃やせば、奪いたくとも奪えない。

長門守が鋭い目で聞いてきた。

「今川方との決戦のおつもりは？」

「致しません。小競り合いは起こるでしょうが、こちらは火を放って逃げます」

「巧くいくのでしょうか」

「油壺を用意させます。銭は掛かりますが手間は掛かりません」

「油ですか。なるほど」

俺の思惑は伝わったようだ。長門守は頭の中でこの策の成否を検討しているが、信長兄ぃは、今一つ判らないような顔をしていた。

「何をごちょごちょと言っておる。説明致せ」

「殿。魯坊丸様は兵糧攻めで今川を苦しめる策を考えておいでです」

「兵糧攻め？　城を囲むのか？」

「いいえ、大高・鳴海の田畑を焼いて米そのものをなくすのです。村々の田畑を焼けば、秋の収穫では鳴海城に米が納められず、兵は飢える事になるでしょう」

「うむ。であるな。それは考えた。だが、それでは義元も黙っておらぬ」

「いいえ、それが狙いなのです。海はこちらが押さえておりますので舟が使えませぬ。陸路で知多へ運ぶ事となります。魯坊丸様は今川の兵を呼び込む事で、今川に兵糧を使わせて、今川の体力そのものを奪う気なのです」

実は去年の秋口から酒米が足りないと、少し高値でも伊勢から東海に掛けて米を買い漁っていた。だから、この尾張周辺は米が品薄となっていた。

高値で米を売った鳴海・大高の米倉には十分な米が揃っているとは思えない。

俺の予想だが、鳴海・大高は夏前に倉が底を付き、この戦で消費した分を買い戻さねばならない。

だが、尾張の商人が米を売るはずもなく、舟で兵糧入れもさせない。

さて、義元はどう出るか？

「米を運ぶには知多半島を横断せねばなりません。信長兄ぃは敵の兵糧が運ばれているのを黙って見過ごすおつもりですか？」

「馬鹿を申すな。小荷駄隊など蹴散らしてくれる」

「先ほどは油壺を投げ入れて火を放って逃げると申しましたが、こちらの一千人を十に分けて百人とします。百人で襲って逃げる振りをします。追い掛けてくれれば伏兵で袋叩きにし、追い掛けてこぬならば遠間から油壺を投げ入れます。守る側は混乱するでしょう」

俺はにやりと悪い顔を見せて、「信長兄ぃ、腕の見せ所ですぞ」と言う。

信長兄ぃは、目を輝かせた。

例えば、敵の護衛が一千五百人とする。百人で襲う振りをして逃げると、敵は伏兵を見越して三百人の兵で追うだろう。それを三度繰り返すと、あら不思議。

守っていた一千五百人が六百人まで減ってしまう。攻める兵は七百人となる。守る兵は六百人と数が逆転する。

そこで小荷駄隊に襲い掛かるも良し、もう一度減らしてから襲うのも良し。

常に攻めるほうが先手を取れる。

しかも、こちらは取り囲んで油壺を放り入れて火を放つだけだ。

本気で今川が奇襲を防ぐ為には、護衛の数は三千人から五千人に増やすこととなる。

兵が増えれば増えるほど、消費される米も増える。

「なるほど、確かに良い策だ。だが、それに気が付いた義元が何もせずにいると思っておるのか」

「全軍を挙げて尾張を攻めてくるでしょう。それこそが狙いです。長門守も言ったでしょう。今川の体力を削るのが目的なのです」

「何か対策があるのか？」

「土岐川（後の庄内川）と天白川の河川改修を何の為にしていると思うのですか。加えて、土岐川と天白川を結ぶ万里の長城を模した『織田の長城』は何の為に造ったとお思いですか」

「河川の氾濫を防ぎ、内に開拓地を作り、作業員と称して兵を用意する為であろう」

「惜しい。もう一声、もう一声あれば、正解です」

「焦らすな。さっさと言え」

「土岐川と天白川、長城、そして、海。この四つを合わせ大城とします。織田家はこの大城に籠城して守勢に徹します。今川軍が大軍であればあるほど一日に消費する米が増える事になります。織田家は守るだけで勝てるでしょう」

「戦わぬ気か？」

「今は戦いませんが、あと八年もすれば、戦の準備も整うでしょう」

「何の準備だ」

「謀は密なるを良しとすと申します。お教えできませんが、八年先であれば、太原崇孚《たいげんそうふ》も現役を去り、今川義元が出陣してきます。義元の首が信長兄ぃの前に並ぶ事でしょう」

「親父殿はその策を知っておったのか」

「親父と信光叔父上、そして、私の三人のみ」

「であるか。安祥城が陥落して信広と竹千代の人質交換となった時に出した策だそうだな」

「今川に通じた者を織田家中から駆除すれば、今川も焦る事でしょうと言いました」

「ぬかせ、その程度で親父殿が腰を抜かすか」

「教えても使わぬと約束できますか？」

「新兵器を使わずに何の意味がある。機先を制しての戦であろう」

「無闇に吠えれば、敵を増やします」

「蹴散らせばよい。その為の新兵器であろう。教えろ」

「今の信長兄ぃには教えられません」

くそぉ。結局、誤魔化せなかった。

親父は武士としての矜持が強く、武士道に反する新しい武器をすぐに使おうとしない。

だが、信長兄ぃは鉄砲の威力を知ると、国友に三千丁の鉄砲の注文を出すほどの新しい物好きだ。

俺と信長兄ぃとでは戦略の考え方が違い過ぎる。

見せびらかすなど馬鹿げており、新兵器は『ここぞ！』という場面で使うべきだ。


…………………………。

…………………………。


俺と信長兄ぃが睨み合い、時間だけが過ぎてゆく。

埒が明かないと、帰蝶義姉上が妥協案を出してくれた。

「今日は止めましょう。魯坊丸様に来ていただいたのは兵の強化です。魯坊丸様がおっしゃるような常備兵をどうするかではございませんか」

「義姉上の言う通りです。常備兵の数を決め、侍大将の候補も決めなければなりません。千代、アレを」

千代女が作った今期の収支予想を前に出すと、信長兄ぃは不満そうに数字を見て睨んできた。

「待て。何故、其方が那古野の収支を知っておるのだ？」

「この那古野で『蝮土』を配っているのは、熱田衆から頼まれた私です。収穫がどれだけ増えたかを把握していて当然でしょう。さらに配当金も私が一括で払っております。他の那古野の収入は存じ上げませんが、大差ないでしょう。また、織田家が商人から買った物は、私が一括して支払っておりますので、おおよその額は把握できます」

嘘だ、まったくの嘘だ。

商人の帳簿には送り名が書かれているから、できない訳ではないが面倒だ。

そんな面倒をせずとも、各城には買った物を纏めた帳簿がある。

那古野城の帳簿の写しを取り寄せれば、簡単な試算で数字が出てくる。

信長兄ぃと帰蝶義姉上はその紙を見てしばらく固まっていたが、俺は強引に話を再開した。

「那古野の財政から常備兵は、一千人ほどなら問題なく雇えるでしょう」

「もう少し増やせぬか。三千人は欲しい」

「そんな銭がどこにあるのですか。欲しいならば、二千人分の長屋と俸禄、鎧、槍、道具などを自分で揃えて下さい。それから彼らを指揮する侍大将も必要です。その侍大将をいくらで召し抱えるつもりですか。信長兄ぃの子分に与えるのはよしたほうが宜しいと忠告しておきます。銭を用意していただければ、兵はなんとか致しましょう。その銭はどこにございますか？」

「銭など、借りてくればよかろう」

「返済の目途はありますか。尾張では返す目途もなければ、誰も貸しません」

「魯坊丸。ため込んでおるのであろう」

「トイチでお貸ししましょう。私も銭が足りなくて困っております。兄上が儲けさせてくれますか」

トイチとは、十日で一割が増える魔法の金利であり、一年で約三十二倍に膨らむ。

間違いなく那古野の財政は破綻する。

「如何でしょうか？」

「冗談はよせ」

「冗談ではありません。散財をすれば、いずれはそうなります。まずは那古野の支出をご自分で把握して下さい」

「ふん、知らん。帰蝶、任せた」

「お任せ下さい」

次は常備兵を率いる侍大将の候補者だ。

少なくとも信長兄ぃを慕う馬鹿共には任せられず、既存の武将は流民や棄民が多い常備兵に嫌悪感を持つ者が多かった。

だから、切羽詰まった状況に置かれた武将であり、経験も豊富そうな二人を候補に用意した。

一人目は管領の細川氏の権力闘争に巻き込まれて伊丹城を失った伊丹康直《いたみやすなお》だ。一万人に近い軍勢を指揮した事がある武将であり、采配は悪くなかったと聞く。運悪く敗れて、伊勢の親族の家に世話になっていた。

二人目は斉藤家家臣の長井道利《ながいみちとし》に世話になっている森可行《もりよしゆき》である。可行は美濃守護の家臣だったが、頼芸《よりのり》派は斉藤家によってすべて取り潰された。可行の猛将ぶりは有名で、斉藤利政も家臣にしたいと考えて殺さずにいた。だが、可行は元主君の敵に仕えることを良しとしなかった。

信長兄ぃも頷いた。

「森可行は聞いた事がある。かなりの槍の使い手らしく。確かに欲しいな。だが、召し抱えたばかりの者が侍大将ではまずい」

「では、新たに軍奉行を作り、徒大将と致しましょう。俸禄は三百貫文から五百貫文ならば捻出できるでしょう」

「三百から五百だな」

俺が挙げた二人は、どちらも家臣を多く持っており、その家臣を食わせねばならない。

いつまでも客分という訳にいかない。

「口説けるかは信長兄ぃに掛かっております。私は紹介するだけで手は貸しません。それで宜しいか」

「相判った」

ここまでお膳立てして口説けないなら信長兄ぃが悪い。

帰蝶義姉上に任せると言いながら、信長兄ぃは帳簿と概算を見比べて唸っていた。

結局は自分で確認しようとする。

俺は貸している那古野詰めの中間《ちゅうげん》を呼びに行かせた。

そして、どうしても信長兄ぃが行き詰まったら助けるよう中間に言って城を出た。

真っ赤な夕日が山に沈みそうであった。結局、朝から夕方まで掛かってしまった。

いや、夜が更ける前に終わったと喜ぼう。

うぅぅぅ、疲れた。

「千代。俺は働き過ぎではないか」

「今日は昼寝もありませんでした。もうお疲れでございましょう」

「まったくだ。俺を何歳だと思っているのだ」

「ふふふ、七歳に見えません」

まったく、俺はまだ昼寝が必要なお年頃だぞ。

すべて信光叔父上が悪い。それとも信光叔父上の口車に乗った俺が悪かったのか？

俺が難しい顔をしていると。

「どうかなされました？」

「四年前、叔父上の頼みを聞かねば良かったのかと考えただけだ」

「それは困ります。それでは私も呼ばれなかった事になります」

そういえば、そうか。

村を作り、出掛けることが多くなるので護衛がいるという事になったのだな。

初めて会った頃、千代女は俺が何かする度にびっくりして目を丸くするのが可愛らしかった。

そして、何も手伝えないと落ち込んでいた。

俺は護衛だけで十分だったが、信光叔父上が伊賀忍を二百人に増やせないかと尋ねられた時に、初めて千代女が声を高めて言い放った。

「まだ魯坊丸様の手伝いは何もできませんが、伊賀忍の管理ならば私でもできると思います」

必死に訴える千代女の姿に、俺はその要望を聞く事にした。

それから忙しい日々が始まったのだ。

あの時点で家臣が二百五十人余り、酒村の領民も五百人を超えていた。

俺には、彼らの生活を守る義務があったし、その後も領民が増えて四桁に達している。

熱田明神様を演じるのも楽ではない。

「千代。俺は反省するが後悔はしない。千代らが来てくれたことを良かったと思っている」

「ありがとうございます」

「だが、これも覚えておけ。俺は諦めが悪い。いつか城に引き籠もってニートとなる。必ずや、なってゴロゴロしてやる」

「はい、それでこそ若様です」

千代女の元気な声に勇気づけられた。

ニートって、〝Not in Education, Employment, or Training〟(学校に通わず、働きもせず、職業訓練も受けない)の頭文字を取って、『NEET』なんだけど、絶対にニートって意味を勘違いさされているよな。

働かないぞと叫んでいる俺を賞賛する訳がない。

だから、俺もニートの意味を教えないし、千代女の勘違いを訂正する気もない。

千代女の声で元気を貰えるからだ。

こうして、俺はさっそうと城まで帰ったつもりだったが、疲れには勝てずに馬の上で舟を漕いで落ちそうになり、千代女の胸に抱かれて中根南城に戻ったらしい。

翌朝、千代女に赤子のように抱きかかえられて戻ってきたことを教えてもらって赤面した。

また、やってしまった。

第四話　尾張に腰入れした帰蝶は麒麟に出会う

私は美濃守護代、斉藤利政の娘です。

父の利政は土岐頼芸《ときよりあき》様に仕えていましたが、頼芸様は兄の頼武《よりたけ》様と美濃守護の座を争いました。その壮絶な争いの中で我が父は大活躍をして、頼芸様から美濃守護代を与えられ、国主まで上り詰めたのですが、今度はその頼芸様と仲違いとなります。

殺される訳にもいかないので、父は頼芸様を攻めて美濃から追放しました。

それでも頼芸様も諦めてくれません。尾張の実力者であった織田信秀の力を借りて美濃に攻めてきたのです。同時に、前守護だった頼武様の子である頼純《よりずみ》様も越前の朝倉の力を借りて攻めてきました。二方向から攻められ、我が斉藤家は、たくさんの味方に裏切られてボロボロながらも辛勝しました。

「帰蝶。其方には悪いが頼純様に嫁いでもらう」

「武家の娘に生まれてきました。その覚悟はできております」

「うむ。だが、この婚姻は時間稼ぎだ。頼純様も頼芸様も納得されておらん」

この戦の仲裁に入ったのは管領代の六角定頼《ろっかくさだより》様でした。

頼芸様は美濃に戻る事はできましたが、美濃守護職を頼純様に譲る事になったのです。守護の座を取り戻す為に頼芸様は織田家の力を借りて、また攻めてくると父は言います。父は新たな守護となった頼純様の妻に、私を送る事で恭順を示したのですが……嫁いで半年もしないうちにまた織田が攻めてきて、頼純様も再び朝倉に兵を求め、頼純様は父と戦う事を決めます。

そして、私は離縁されて稲葉山城に戻されたのです。

私は役に立ちませんでした。私は頼純様を懐柔し、父と頼純様を結びつけることに失敗したのです。もっとも初めから時間稼ぎの人質でしたので、頼純様は私を近付けず、夫婦らしい事は何一つありませんでした。

一方、今度は負けぬと頼芸様に鼓舞された織田勢は大軍を用意したようでした。

父は稲葉山城に籠もり、城から一切討って出ず、町を焼かれても反応しません。周りの砦を落とされても動きません。山の麓にある屋敷の側まで織田勢が押し寄せてきます。

それでも父は門を堅く閉じ、応戦ばかりで一切の反撃をしませんでした。

織田勢は攻め倦《あぐ》ねます。そして、攻めきれないと感じたのか、撤退を開始したその時です。

父は初めて門を開いて追撃しました。

父が討って出ないと油断していたのでしょうか？ 織田勢は浮き足立ち、次々と後続が討ち取られ、それはもう壊滅的な被害を出しました。

私は運が良かったと思いました。

しかし、織田勢は攻め倦ねて撤退したのではなかったのです。

父は尾張の守護代の織田信友《おだのぶとも》を唆し、織田信秀が美濃に兵を出している隙に、信秀の居城である古渡城を攻める手筈を整えていました。父は亀のように手足を引っ込めて、怯えているように思わせ、信秀を騙したのです。

私も騙されました。

その戦いを見て、朝倉軍の名将である朝倉宗滴《あさくらそうてき》殿は撤退を決めました。

越前の朝倉家は加賀の一向衆とも敵対しており、無意味に兵を損ないたくないと考えたのでしょう。一方的な勝利を挙げ、追撃戦で敵将の首を取って士気も高い。そんな斉藤勢と戦って、大きな被害が出るのを嫌がったようです。

また、宗滴殿は父が美濃守護である頼純様を傷付ける事はできないと見透かしていました。

実際、父は返す刀で大桑城を兵で囲んで、周りの木々に火を放ちましたが、城には攻め掛からず、和睦の使者を何度となく送っていました。やはり、主殺しは家臣達も嫌なのです。

とはいえ、頼純様はその程度の脅しに身の危険を感じ、城を捨てて朝倉の越前に逃げてしまいました。

父は頼純様を美濃に呼び戻し、再び私を嫁がせて美濃を掌握するつもりだったのですが、ほどなく頼純様は床に伏し、そのまま回復する事なく、病で亡くなったのです。

父の思惑は崩れました。

そうこうしているうちに、織田家から使者が来て、今度は織田家が斉藤家に和睦を申し出てきました。

私は父に呼ばれました。

「帰蝶。尾張の『うつけ』に嫁いでもらう」

「うつけですか？」

「本物のうつけかどうかは知らん。お前の目で確かめよ。だが、『尾張の虎』と呼ばれる信秀が嫡男と定めて那古野城を任せておる。ただのうつけではあるまい」

「判りました。よく見てきます」

「だが、真に見てきてほしいのは魯坊丸よ」

「魯坊丸様？　どなたですか？」

「最近、熱田明神の生まれ代わりと騒がれておる、信秀の秘蔵っ子だ。今回の同盟の事前交渉を取り仕切っておった。その交渉で儂も一本取られた」

「えっ、父上が……ですか？」

先の戦いで尾張の守護代と密約を交わし、手の平の上で信秀を転がした父です。

そんな父から交渉で一本取るなんてあり得ません。

「信友の清洲勢は古渡城に火を付けただけで落城まではいかなかった。最悪の予想が当たったが、そこが問題ではない。ただ信友は思っていた以上にダラしなく、逆に信秀はしっかりとした留守役を残していたようだ。尾張に戻った信秀は、すぐに兵を集め直して清洲を攻めた。これも異常だ。だが、これも想定の内だ。儂は念の為、三河の岡崎松平の小僧に美濃での戦いを一部始終見せるように手配し、岡崎の小僧は織田の大敗を確認して、三河で兵を挙げさせ、織田方の安祥城を攻めさせた。清洲を攻めていた信秀は、清洲攻めを止めて三河へ転進した。そこで儂は西美濃の牛屋城の奪還に兵を動かした」

「父上。素晴らしい戦略です」

「帰蝶もそう思ってくれるか」

「西美濃の守備兵は大敗で落胆している上に、味方が三河に兵を送ったとなれば、援軍も期待できません。士気が低い敵を打ち破るのは楽だったと思われます」

「その通りだ。牛屋城を一撃で取り戻し、周辺の頼芸派も下した」

「完璧です」

織田勢の撃退、朝倉勢の撤退、西美濃の奪還が一連の流れで計画されていたのです。

父の計略は素晴らしい。

私もいつか、父のような戦略を描いてみたいと心を躍らせました。

ですが、父の顔は険しいままです。

「戦下手な松平の小僧が安祥城を落とせないのは予想できたが、逆に岡崎城に攻め入られて落城し、西三河を織田が取るなどと誰が思う」

「えっ⁉　あの大敗の直後に領地を広げたのですか？」

「そうだ。信秀はしぶとい。しぶと過ぎる」

「信じられません。織田の兵が二千人以上も美濃で討ち取られております。兵を集めるだけでも異常な事です」

「それをやるのが織田だ」

大敗北の直後だというのに、三河の岡崎城を奪ったというのです。

父が警戒するのも判ります。父が同じような大敗北をしたならば、味方が誰も集まらなくなり、しばらく立ち直れないと思います。私は美濃・尾張・三河まで計略を張り巡らせる父に感動を覚えましたが、織田家の信秀にも興味が湧いてきました。

父の話はまだ続きます。

「だが、岡崎を取られた事で、駿河の今川も黙っていられなくなった。兵を整えて西三河に送り、小豆坂で雌雄を決した。織田勢が負けた。今川の大将は大原雪斎《おおはらせっさい》だそうだ。戦上手の信秀に戦で勝つとは、今川も侮れん。どうやら織田は、今川家と斉藤家を敵に回していては勝ちきれぬと悟ったようだ。信秀が同盟を求めてきた」

「それで私が嫁ぐ事になったのですね」

「うむ。織田家の強さを調べろ。うつけと魯坊丸とは親しくしておけ」

「畏まりました。それで魯坊丸様とは、どんな方なのですか？」

「年は四歳。容姿は京人形のようでお雛様のように美しく、勝負事に天才的な才覚がある」

「えっ？　四歳ですか？　しかもお内裏様ではなく、お雛様ですか？」

「儂は見ておらんので知らん。堀田道空を遣わせて確かめさせた。最初は平手の腹黒の計略と思っておったが、どうも魯坊丸自ら交渉を行った。誰の助けも借りていなかったようだ」

「四歳がですか？　訳が判りません」

「ふん。儂も訳が判らんわ。その四歳にしてやられたのだぞ。もちろん、甘い所もあり、そこを狙って交渉を続けている所だ」

三国を跨ぐ計略を駆使する父を負かす四歳にも興味が湧きました。

父は拗ねたように「虎が臥竜《がりょう》を産みおった」と言い放ちます。

父が織田家を警戒する理由が魯坊丸様の将来です。


織田家は次世代に臥竜が出現したのに対して、斉藤家の兄様は凡庸です。

私の兄様は体のみ大きいのですが、知恵が回らず、父からすれば物足りないようでした。

ただ、家臣らの話を聞く限りでは、兄様は人の話をしっかり聞くようで父より好かれている気がします。父に比べると誰もが話を聞くと思いますが、父は特に判りにくいですから。

私は本を読み漁るので傅役《もりやく》から『稀代の天才』と持ち上げられています。

そのせいか、父は「帰蝶が男であったなら」と明智光安《あけちみつやす》叔父上に愚痴っているそうです。

一方、兄様は書物を読もうとしません。

武芸を磨くことに熱心ですが、私に対して『女だてらに城を飛び出すじゃじゃ馬のお転婆め』と野次られ、女は大人しく城にいろと言うのです。

私の事より、兄様も私の半分くらい書物を読めば、父も安心するのでしょうが……。

そんな兄様ですから私を軍師や相談役にすることはなく、美濃で私のできる事は何もありません。

私は美濃の為に尾張に嫁ごうと決めました。


天文十八年（一五四九年）二月二十四日、尾張に着くと盛大な婚儀が行われました。

頼純様の時は、立会人の重臣が数名いただけだったのですが、那古野城の大広間に入り切れないほどの家臣が集められて、見た事もない料理と酒がズラリと並び、皆が『目出度い、目出度い』と涙を流しながら喜んでくれています。

これだけ歓迎されると、さすがに照れてしまいます。

ですが、私の夫になる信長様は、やはり『うつけ』でした。

美濃稲葉山城を出発した行列が那古野城の手前で止まり、突然に駕籠が開けられると「蝮の子を見に来た。蛇の姿ではないのだな」と腕を組んで無礼な事を言ったのです。

随行の織田家の家臣らが、何度も頭を下げて申し訳なさそうにしていました。

私は半分くらい帰りたくなりましたが、『うつけ』に嫁いできたのではない。斉藤家を助ける為、織田家に嫁ぐのだ。この『うつけ』に嫁ぐのではない。織田家に嫁ぐのだと自分に言い聞かせます。

大歓迎の式が始まり、絵巻物から飛び出したような光源氏が現れました。

思わず、ぽっと頬が赤くなるような涼やかなお顔の美青年です。誰でしょうか？

その美青年がゆるやかに前に来て、私の横に座ります。

えっ⁉　これが信長様⁉　嘘でしょう！

初対面の散切頭《さんきり》とでもいうのか、藁を使って後ろで束ねただけのばさばさ髪に、野盗か乞食のような麻衣のボロを纏っていた信長様とはまったく違う姿での登場にびっくりです。

驚いている私を見て、信長様が爽やかににっこりと笑います。

信長様は笑みを浮かべながら「どうした。言葉が出ぬか。それとも狐に化かされたか。ふふふ、儂の顔に何か付いているか」と言います。

私はあまりに美しい顔に見惚れて息をするのも忘れ、小さく口を開けたままで信長様を見上げていたのです。

「その間抜けな顔が気に入った。これから宜しく頼む」

間抜けな顔が気に入ったとか、思っても口にせぬのが礼儀でしょう……ぷう。

頬を膨らませて式の間はずっとそっぽを向いてやりました。

そして、父が言っていたお雛様と挨拶を交わしたのです。

本当に人形のように愛らしい稚児です。

「これから義姉上《あねうえ》と呼んで構わないのでしょうか」

「どうぞ、そう呼んで下さい」

「宜しくお願いします。義姉上」

きゃぁぁぁぁ～、何この可愛いお人形様は……私は魯坊丸様を気に入ってしまいました。

式が終わってゆっくりしていると、私の侍女に化けた忍びの千早《ちはや》が戻ってきました。

「姫様。ここはとんでもない所でございやす」

この、言葉が乱暴な千早が女頭です。

千早らは母方の実家を頼り、そのツテで雇った丹波の村雲流《むらくもりょう》大芋衆《おくも》の流れを汲む忍びです。八人ほど雇って尾張に嫁いで来ました。忍びを八人も雇えたのは、父が私の為に化粧料として五百貫文を織田家からもぎ取ったからです。千早は丹波育ちなので京や畿内に詳しいのですが、尾張の事は噂程度でしか知りません。

最近、織田家は忍びを多く雇っているらしく、千早は様子を見てくると飛び出し、やっと戻ってきたのでした。主人の護衛を放置していいのでしょうか？

「どこもかしこも伊賀者や甲賀者だらけで、訳の判らない者も徘徊しており、下手に動くと首が飛びやす」

「そんなに多いのですか？」

「この城だけでも十人はおり、城下には百人はおりやす。話し掛けてきましたので、数が多くて驚いていると言うと、今川家は二百人も雇っているので油断できませんと、そう答えやがります。十人も雇うのが珍しいのに織田も今川もどうなっていやがるのですか？」

千早は城を守る伊賀者から色々と注意を受けたそうです。

城内の忍び働きの禁止。他の織田家の家臣宅に潜り込む場合は事前に申し出る事。熱田の秘密を探ろうとしない事。等々です。

勝手に探っても良いらしいですが、命の保証ができないそうです。

「化け物だらけです。探れと言われても無理でやす」

千早が早くも忍び働きを放棄しています。

ただ、練習相手に事欠かないと、千早の保護者のような立場の佐吉丸《さきちまる》が言っています。

さて、信長様は奔放な方でした。

うつけと呼ばれるのも納得でした。とても城主とは思えない行動を取られます。

婚儀の悪戯を見れば、判るでしょう。

一方、仕事は真面目で勤勉な方でした。朝は遠駆けを欠かさずに領内を視察し、昼は調練を行う。午後から城主の仕事である謁見をして、夕餉《ゆうげ》に家臣からの報告を聞く。日が暮れると私の膝枕で今日あった面白い話をしてくれました。

変わった方ですが、普段の気遣いも細やかで当主として悪くありません。悪戯好きで、無頓着な一面が玉に瑕ですね。

今日も膝枕を所望されました。

「帰蝶は暇で困っておるのか。ならば、台所を任せよう。其方が仕切れ」

「宜しいのですか？　私は斉藤家の者ですが」

「斉藤家ではない。儂の妻だ」

嫁いで間もない私に、台所を任せてよいのでしょうか？

私が悩んでいる間に、那古野の台所を任せていただくことが決まりました。

監視役も多いので下手な事はできませんが。


嫁いで半年ほど経った頃、信長様が夜も明けぬうちに寝床をこっそりと抜け出して、日の出前に北の山を見るようになりました。

さすがに冷え込んできたので、殿の体が心配になって聞きました。

「殿。毎朝のように物見台に上がられておりますが、何をされているのですか？」

殿の鼻がわずかに膨らみます。してやったりとでも言いそうな嬉しい時の殿の癖です。

「実は斉藤家の家臣と舅《しゅうと》殿を討つ約束を交わしてしまった。心苦しいと思っているが、約束は約束だ。狼煙が上がるのを待っているのよ」

「そうでございましたか。もっと早く聞くべきでございました。申し訳ございません」

「何故、謝る？」

私は、父が多くの飛騨の忍びを抱えていることを告げました。

「城内に多くの忍びを配置しております。不埒な事をすれば、すぐに取り押さえられ、狼煙が上がる前に火を付けようとした者は処分されます。おそらく煙が上がることはありません」

「であるか」

殿は、ふんと拗ねて横を向かれます。そして、呟くように「これだから忍びは好かん」と声を漏らしました。

えっ⁉　那古野城を守っている伊賀者の事をご存じではないのでしょうか……まさか？

忍びの事を城主が聞かされていないなど、あり得ない事を考えてしまいました。

そもそも稲葉山城の北には、織田家の者の為に『蝮土』の隠れ里が作られ、そこは織田家に雇われた伊賀者が警備しており、父の忍びと警備を分担していると聞いております。

稲葉山城に忍びがいるのは、織田家の者は当然知っていると思っていました。

でも、信長様は本当に拗ねておられます。

私が持ってきた事になっている『蝮土』は、魯坊丸様が作ったと聞かされました。

その交渉で隠れ里の件も決まったそうです。

それらの事は魯坊丸様以外に一切しゃべるなと忠告されており、その魯坊丸様に尋ねたときも『蝮土』の事を知らないと嘘を言われました。

でも、その時のような違和感もありません。

もしかして、信長様は忍びの事を本当に知らされていないのでしょうか?

そうそう、時間は少し遡りますが、魯坊丸様が『蝮土』の事を知らないと嘘を言われた、で思い出しました。あれは私が嫁いで間もない頃に熱田神宮にお参りに行ったときの事です。

この織田家では、私の評判はすこぶるよかったのです。

私が『蝮土』を持ってきた事になっており、「帰蝶様のお陰で大変助かっております」などとたくさんの方々からお礼を言われました。私は後ろめたい気持ちでいっぱいになって、魯坊丸様にお礼を言わずにいられませんでした。

ですが、魯坊丸様にお礼の言葉を告げると「何の事でしょうか?」と可愛く首を捻られます。

如何にも判りませんという感じで、魯坊丸様は不安そうに顔を上げ、目をうるうるとさせてどうすればよいかと迷われているように見えたのです。

私は妙な違和感に戸惑いながら、怯えさせてしまったのでなんとかしようと前に出ました。

その瞬間、千早が私の袖を引っ張って止めたのです。

そして、千早が私の耳元で囁きます。

「(これ以上、近付かないでくだせい。周りは手練ればかりで、離れられると守れません。小賢しい小僧です。騙されないでくだせい。わざとらしいお粗末な演技でございやす)」

千早の傅役のような佐吉丸が怖い顔で周りを警戒していました。

はっと血の気が引いて冷静になると、私は察しました。

魯坊丸様の仕草は私に挨拶に来た下級武士の子供が戸惑っているような仕草であり、違和感の正体は婚儀席で愛敬を振り撒いていた魯坊丸様とまったく違ったからです。

危うく騙される所でした。

父と互角に話す魯坊丸様が普通の子供であるはずがありません。

私は自分の推測を一方的に語りました。

「今思えば、魯坊丸様の噂は可笑しな事ばかりなのです。皆、愛らしい幼子とか、珍しい物を作る神童と言いますし、他には『熱田明神様の生まれ代わりだ』くらいしか聞こえません。織田家を代表して魯坊丸様が同盟の事前交渉をおやりになったのに、信長様も交渉された事をご存じないようです。父から蝮土の件は一切しゃべるなと申し付けられておりますから返答に困っております。父が言うには、蝮土も魯坊丸様がお作りになったとか。誰も知らないのは、表立って動いていらっしゃらないからですね。私は父より色々と聞いております。交渉では、父が一本取られたとか。父は魯坊丸様を高く評価しております」

「ははは、そうか。知っていたか。では、隠すのは無駄だな」

突然に態度が豹変し、可愛らしさとは真逆のふてぶてしく四歳と思えない言葉使いになりました。

「蝮殿が一本取られたと言ってくれたのは嬉しい限りだ。交渉は圧倒されて、良い所は何もなかったと記憶している」

「交渉以前が完敗だったと申しております。その上で勝負所を誤らず、最後まで取り戻せなかったと」

「蝮殿にそこまで言っていただけるとは、素直に嬉しい。これからも宜しくとお伝え下され」

魯坊丸様も父の事を高く評価してくれていました。


天文十八年（一五四九年）九月下旬。

嫁いで初めての秋も深くなり、初めての化粧料の追加分として百貫文が届けられました。

蝮土を使うと、収穫が二割から三割ほど多くなるそうです。

私の取り分は増えた石高の一厘と決められていたので、織田家は三、四万石相当の田に『蝮土』を使った計算になります。

［四万石の田んぼ　×　増えた石高二割五分　×　配当一里　＝　百石（百貫文）］

戦をせずに城一つを落としたほどの石高増です。織田家の凄さに目が眩みます。

父の手紙には、美濃では五千石に蝮土を使用したとありました。

広範囲に作付けすれば良かったのですが、日照りや洪水が起こっても支払いはせねばなりません。

なんとか負担を軽くする減免《げんめん》を求めましたが、ここだけは魯坊丸様も引かなかったそうです。

災害が起きても支払いだけが残り、織田家と同じ三、四万石相当の土地に『蝮土』を使用すると、三、四百貫文の支払いが秋に発生するそうです。

確かに、三、四万石の石高が一割でも増えれば、三、四千石の増収ですから問題ありません。

父は前払いを後払いにさせて、収穫した米で支払えるようにしましたが、もし洪水でも起これば、その支払いが重くのし掛かります。

そんな危ない橋を渡らず、五千石に留めて五十貫文の負担に抑えたみたいです。

その五千石が大豊作となり、来年は三、四万石相当の土地に『蝮土』を作らせると手紙に書いてありました。

今度は家臣に前払いで『蝮土』を売るそうです。

そういえば、魯坊丸様が『蝮土』を美濃に売る件で少し愚痴を言っておりました。

白石（石灰）の輸送料や配合の人件費などがすべて織田持ちの為、斉藤家に『蝮土』を売っても儲からないのだそうです。『蝮土』をたくさん作るほど赤字になるとか。

その赤字を埋める為に、稲葉山城の長良川の対岸に町を造り、宿屋、酒場、土産の品などを売っている。何を言っているのか意味がよく判りません。

魯坊丸様は美味しい儲け話ではないと言いますが、他国で織田家の隠し里を作り、他家で儲けているだけで異常です。しかも隠れ里は容易く侵入できないように織田家と斉藤家の忍びに警戒させ、木の壁で覆い、何重もの堀を巡らせているので城と変わりありません。皆が気付かないだけで危機感を持つべき事なのです。

ですが、皆は父が作ったと思っているので『蝮土』を喜んで受け入れているのですから不思議な事が起こっています。

あと十四、五年もすれば『蝮土』の材料である白石を売っている織田家との縁も深くなり、美濃に織田派が生まれるでしょう。

採掘した白石に織田家で手を加えなければ、『蝮土』にならないというのが功名です。

そうして生まれる織田派は私の後ろ盾になるので大切に育てるべきなのですが、魯坊丸様の深謀《しんぼう》遠慮《えんりょ》に舌を巻くばかりです。父と対等に話せるだけあって腹黒さも超一流です。

この魯坊丸様と比べると、信長様は乙女のように清く見えます。

信長様は、貧しい農村の祭りに参加しては餅を配って一緒に踊るのです。

私もお忍びで連れていってもらいましたが、信長様は本当に楽しそうに踊っていました。

お優しい信長様は領民や商人の声を聞いて何とかしようと奔走します。

私も甘いですね。一生懸命な殿を助けたくなっているのです。

しかし、「価値のない領民の機嫌を取ってどうする」「商人など絞ればよいだろう」などの陰口が囁かれ、「城主らしくない」「武士らしくもない」という声になり、最後にやはり『うつけ』と呼ばれているのです。

私は『殿の何が悪いのだ』と叫びたい。でも、そんな事をすれば、妻も『うつけ』になったと言われて、美濃の評価を下げますので、私は黙るしかないのです。

その点、魯坊丸様は狡猾《こうかつ》です。

祝い事や弔事があると、必ず熱田神宮の千秋家の名義で贈り物をして人気取りを忘れません。

もちろん、ご自分が前に出ることはありませんが、熱田神宮の大宮司である千秋季忠様が、「これは魯坊丸様の専属職人が作った一品です」「この品は魯坊丸様が選ばれました」などと、魯坊丸様の事を宣伝するので、自然と家臣団や領民から好意を抱かれています。

特に季忠様の魯坊丸様への入れ込みは凄く、年賀の挨拶の会話が今も耳に残っています。

「熱田明神の化身であられる魯坊丸様がおられれば、織田家、ひいては、熱田も安泰なのです。魯坊丸様に従っていれば、間違いないのです」

「季忠様は魯坊丸様を尊敬されているのですね」

「当然でございます。魯坊丸様のお怒りを買えば、千秋家は末代まで祟りを受けます。くれぐれもお言葉にはご注意下さい。それさえ間違えなければ、魯坊丸様の英知に満たされて、織田家は繁栄するでしょう」

「はぁ、そうですか」

季忠様には魯坊丸様が本物の熱田明神に見えるのでしょうか？

そんな訳がありません。

いずれは千秋家の姫を嫁がせて、魯坊丸様を千秋家の養子に迎えて大宮司を継がせるとか。

才気溢れる魯坊丸様ですが、まだ幼い。元服する頃には、信長様の権威も確実となっており、才気があるが為に家督争いに巻き込まれるでしょう。それでも魯坊丸様は巧く立ち回るのは間違いないのですが、その打開策の一つとして、熱田の大宮司に収まるのは悪くない手です。

そう考えると、まだ若いのに季忠様も油断ならない方です。

美濃の武将は単純で直情的な方が多かったですが、織田家は狡猾な方が多い気がします。

那古野城では、月に一、二度ほど家臣の奥方を呼んでお茶会を催します。

最初は歌会を催したのですが、奥方の中には歌が苦手な方が多く、あまり喜ばれなかったので、熱田で出回っている薬草茶《はーぶちゃ》を飲む会に変えました。

薬草《やくそう》と呼ばず、『は〜ぶ』とは何なのでしょうね？

お茶会は南蛮の催しで『茶の作法』のように厳格なものではなく、和気藹々《わきあいあい》とおしゃべりしながら、お茶と菓子を楽しむ熱田の流行だそうです。

そのお茶会でも魯坊丸様の話題が上らない事はないのです。

髪の艶が出るしゃんぷーや真っ白な白粉など、魯坊丸様のお抱え職人が次々と出す商品が、奥方達には欠かせません。

奥方達の魯坊丸様自慢が始まりました。

「先日、わたくし、魯坊丸様にお声を掛けていただきました。お名前を覚えておられて感動しました」

「我が家も娘の裳着で化粧箱を頂きました。美しい漆に金銀が散りばめられた絵が描かれておりました」

「私は先月、お祓いに行きました。魯坊丸様の祝詞は本当に愛らしかったです」

「羨ましい。私の主様ももう少し稼いでくれれば、我が家もお祓いをお願いできますのに」

奥方達には絶大な人気を誇る魯坊丸様です。

贈り物の名義は織田弾正忠家か、千秋家であり、魯坊丸様の名などありません。

しかし、季忠様が宣伝し続けますので、奥方達の間では、魯坊丸様の手柄として語られます。

さらに言えば、魯坊丸様は奥の女中にも絶大な人気があります。

宴会の席では、家臣方々に必ず挨拶に回られ、にぱぁっと最高の笑みを振り撒いて、相手を立てます。それが終わると手伝った女中らの名前を呼んで感謝の言葉を掛けるので、名前を呼ばれた女中らは『きゃぁぁぁぁぁぁぁああぁぁぁあぁぁあ！』と悲鳴を上げるくらい喜びます。

女中にまで心配りを忘れないのがさすがです。

演技と判っていても、にぱっとした笑顔で「義姉上」と呼ばれると私も嬉しい。

う～ん、可愛いは狡い。

やはり私も魯坊丸様は嫌いじゃないかな。


さて、尾張に嫁いできて初めての冬となりました。

庭の池に氷が張り、身も凍る北西の寒い風が吹き付けて、部屋で炭団が手放せなくなっています。

外に出るのも嫌になる寒さです。

そんな時期に今川が急に安祥城に攻めてきたと報告が入りました。

春にも攻めてきたので、今年は二度目です。大殿である父君の信秀様から使者がやってきて、信長様も出陣するようにとの命令が下りました。

私が物見として送り出した千早が三日後に戻ってきました。

「姫様。ただいま戻りやした」

「どうなりました。殿は無事ですか」

「無事も何も到着する前に安祥城が陥落し、信長様は戦に参加しておりやせん」

大殿と一緒に殿も安祥城の西にある重原城《しげはらじょう》で待機しているそうです。

なんでも、囚われた庶長子の信広様と、岡崎松平家から預かった人質の竹千代との人質交換をする事になり、人質交換後に和睦を結ぶそうです。

「今年の戦は、これで終わりになりやす」

「そうなのですか？」

「大殿は兵を引くつもりで準備しておりました」

「随分とあっさりしていますね」

「まったくでございます。尾張の虎という名前が泣きやす」

敵を騙すなら、まず味方から？

そんな言葉が頭を過りましたが、千早の見立て通りに三日後に信長様が戻られました。

帰ってきた信長様は不機嫌そうでした。

「人質交換が終われば、もう一戦あると思ったのに。父は老いたのか」

「殿が無事でようございました」

「戦もせずに無事もなかろう。帰蝶、膝だ」

「ここで、で、ございますか」

鎧を外しただけの信長様は、皆がいる大広間で私の膝に頭を乗せてきました。

まだ帰ってくる者もいるのに、私は少し恥ずかしくなって頬を染めます。

信長様は私に話し掛けてきますが、自分の考えをまとめる儀式のようなものであり、さらに私の意見を聞くと考えがまとまるそうです。

「このまま見過ごせば、織田家は頼りないと思われる。三河衆の心が離れる」

「何がまずいのでしょうか？」

「桜井松平家の家次《いえつぐ》は俺の従兄弟だ。三河衆を率いるには、まだ若い。父上の後ろ盾がなければ、滅ぼされるか、今川家の軍門に下ることになる」

「桜井松平家は、殿の従兄弟ですか」

「家次の父である清定《きよさだ》殿には叔母上が嫁いでおられる。清定殿は壮健であれば、父上は三河に援軍を送るだけで済んだ。それ以前、祖父の信定《のぶさだ》殿は、一度松平宗家を継いでおられる。今川の助力を得て戻ってきた広忠《ひろただ》に取り戻されたがな。その広忠も人質の竹千代を見捨てて今川を呼び込んだ。それが前の大戦よ」

「わたくしが嫁ぐ前の『小豆坂の戦い』ですね」

「うむ。広忠は竹千代を見捨てた報いか、家臣に誅殺された。松平宗家を継ぐべき竹千代は我が方にあった。桜井松平家の家次と岡崎松平家の竹千代の双方が織田家のものになったのだ」

「なるほど。竹千代が元服する頃には、織田家の西三河の支配が確実になったと」

「帰蝶は理解が早いな」

「それを嫌がり、急いで今川が竹千代を取り戻す為に攻めてきたのですね」

「そうだ。織田家が三河に根を張るのを嫌がった。今川に不意を突かれ、安祥城を強襲された。そして、人質交換を要求してきた」

織田家が三河に拘っていた訳が判った気がしました。

信長様は人質交換が終われば、安祥城と竹千代の奪還の戦をすると思い、密かに準備を進めていたそうですが、和議が整うと大殿は兵を引き上げさせました。

これでは織田家が一方的にしてやられたように見え、織田家は面目を失います。

三河衆の心が織田家から離れ、桜井松平家を見捨てることになるので、信長様は不機嫌なのです。

そして、今川方に寝返った三河衆が次々と織田派の城を襲いはじめました。

大殿は後詰めの援軍を送ることはあっても、織田方から積極的に和議を破ることはありません。

その結果、『尾張の虎。頼りなし』という心ない声が聞こえはじめました。

西三河の織田派の城が、次々と調略されていったのです。


月日が過ぎ、織田家は三河勢の支援と後詰めを繰り返すうちに、信長様の予想通りに、三河では織田派が随分と減りました。

和議から一年にも満たない天文十九年十月。今川方が一年停戦を破って西三河を進軍し、三河の重原城を陥落させると、尾張知多郡まで兵を進めます。

ですが、大殿は積極的な反撃に転じず、公方様を頼って、再び今川家との和睦を結んだのです。

今川軍は、十二月になってから撤退しました。

撤退を見届けた大殿は末森の評定で倒れ、末森城の差配を次男の信勝様に譲って静養されるようになったとか？

千早からの報告を聞きながら奇妙な違和感を覚えます。

信長様がもっとお怒りになるのかと思っていましたが、家臣団に持ち上げられている信勝様の台頭に焦っている様子がないことです。

那古野城の日々の暮らしに支障はなく、食事には、唐揚げ・トンカツ・エビフライなどの油を使った贅沢の限りを尽くした品が並びます。どれも魯坊丸様が考えた料理とか？

月一度ですが、中根南城の料理長がやってきて、那古野城の料理人に指導してくれるのです。

魯坊丸様は本当に心使い細やかな方です……と思ったのですが、違いました。

年が明けて天文二十年（一五五一年）の正月に熱田に参拝した折に、その事で魯坊丸様を褒めると……。

「全然違います。珍しい料理を知った信長兄ぃが突然に押しかけてこないように予防線を張っているだけです」

「予防線ですか？」

「こちらが忙しい時に城にやってきて、飯を食わせろとか言われたら邪魔でしょう。食材もあると限りません。それならば、中根南城と同じ料理を那古野城でも食べられるようにしておけば、『突撃、隣の晩ご飯』という事態が防げます」

「突撃って、何ですか？」

「細かい事は気にしないで下さい。要するに、信長兄ぃを近付けない策の一つです」

那古野城の料理は魯坊丸様の心尽くしではなく、信長様を避ける策だったのです。

魯坊丸様は信長様があまり好きではないようでした。

さて、美濃なら月に一度は何らかの争いがあり、父が兵を出陣させていましたが、織田家は周辺の調停で兵を出すだけです。

家中の争いで兵を挙げることがほとんどありません。

その理由は、大殿が派遣される代官にありました。織田家の家臣や臣従した領主の土地は、大殿が派遣する代官が管理します。その代官は城主や領主の一族の者が多いのですが、大殿の側近の配下に組み込まれ、大殿が一元的に監視しているのです。だから、水争いや土地争いが少ないのです。

この策は美濃でも採用したいものですが、代官を導入すると領主らの反発が起こるでしょうね。

父に知らせておきましたが、どうなる事でしょうか。

そして、不思議な事に、那古野城の城下町が広がり、日を追うごとに活発になっているのです。

もしも今川勢が押し寄せれば、すべてを奪われ、焼き払われるかもしれません。

なのに、織田方が今川方に押されても人々が逃げ出さない。

町の者は逃げ出さないどころか、町が発展しているのです。

奇妙だと思いませんか？

私は信長様に町に出たいと頼みました。

「殿。お忍びで町に出ても宜しいでしょうか」

「何か欲しいものがあるのか？」

「いいえ、那古野の町が賑やかになっていると聞き、一度、この目で見てみたいのです」

「であるか。明日にでも行ってみるか」

殿の『行ってみるか』は、お忍びではありませんでした。堂々と馬に乗っての視察です。

千早の報告通り、那古野の城下町は熱田の町に負けないくらいに賑やかになっていました。

織田家の敗戦など気にも掛けていません。誰も今川家が攻めてきている事を知らないように思えます。

信長様が休憩と言って団子屋の前で馬を止め、私を馬から下ろすと、店先に置かれている椅子に座らせてくれました。

私が嫁いできた時は、まだ平地が広がり、店も疎らで閑散としていたような気がします。

店の娘が声を掛けてきます。

「ご注文は何に致しましょう」

「全部だ。団子と饅頭を全部持ってこい」

「殿。そんなに食べられません」

「残ったなら、その辺りのガキにくれてやればよい」

「それで宜しいのですか？」

「気にするな」

信長様は強引な所があります。

娘が山盛りの一皿を持ってきました。

私はにっこりと微笑み、娘に話し掛けました。

「お店は繁盛しておりますか」

「はい、大忙しです」

「ずっと、ここでお店を？」

「いいえ。去年からです」

お皿にはたくさんの種類の菓子があり、私が頂いたのは三色団子です。

甘い菓子が庶民でも届く価格、わずか数文で食べられるなんて不思議です。

美濃にも団子屋はありましたが、甘い団子ではなく、塩団子でした。

しかも、ここには一軒だけではなく、見える範囲でお茶屋が三軒もあります。

「今川が攻めてきていますが、怖くないのですか」

「織田の殿様がなんとかして下さります。なんといっても織田様には熱田明神様の加護も付いておりますから」

「そうなのですか？」

町の者は誰も織田家が負けるとは思っていないのでしょうか？

町の視察が終わると、河川工事の見学です。河の氾濫を防ごうという工事です。

これも不思議議です。そんなことが可能なのでしょうか？

何をしているのか、よく判りません。


それ以降、私は何度も根気強く土木作業の視察を行って、謎探りを繰り返しました。

少しずつですが見えてきます。

土岐川（庄内川）の土手を特殊な石で固めていました。

自在に形を変えられる白石を使う不思議議な技術で、これなら河川を覆うこともできそうです。

でも、白石って安くなかったような？

寒かった冬が終わっても、私は視察を続けました。

気が付くと、もう汗が滴る夏になっていました。

その頃に東尾張の丹羽氏勝が水騒動を起こし、信長様の裁定は川の水を二つの村で分け与えよというまっとうな判決でしたが、氏勝は従わず、信長様の面目は丸潰れです。

逆に訴えた藤島城を攻めたと聞いて、お怒りになった信長様は出陣を決めました。

「帰蝶。茶漬け」

甲冑を着込んだ信長様は立ったままで茶漬け一杯かき込んで出陣しました。

出陣前に筆頭家老の林秀貞殿と口論となり、秀貞殿は兵を出さぬことになりました。

秀貞殿に城の留守居役を命じます。

ですが、信長様は横山で待ち伏せされ、動揺した兵が四散して撤退を余儀なくされました。

信長様にとって手痛い敗戦となったのです。

帰ってきた信長様は、出陣を拒否した秀貞殿を責めますが、逆に諫めたのに出陣した信長様を秀貞殿が責めます。喧嘩となり、信長様の戦下手に付いていけぬと秀貞殿は城を出ていってしまいました。

翌日、信長様は日課の朝駆けにも出ずに拗ねていました。

私にも会いたくないと言われたので、暇な私はその日も慰問兼視察に出掛けました。

織田家の秘密が見えてきたかもしれません。土木作業員は七日に一度だけ、兵の調練を教えられています。つまり、兵として使えます。という事は、工事現場が七つあるので、それぞれに千人、合わせて七千人も兵として動員できます。家臣に陣触れせず、七千人を動員できるのは凄い事です。大殿は容態が悪く、家臣に遺言めいた事を言っているそうですが、今川への対策を怠っていなかったことが判りました。

次の日も視察に行くと、作業している方々に声を掛けて、色々と聞いて回りました。短い槍のような『すこっぷ』という武器で「突けば槍、薙げば刀、開けば盾」と変幻自在の武芸を見せていただきました。普段から作業に慣れる為に使っているとか。

帰る頃には、喉がカラカラになり、喉を潤そうとお茶屋さんに寄っていた時です。

大声で紙を配る変な人を見掛けました。

『号外、号外、那古野の若殿様は横山の戦いで大敗北』

何か紙を持った者が大声で叫んで「読まなきゃ、損だよ」と紙を売っているのです。

「千早。あれは何ですか？」

「帰蝶様は初めてでやすか。最近、出回りだした『瓦版』という奇妙な紙を売っている奴です」

「横山麓の戦いと言っていますが、何が書かれているのですか？」

「内容は知りやせん。買ってきやしょうか」

「頼みます」

私は千早にその紙を買わせます。

一枚で百文と高いですね。

しかし、そこには信長様が如何にして負けたのかが詳しく書かれており、私が聞かされた以上の情報があり、買う価値はありました。しかも戦下手に呆れた筆頭家老の林秀貞に見限られ、家督争いに一気に末森の次男様が浮上し、このまま、家臣団を纏めて逃げ切るのか、とか？

織田家の内情を茶化すように、面白可笑しく書かれています。

下のほうに四角に囲われた『論評』と書かれた所があり、知多半島の領主が今川に攻められて苦しい現状が書かれていました。織田家に与していれば、今川から攻撃を受けて滅ぼされ、今川に寝返ると尾張で物が売れずに経済的に破綻する、どちらに付いても家が潰れる、とか。

私も聞かされていません。

また、足利一族を謳う今川家は公方様の停戦を自ら破る事ができないので、織田家を挑発して織田家から攻撃させようとしており、織田家がどこまで耐えられるかと問うているのです。

茶店の娘がお茶を持ってきて、私に話し掛けてきます。

「姫様でも、読まれるのですか？」

「ええ、知らない事が書いてありました」

「面白い紙でしょう。半年ほど前から配りはじめております。私もお客様から見せていただくのです」

「貴方も文字が読めるの？」

「はい。寺小屋に通っています。でも、私はお昼前から父の店の手伝いがあって、早く帰らないといけないので、お昼を食べられないのが残念です」

なんでも那古野の神社や寺では、読み・書き・算術を無料で教えているらしいのです。

しかも子供らにお昼を提供しているとか？

その資金はすべて熱田明神様が出してくれていると言います。

魯坊丸様は何を考えているのでしょうか？

織田家の謎を知るほど、深淵に陥る気がします。

後ろにいた行商人が話し掛けてきました。

「へぇ、姫様が見ても面白いですか」

「貴方は？」

「最近、尾張で稼がせていただいております、しがない行商人でございます」

「貴方も買われたのですか？」

「もちろんでございます。わずか百文で知りたい事が判る。このお陰で、私らも安心して行商ができるというものです」

千早がそっと呟きます。

「(こいつは行商の格好をしておりますが、身振り手振りから見て、伊賀者に違いありやせん)」

「伊賀者ですか」

「(しっ〜、聞こえやす。商人に紛れて噂を操作しているのでしょう)」

これは情報操作ですか。

織田家の内部情報まで書かれており、こんな大掛かりな事ができるのは大殿しかおりません。

その瞬間。胸の違和感がコトリと取れたのです。

なんと巧妙な策でしょう。

民が慌てないように最初から操作していたのですね。

暮らしやすい生活は手放せない。でも、戦況が判らなければ、民衆は不安を覚える。それを解消できるように文字を教え、瓦版が読めれば、自ら情報を知って、民も安心して暮らすことができる。

そして、忍びを使って情報を誘導する。

また、この瓦版は真実を書いているのに織田家が負ける事を連想させない。

こんな事ができるのは、やはり大殿だけです。

信長様が心配されていなかったのは、大殿がお元気だったからですね。

その日、私は父に手紙を書きました。

『以前のご質問ですが、大殿はおそらく元気だと思います。大殿でなければ、できない大仕事をされております。詳しくは遣い者に口頭で伝えます』

私は使者に伝言を頼み、手紙と一緒に瓦版を送りました。

味方を騙し、家臣団から野心家を炙り出すという壮大な策を想像しました。

でも、この予想は私の想像なので、父には大殿がおそらく元気という事のみ知らせました。

最後の謎は、今川を好きにさせている事です。


天文二十一年（一五五二年）を迎えました。

さらに、月日が流れて花咲く頃に……えっ⁉　元気と思っていた大殿が亡くなりました。芝居ではなかったのですか？

頭が追い付かないままに葬儀が終わると、末森家老の山口殿が今川に寝返り、大混乱です。

信勝殿の遅い対応に信長様が怒りながら、那古野勢のみで山口討伐を決めて出陣され、『赤塚の戦い』で引き分けてしまいました。

すると何故か、帰り際に信長様が魯坊丸様と口論と？

信長様が魯坊丸様にねじ伏せられたというのです。

帰城されると、信長様は少し青い顔をされ、叔母のくらの方が嫁がれた大橋重長殿を呼ぶように使いを出されました。

一方、近習らが集う講談ノ間では、魯坊丸様の無礼な振る舞いに激怒した山口飛騨守が怒鳴り散らしています。

魯坊丸様は、林秀貞殿との和解、織田家の分裂回避、織田一門の支持を得る事の三つを成し遂げなければ、次の会談に応じないと信長様を怒鳴り付けて、中根南城を追い出したとか。

私もその話を聞いてびっくりです。

あの温厚な魯坊丸様が声を荒らげて高圧的な態度を取るなどあり得ません。信長様はどんな事をして、魯坊丸様の怒りを買ったのかと思いました。

さて、山口飛騨守の罵倒に加藤弥三郎が反論します。加藤弥三郎は熱田衆の長の一人である加藤延隆の甥っ子であり、熱田衆の取次をしているので熱田の内情に詳しいからです。

「何が那古野城主である事すら危ういだ。信長様は立派な那古野城主だ。弟御という立場を弁えぬ餓鬼ではないか。兵を出して一気に叩き潰してしまえばよい」

「お待ち下さい。軽々しく兵を挙げるなどと言わないでもらいたい」

「弥三郎。お前は信長様が好き放題に言われて腹が立たぬのか」

「確かに、魯坊丸様の言い様は問題でありました。ですが、魯坊丸様を討とうなど言えば、熱田衆が敵に回りますぞ」

「何故、中根南城の小倅の如きに、熱田衆が執着するのだ。馬鹿らしい」

「馬鹿らしくございません。先日の大殿の葬儀に、魯坊丸様を親族席に入れない事に憤慨した熱田衆は、大殿の葬儀を欠席すると騒動になったのです。魯坊丸様が気を利かせ、『私は熱田明神様にお仕えする神官なので、神官として父君をお見送りすると、こちらから願い出たのだ』とおっしゃられ、皆を納得させませしたが、熱田における魯坊丸様への熱狂ぶりを甘く見てはなりません」

「あのような生意気な餓鬼を興じるとは、熱田の者は馬鹿しかおらんのか?」

「それは西加藤家の延隆叔父上への罵倒でしょうか。そうならば、私も聞き流す事ができませんぞ」

「それがどうした。餓鬼にすり寄る腰巾着がお前の叔父であったか?」

「訂正して下さい。延隆叔父上は熱田衆を束ねております。本気で怒らせる気ですか」

「馬鹿らしい。何故、訂正せねばならんのだ。腰巾着を腰巾着と言って何が悪い」

「女子に取り押さえられた分際でほざくな」

「やるか?」

互いに刀に手を掛けたので、私は「お止め下さい。殿の御前を血で汚すつもりですか」と喧嘩を仲裁したのを覚えています。

魯坊丸様は熱田神宮の千秋家と熱田衆筆頭の西加藤家に支えられているのです。

さて、すぐに大橋重長殿が到着され、信長様と密談されました。

内容は知りませんが、重長殿が帰られた後の信長様が不機嫌なので、内容は察せられました。

おそらく、津島衆が自分の味方かを問われたのでしょう。

我が父と互角に外交交渉ができ、敵国に織田家の街を生み出す商才を目の当たりにしている商人らが、どちらに味方するのか聞くまでもありません。

今、信長様と信勝様のどちらが有利かといえば、銭を押さえている信長様です。

熱田と津島から上がってくる銭がなければ城の運営ができず、干上がってしまいます。

ですから、信勝様が勝つには、対立が表面化した直後に信長様を屈服させる必要があり、その算段が付かない状態では立てないのです。

それは信長様も同じで、不用意に内政を乱せば、熱田・津島衆から見放される可能性があります。

つまり、魯坊丸様と対立する事が、熱田・津島衆の支持を失う行為だと知らされたのです。

ここに来て、信長様は家督争いの本当の敵を知りました。

信勝様など、もう信長様の視界に入りません。

追い詰められた信長様は凄いのです。

あっという間に魯坊丸様に指摘された問題点を改善しました。

那古野に来られた信光様は信長様が一皮剥けたと褒められました。

そして、大殿の構想を教えてくれたのです。

なんという事でしょう。

織田家は、初めから大殿・信光様・魯坊丸様の三人で動かしており、今は信光様と魯坊丸様の二人で動かしていたのです。


魯坊丸様から指摘された問題を解決された信長様は魯坊丸様を呼び出しました。

信長様は「明日、登城せよ」とか無茶な要求をされます。

魯坊丸様を怒らせたらどうなるかと、私は緊張して那古野城の玄関で迎えました。

話し合いは魯坊丸様主導で進められます。

ですが、魯坊丸様は今川を撃退する策は教えようとしません。

大殿が腰を抜かすほどの策だそうですが、信光様も魯坊丸様に聞けと言って教えてくれません。

信長様は無理にでも聞こうとするので、私は冷や汗が止まりません。

「今日は止めましょう。魯坊丸様に来ていただいたのは兵の強化です。魯坊丸様がおっしゃるような常備兵をどうするかではございませんか」

私は強引に話を逸らしました。信長様は不満そうですが、仕方ありませんね。

出された資料に那古野の台所事情が書かれていました。

魯坊丸様の前で私達は丸裸です。

那古野城の内情もすべて知られていたのはビックリでした……勝てる訳がありません。


夕日が差す頃に話が終わり、私は魯坊丸様を門まで見送りました。

小さい体の背中が大きく見えます。

「帰蝶義姉上。お見送りありがとうございます」

「魯坊丸様には、ご苦労を掛けました。申し訳ありません」

「帰蝶義姉上。私に『様』は要りません。信長兄ぃは織田家の当主になられます。その奥方が弟に『様』を付けるのは、どうかと思います。どうか、『魯坊丸』とお呼び下さい」

「宜しいのでしょうか」

「そうして下さい」

「そうですか。では、魯坊丸。今日はありがとうございました」

「信長兄ぃには、頑張っていただきたいので助けてやって下さい」

「はい。できる限り、お助け致します」

挨拶を終えると、魯坊丸様、いえ、魯坊丸が去っていきます。

どうやら魯坊丸は家督に興味がないようです。

古来、家督争いを避ける為に正室の嫡男を嫡嗣《ちゃくし》と決めていました。

世の中が荒れて形骸化していますが、魯坊丸はそんな嫡嗣制を守るつもりなのでしょう。

それが後々まで家督争いを避けることになり、織田家の為、尾張の為、そして、天下の為になるような気がします。

今日一日で私を取り巻く世界が変わったような気がします。

民と一緒に踊る信長様を好いていたのは、大殿も同じだったのかもしれません。

尾張の民の為にも、大殿はそんな信長様に継がせたい。

信長様が尾張を治めるのは大殿の意志であり、魯坊丸も従う気なのです。

父上。一枚岩の織田家は手強いですよ。

そんな事を考えながら、私はふと思いました。

父は魯坊丸を臥竜と評しましたが、魯坊丸にそんな欲などありません。

民に安寧を与える『麒麟《きりん》』の化身です。

でも、信長様に言うのは止めましょう。きっと、張り合いそうな気がします。

私はニヤけてしまう頬が直るまで、ずっと見送りました。

第五話　萱津《かやづ》の戦い

今日も忍びらが状況を知らせに中根南城に駆け込んできた。

天文二十一年（一五五二年）五月中旬。

赤塚の戦いから一ヵ月後、なんとか準備をした常備兵で実践練習を始めた。

信長兄ぃは鳴海周辺の田畑に火を付けて放火して回った。疾風のように現われて、疾風のように去ってゆく。神出鬼没でなければ意味がない。

今川の兵はぶうんぶうんと振り回されて、山口親子の鳴海勢は疲弊した。

六月に入ると、今川方も本腰を入れて対策を練ってきた。

まず、三河から二千人の援軍が到着した。鳴海城の兵糧も怪しくなったのか、後続の小荷駄隊によって、大量の兵糧が持ち込まれた。

一千人しかいない常備兵で、二千人の今川勢を襲うのは至難の業だ。

それでも出陣するのが、信長兄ぃであった。

警戒する部隊を一叩きして、少数の後続を釣り出し、小競り合いを制して信長兄ぃも満足した。

兵糧を入れて引き上げるかと思ったが、どうやら今川の目的は熱田攻略であった。

陸路からの出入口を押さえ、鳴海への侵入を防ぐつもりで砦を建てはじめた。

その場所は熱田の井戸田から海を隔てた対岸となる熊野三社松巨島《くまのさんしゃまつこじま》の近くだった。

山崎の渡しから目と鼻の先で見過ごせない。

この建設に対して、養父上《ちちうえ》らの熱田勢が引き潮時に渡しを渡河して、砦に近い丘に陣を敷いた。

隙あらば、襲うぞという感じで睨みを利かす。

速攻で落とす手があったが、その場合は互いに援軍の逐次投入となり、泥沼化する可能性があったので攻撃は控えさせた。そして、援軍の信長兄ぃも到着してから総力戦が開始された。

今川方は、砦に笠寺山口勢五百人、街道に三河勢が二千人、後詰めに鳴海山口勢五百人と今川勢五百人となる総勢三千五百人が集まった。

対する織田方は、熱田勢三百人と信長兄ぃの常備兵一千人のみで、織田方の劣勢は明らかであり、翌日の早朝から敵の三河勢が警戒する事もなく、無防備に熱田勢に襲い掛かったのだ。

織田は前面を熱田勢が守り、遊撃として信長兄ぃの常備兵が担った。特に熱田勢の最前列には黒鍬衆がずらりと並び、初の実践投入となった鉄球と粉からし玉をお見舞いした。

抱っこ紐を使用した投石の飛距離は二百二十間《四百メートル》もあるが、適当な石を使うと命中率が今一つであり、石の有効射程距離は五十五間《百メートル》くらいとなり、この射程は弓や鉄砲と変わらない。

ところが和弓の名手ならば二百二十間を射抜く事ができるという。馬上弓の流鏑馬《やぶさめ》は平安時代から続く古式ゆかしい伝統であり、モンゴル軍を撤退に追いやった有効な戦術だった。

この弓の名手には遠く及ばないが、鉄球を使えば、和弓と同じ飛距離で命中率も上がった。

黒鍬衆が横一列に並ぶと、百人の和弓の名手が百人並んだような編成となる。

俺は三人一組で一つの的を狙わせる訓練を続けさせた。

そして、有象無象の兵など狙わず、野戦において一番に狙うのは、馬上の騎馬武者と教え込んだ。

黒鍬衆は訓練通りに三人一組で騎馬武者を次々と狙い撃った。

鉄球で即死させるのは難しいが、あの『矢切りの但馬』でも鉄球は切れまい。

それでも次々と指揮官が馬上から落ちれば、兵は動揺して足が止まる。

そこに粉からし玉攻撃が炸裂すれば、敵は大混乱に陥った。

粉からし玉は着弾と同時に黄色い煙が辺りに舞い上がり、煙を吸った兵達は咳き込み、涙を流して嗚咽する。そうなると三河勢は戦うどころではない。

それを待っていた信長兄ぃが「すわ、かかれ！」と突撃を命じた。

風で黄色い煙はすぐに四散するが、咳き込み、嘔吐している兵達がすぐに復帰できる訳もなく、信長兄ぃらの常備兵に突き崩された。

前衛が崩れれば、残りは鎧袖一触だ。

三河の侍大将には「おのれ。汚い手を使いよって。いざ尋常に勝負しろ」と怒鳴っているような者もいたらしい。

汚いと言ってくれるな。数で勝てないなら、それを補うのが知恵だ。

脆く崩れる三河勢を助ける為に今川勢と鳴海山口勢が迂回して攻撃を掛けてきた。

すぐに合図の銅鑼《どら》を鳴らして信長兄ぃを一時的に撤退させ、次に迫る今川勢と鳴海山口勢に再び鉄球攻撃が襲った。

あの『赤塚の戦い』からずっと居座っていた今川方の葛山長嘉と三浦義就が指揮を執っていた。

襲い掛かる鉄球の集中砲火で長嘉は兜を弾かれて落馬した。また、義就は全身打撲の大怪我を負った。大将らが落馬、あるいは、指揮が執れない状況となった。

こうなると三河勢と同じく、兵の足が止まり、頭上から粉からし玉が降ってきて以下同文だ。

信長兄ぃの突撃で、今川勢と鳴海山口勢は瓦解して散った。

信長兄ぃは勢いのままに砦にいた兵も追い払って勝利した。

そして上機嫌で俺に礼を言い、上機嫌のまま那古野城に引き上げていった。


そして、数日後に二回戦となる。

今川方は懲りずに同じ場所に砦造りを始めた。

突撃した失敗を反省して風上に迂回しようとした所で馬防柵に阻まれて停滞し、足が止まっている間にこちらの配置を整えて、鉄球と粉からし玉のコンボを投げ込んだ。

そもそもこちらが攻め手なので、追い風の日を選んで出陣している。

風上に移動するには、我々を追い越さねばならないが、少し下って見えにくい場所に馬防柵を配置して進軍するのは当然の措置《そち》だ。

この馬防柵は俺の特注であり、杭状の棒が敵側に突き出し、柵にも撒菱《まきびし》のような棘が付いたヤバいやつだ。その先に痺れ薬などの毒を塗っておく。

馬防柵は籠のように背負って移動させ、設置すると杭を打って固定するだけの簡単な造りだ。

敵は迂回に失敗して引き籠もった。

ならば、こちらからじわじわと近付き、抱っこ紐の射程に入った所で以下同文だった。

二度の失敗で熊野三社松巨島での砦を諦めたようだが、今川方はもう一方の侵入口となる常滑街道の遮断に方針を変えた。

場所は天白川の河口近くで東側の丘であり、常滑と呼ばれる街道の土は、焼き物に適した粘土を含んだ土だった。この土の坂では足下が滑って、思うように登れない。

坂が砦を守る滑り台に変わる。

しかも河口付近の常滑街道は狭くなっており、ここに砦を造られると織田勢は移動が難しくなる。

だが、何故、織田家はここに砦を造らないのか？

造る意味がないからだ。

鎌倉街道の中道は天白川の河口を舟で渡す道であり、我が中根南城は多くの舟を保有している。

建設中の砦を守る兵を無視して、織田の兵を舟に乗せて対岸に渡し、建設中の砦と鳴海城を分断した。

まず織田勢は、鳴海城と常滑街道の出口の中間にある山王山に陣を張った。

山王山は『赤塚の戦い』があった赤塚山の西にある海沿いの山であり、松巨島を通る鎌倉街道の下道と常滑街道を通る中道が合流する所にある。

建設しようとする街道出口の砦と鳴海城の中間であり、織田勢が山王山を占領すれば、山口勢は砦への補給路を断たれるので無視できなくなり、今川方が鳴海城から討って出てきた。

山王山の山頂に陣を敷けば、向かい風も追い風も関係なく、坂道に足止めの馬防柵を配置しておくだけで攻めづらくなり、こちらの矢と投石の攻撃だけで敵兵が逃げはじめた。

二度の敗戦で敵兵の士気は下がり、次に飛んでくる粉からし玉を嫌がって逃げ出したのだ。

総崩れの敵に信長兄ぃの常備兵が追撃を掛けて大被害を出した。

今川勢の砦建設は放棄された。

こうして三度の戦いに敗れた今川勢は、何人かの侍大将が負傷し、多くの兵を失って鳴海から去っていった。

こちらも鉄球、粉からし玉、馬防柵と、次々と隠し玉を投入したので、次から対策を打たれると考えるべきだろう。これだから手の内を晒すのは嫌なのだ。

新兵器の開発を進めているが、開発には時間が掛かり、どれだけの時間が稼げるかが勝負なのだ。

この戦で山口勢の兵も随分と離散して一千五百人ほどまで数を減らし、信長兄ぃが火付けに回っても妨害ができなくなった。

こちらも鳴海・大高から領民を追い出す事に方針を変え、信長兄ぃは田畑は言うまでもなく、町や村にも火を放った。

「向かってくる者は容赦するな。ただし、逃げる者を追うことは罷り成らん」

鳴海・大高では「織田家に下れば無償で土地をやろう。留まるというならば敵とみなす」と土地を無償で与えると触れ回りながら火を掛けて追い出した。河川工事と同時に沼地を埋めて新田を開発しているので、土地はいくらでも余っており、信長兄ぃが言っている事は嘘じゃない。

鳴海・大高に残るのは、山口家に縁が深い者か、先祖代々の土地で離れられない民のどちらかだ。

村人は無下《むげ》にしないが、残っているので容赦もしない。

そうこうしているうちに鳴海・大高の兵糧が尽き、今川は兵糧入れを決行した。


天文二十一年（一五五二年）七月七日。

今川方の小荷駄隊八百人が池鯉鮒《ちりゅう》（知立）を発ったと連絡が入った。小荷駄隊は逢妻川を渡り、今岡村、今川村を通って境川を舟で渡り、尾張領へと入った。今川方による鳴海・大高への兵糧入れが始まったのだ。やはり鎌倉街道を使わないようだ。

鎌倉街道とは、『イザぁ、鎌倉』と言われるように、鎌倉幕府の時代に整備された鎌倉へと続く道だったが、時代が経つと整備されなくなった。特に支配者が違えば、いつ攻めてくるか判らないので、敢えて街道を放置する領主もいた。

知多半島を横断する鎌倉街道は熱田と沓掛を結ぶ。まず、熱田から上道、中道、下道に分かれ、鳴海城の北にある山王山辺りで合流し、山王山から扇川に沿って東に進み、川を渡って山道の田楽ヶ《でんがくが》窪《くぼ》を抜けると沓掛に至る。

信長兄ぃが鳴海領に進軍する場合、この山王山辺りで一度鎌倉街道を通り、隘路《あいろ》を抜けて南下する。今川の小荷駄隊が鎌倉街道を使って兵糧入れをするという事は、織田方に襲って下さいと言っているのと同じだ。やはりというか、今川はこの道を避けた。沓掛に向かうには少し南の池鯉鮒で一泊してから、衣ヶ浦《ころもがうら》を舟で渡って、大脇から大高へ延びる知多半島を横断する大高街道を使うつもりだ。

伊賀者らが小荷駄隊の位置を、刻々と信長兄ぃらの部隊へ報告する。

どうやら桶狭間山《おけはざまやま》の南で大高街道から曲がって、有坂道を通って鳴海城へ向かうようであった。

今川方が道中の安全を確保する為に先触れを先行させるのは当然の事なのだが、逆を言えば、この道を通りますと、こちらに知らせてくれるようなものだ。

我らもそれを知る為に、忍びらにリスクを負わせているのでお互い様だ。

信長兄ぃは兵を三つに割った。

一番隊の伊丹康直は、兵三百人を連れて天白川に沿う常滑街道を南下し、山王山から鎌倉街道へ入った。この伊丹隊が今川方の小荷駄隊を狙っているのは明らかであり、鳴海城から兵五百人が出陣してきた。鳴海勢は扇川の対岸を追走しながら伊丹隊の様子を窺《うかが》う。伊丹隊が南下する為には、どこかで扇川を渡河する必要があった。しばらく併走したが、康直は反転して背後の赤塚山に登り、それを見た鳴海勢が逆に扇川を渡河して、赤塚山の南に位置する鹿山に布陣した。

睨み合った後に康直は兵を引き上げた。

鳴海勢も小荷駄隊への攻撃を防いだと意気揚々と城に引き上げていった。

もちろん、康直の伊丹隊は陽動であった。

二番隊の森可行は兵三百人を連れて、熱田から舟で大高城の南側に上陸し、大高城を迂回して、その東で大高街道に入ると小荷駄隊を狙って東に進んだ。小荷駄隊がちょうど有坂街道に通ずる道と交差する直前で視界に入り、森隊は一気に兵の速度を上げ、接近した所で可行が声を上げた。

「油壺を回せ」

森隊の兵は走りながら腰に吊していた油壺をぐるぐるぐると振り回し、近付いた所で小荷駄隊に向けて油壺を投げ入れたが、荷を守る今川の護衛の兵もすぐに対応していた。盾隊が前に進み出て盾を出すと、油壺は盾に当たってガチャンガチャンと割れて油が散っていった。

「火矢を放て」

再び可行の声が響き、火矢が放たれ、油に引火して燃え広がった。しかし、ほとんどが盾に塞がれて、盾を燃やしただけで終わった。

今川勢の対応は早く、中堅を守っていた護衛らが左右に散って森隊を取り囲もうとする。可行は兵の足を止めさせず、勢いのままに左折し、有坂街道に向かう道に逃走した。

来ると思って身構えていた盾隊は肩透かしをくらい、左右から挟撃する兵も目標を失った。

戸惑う兵に今川の武将が声を荒らげた。

「何をしている。敵を追え。追うのだ。追って息の根を止めろ。反転する暇を与えるな」

追撃を命じた。取り逃がせば、どこで反転して襲ってくるか判らない。

八百人のうち、五百人が森隊を追った。

この判断が悪い訳ではないのだが、今回に限ると最悪の悪手となった。

森隊が逃げた直後、背後から信長兄ぃの本隊が襲い掛かったのだ。

信長兄ぃは前日のうちに海を渡って知多半島を横断し、水野《みずの》信元《のぶもと》の緒川城で兵を休め、小河道を北上して、敵を捕捉すると身を隠して機会を窺っていた。そして、森隊に釣られて兵が減ったところをさらに手薄だった背後から襲った。

「馬に目掛けて、油壺を投げ込め」

米俵を運ぶ主力は五十頭の馬と二俵を背負う農民二百人である。ここで情けを掛ける訳にはいかない。いかないのだが、その情けを掛けるのが信長兄ぃの甘さだ。

先に荷を背負った馬に油壺を投げ入れさせた。すぐに火を放つと、『火牛の計』のように馬が火だるまになり、その火だるまの馬らが暴れだし、敵の兵を吹き飛ばした。今川方は大混乱となった。

そこまでの報告を聞いて、俺は唸る。

初めから火牛の計を狙ったなら、信長兄ぃの戦術は神懸かっている。残っていた兵も混乱して戦意を失って四散し、逃げる兵に狼狽した武将も逃げ出した。ほとんど戦わずして勝ってしまった。

信長兄ぃは敵の抵抗をほとんど受けずに、農民らを取り囲んで、米俵を置かせると農民を逃がした。その場に残った米に油を掛けて火を放ったのだ。

分隊を率いていた長門守は要領よく十頭の馬を捕まえて戻ってくると終わった事を報告した。

信長兄ぃは上機嫌だったらしい。

「あははは、小荷駄隊は壊滅。長門のお陰で手土産も手に入った。上々だ」

「信長様。被害が少なくて良かったと思います。ですが、大高から援軍も来るでしょう。急いで戻りましょう」

「長門の言う通りだな。一番近い大高城から援軍が来るだろうな。だが、遅いわ……いやぁ、待てよ。ならば、狭いが隘路を抜けて空になった大高城を攻めれば、取り返せるのではないか」

「信長様。予定外の事をすれば、魯坊丸様に叱られますぞ」

「悪童《あくとう》の事など知るか」

「信長様。悪童とは誰の事ですか？」

「長門。判らぬか。魯坊丸の事よ。口の『悪』い『童』子と書いて『あくとう』と読む。彼奴にはぴったりの名であろう」

「また、渾名《あだな》ですか。そんな渾名を付けてはお怒りを買いますぞ。それでまた、難題を課せられても知りませんよ」

「知るか」

そんな事を話していたそうだが、信長兄ぃは大高城の襲撃はせずに緒川城の城代に礼を言って引き上げた。

一方、森隊を追撃する今川の護衛隊が信長兄ぃの強襲を知って反転すると、待っていましたと森隊も反転して背後に襲い掛かり、少なからずの被害を与えた。

調子に乗って深追いしない歴戦の強者の森可行だ。

その森隊の中でも、勇猛に戦ったのが、可行の子の可成《よしなり》だった。長槍で敵中に飛び込み、わずかな攻防で敵将の首が三つとか、鬼人の働きを見せた。最後に、有坂街道を通って鳴海城の眼下を堂々と抜けて帰還した。鳴海城を迂回せずに正面から帰ってくるとは、可行も策士だ。

まだ小荷駄隊が襲われたことを知らない鳴海城の兵らが、小荷駄隊ではなく、来るはずのない織田の兵が通ってゆくのを見てどう思ったか。落胆と飢えで、戦う気力も失っただろう。

敵は兵二百人以上、馬五十頭を失った。

焼け残った米は近くで身を隠していた領民達によってすべて回収され、大高城からの援軍が到着した頃には何も残っていなかったらしい。


中根南城にいる俺に、偵察兼監視役の伊賀者らが見てきた現場の状況を報告した。

「以上でございます」

「そうか。大義であった。だが、兄上の愚痴や、俺をどう呼んだかなど報告するな」

「畏まりました」

信長兄ぃが付けた渾名などどうでもいい。

それよりも気になった事があった。千代女も同じように感じたらしい。

「若様。信長様は呰妨害の三連勝で気を良くされているようです」

「千代の意見は正しい。調子に乗っているな」

「もう一度、那古野に行って叱りますか」

「疲れるから嫌だ。だが、このままではまずいな。帰蝶義姉上に手紙を書いて引き締めてもらおう」

「それが宜しいと思います」

俺は帰蝶義姉上に、信長兄ぃが調子に乗っているので、油断しないように兜の緒を締めさせてほしいとお願いの手紙を書いた。


天文二十一年（一五五二年）八月、今川の兵糧入れを阻んでから約一ヵ月。

ゴロゴロ、ゴロゴロ、ゴロゴロゴロ……可怪しい。

田が黄金色に輝き、稲大きく垂れて、豊作に皆の顔も明るい。

一方、天白川を越えた鳴海・大高領は田畑が燃やし尽くされて大飢饉となっていた。

それでも山・海に入れば、民はなんとか食べるモノはあるだろう。

しかし、一千五百人の兵士が食べる食料の調達ができる訳もなく、山口勢は兵糧攻めに屈しようとしていた。

ゴロゴロ、ゴロゴロ、ゴロゴロゴロと俺は床の上を転がった。

俺は今川義元が採るであろう兵糧入れの策を三十は考え、その対策を練っておいた。しかし、意外にも今川義元は山口勢を切り捨てるような塩対応だ。このままでは山口教継の心が折れて織田家に降伏してしまう。

信長兄ぃや信勝は喜ぶだろうが、これでは何の為に今川を引き込んだのか判らない。

義元は今川家の威信が傷ついても良いのか?

ゴロゴロ、ゴロゴロ、ゴロゴロゴロ！

「魯兄《ろあに》じゃ、暇ならわらわと遊ぶのじゃ」

急に俺の腹の上に乗っかってきたお市が遊べと言う。

「お市、後にしてくれ。俺は忙しい」

「さっきからゴロゴロしているだけで暇そうなのじゃ」

「俺は考え事をしている」

「そんな事よりわらわと遊ぶのじゃ」

俺の言葉をお市は一刀両断にした。俺は手を引っ張られ、子供部屋に連れていかれた。

この子供部屋は少し前まで黒鍬衆らの家だった。

彼らを勉強させる為に黒板や机を用意し、カルタ、トランプといった文字と数字を覚える為の勉強道具を揃え、畑を潰して訓練場も作った。せっかく立派な建物を建てたのだが、河原者でも雇ってくれると噂を聞きつけどんどんと人数が増えたので、新たに山の麓に巨大な長屋群を建て移動してもらった。

ちょうどその頃、城の外輪を覆う外壁が完成した。

ローマンコンクリートの外壁で安全を確保できたので、元城壁に新たな門を作り、城内の屋敷とこの家を渡り廊下で結んで、俺の別邸とした。

俺による、俺の為の、俺だけの遊び部屋だったが……お市は俺が作った遊び道具に興味を持った。

また、中根南城の飯が美味い、お市からそう聞いた六男喜蔵《きぞう》兄ぃ、七男彦七郎《ひこしちろう》兄ぃ、八男喜六郎《きろくろう》、九男半左衛門《はんざえもん》、弟の十一男源五郎《げんごろう》、妹のお栄《えい》が来るようになり、子供部屋と呼ばれるようになった。

因みに、六男喜蔵は俺よりも一、二歳年上だが子供っぽく、七男彦七郎は同い年。八男喜六郎と九男半左衛門に至っては俺より後に生まれたのに家格の違いで、俺が十男とされた。

そもそも家臣筋に飯を漁りにくるという浅ましい真似ができるのも子供の特権であり、そんな兄ぃらを敬う気がないのでため口でいいだろう。

もっとも喜蔵より上の兄ぃらも見栄すら張る余裕はなくなっていった。

親父が亡くなり、信勝が末森城を取り仕切るようになると、信長兄ぃに対抗して常備兵を作ろうとした。しかし、それには銭が足りない。その銭を貯める為に、質素倹約《しっそけんやく》が徹底され、食事は一汁一菜となり、腹を空かせた四男三十郎《さんじゅうろう》兄ぃや五男九郎《くろう》兄ぃまで通い出した。

そんなわけで子供部屋は、俺の兄妹の溜まり場と化した。

子供部屋に到着すると、外で三十郎兄ぃが侍女らを相手に剣術の稽古をしていた。

「魯坊丸。久しいな。どうだ、一手勝負するか」

俺を見つけて、木刀での勝負を挑んでくる。

侍女らが強く、一本も勝たせてもらえないので、確実に勝てる相手を見つけて目を輝かせた。

だが、お市が俺をガードして対抗する。

「駄目なのじゃ。魯兄じゃはわらわと一緒に『遊戯道《ゆうぎどう》』で遊ぶのじゃ」

「魯坊丸。俺と勝負だ」

「駄目なのじゃ。わらわと遊戯をするのじゃ」

「俺が先だ」

どっちも無理。秋になったといっても、まだ暑い。

手加減を知らない三十郎兄ぃとやり合って怪我をしたくないし、お市と一緒に遊戯などすれば、干からびてしまう。

絶対に嫌だ。

遊戯道とは、黒鍬衆を育てる為に鉄棒や縄登りや腹筋台などトレーニング設備を改良し、網登り、丸太飛びなどのアスレチック風にした遊戯の周回コースだ。

お市やその一つ下のお栄と、俺の母上が生んだ一つ下の妹の里《さと》が遊ぶ姿が可愛いので、張り切って豪華な設備で作らせた。これで怪我なく体力を付ける事ができる遊び道具が完成したはずだったのだが……どうやらお市には物足りなかったらしく、気を利かせた忍びらがどんどんと手を加え、世界障害物競争『スパルタンレース』のようなコースへと変貌していた。

もうアスレチックとは呼べない。

空に突き出した丸太から落ちても死なないが、その丸太が異常に高く、そして、細くなった。下が池と判っていても落ちるのが怖い。

ロッククライミングは、安全縄を用意しており、怪我などはしない。

しかし、逆反りの天井にぶら下がりながら移動するなど……俺はできない。

でも、お市は身が軽いのか、軽々と楽しそうに成功し、それを見たお栄や里も頑張っている。

それって違うよね。もう俺が理想とした和気藹々と楽しむ余裕はない。

一本勝負も嫌だが、遊戯道で遊ぶのも嫌だ。

俺は代案を出して誤魔化す。

「三十郎兄ぃ、将棋なら勝負を受けますが、どうですか」

「良いだろう。返り討ちにしてくれる」

「わらわと遊ぶのじゃ」

「お市とは『りばーし』で勝負だ。二面打ちで相手をしてやる」

ぷうっと頬を膨らませながらも妥協してくれた。

なお、リバーシの名付け親は俺だ。碁石を半分に割って白と黒を一つにくっつけたので、『偽碁』と呼ぶ者もいる。

それはともかく、何故、俺と遊びたがる。

子供部屋は開放してやるから、俺を巻き込まないでくれ。

八月は収穫期であり、神社の神事も山ほどある。そんな中で俺の貴重なゴロゴロタイムを兄妹に奪われた。


数日が過ぎた。

神楽舞の練習をしていた俺は、突然、入ってきた伝令に目を瞬《しばたた》かせた。

「守護代織田信友様が密かに兵を集めております」

収穫が終われば動くとは思っていた。

否、逆だ。

鳴海の兵糧入れと連動して、今川義元と織田信友が東西から挟撃してくると予想していた。

しかし、義元は動かず、武田《たけだ》晴信《はるのぶ》は北条家との和睦を画策し、義元もそれに手を貸している。

遂に『甲相駿三国同盟』に舵を切った。

纏まるのは来年か、再来年だろう。こちらもあっさりと三国同盟を許すものかと、策を考えていたところだった。

俺は千代女に指示を出す。

「千代。今川の動きを調べろ」

「動員する兵の数でございますね」

「そうだ。どれだけ本気かを調べ上げろ。兵糧入れもしてくるぞ」

「すぐに物見を派遣します」

「北条には国友の鉄砲十丁を送り、今川への威嚇をお願いする手紙を信長兄ぃに書いてもらえるように帰蝶義姉上に頼んでおけ」

「承知しました」

死んだ振りとは。義元のせこさに騙された。

信友が兵を挙げれば、今川も兵を挙げると唆されたか。確かに今川も兵を尾張に送る。送るが、信友の清洲勢は生け贄だ。少なくとも数万人規模の大攻勢は考えていない。

何故、そう言い切れるかといえば、歩き巫女が持ち帰った情報を総合した結果だ。

武田信玄が考えた『歩き巫女』がどういうものかは知らないが、俺の歩き巫女は元河原者の娘達だった。河原者は動物の皮などを取る仕事をする者が多く、戦に使う矢の羽根や兜・鎧に使う皮を調達する。つまり、彼らが忙しいと戦の準備をしている領主がいるという事が判るのだ。

この忙しさを地域別に分析すると、あら不思議、一領主が準備しているのか、国主が準備させているのかが見えてくる。

また、僧侶や神社に仕える神人や歩き巫女は神・仏に仕える者であり、関所を無条件で通してもらえる。この特性を利用して、俺は周辺の状況を探らせていた。

信友の動きも河原者の情報から知れた。

それにしても急な戦仕度だ。

義元の今川軍の規模は小さく、最大でも一万人に届かないだろう。

もちろん、信長兄ぃと信友の戦の結果によっては熱田に攻め寄せてくるかもしれない。

だが、信友の清洲勢が惨敗すれば、鳴海に兵糧だけ入れて帰っていくだろう。

今川義元に利用された織田信友は愚かな奴だ。


天文二十一年（一五五二年）八月十六日。

清洲勢は又代の坂井大膳《さかいだいぜん》が命じて坂井甚介《さかいじんすけ》・河尻与一《かわじりよいち》・織田三位《おださんみ》の三人を大将に攻めてきたとの報告が入った。

信長兄ぃは土岐川（庄内川）を渡河できる美濃路の稲生渡船場に常備兵を集め、それから那古野の各武将に陣触れを出し、また、信勝の末森城に援軍を求めた。

まずは、すぐに兵を動かせる常備兵の利点が生きた。

清洲勢が美濃路を選べば、林秀貞の領地が河の向こうにあり、武名で名を馳せた林一族が背後を襲い、常備兵と挟撃ができる。

また、先に清洲勢が秀貞の屋敷を襲えば、信長兄ぃは渡河して背後を襲う。

だがしかし、それを嫌がったのか、清洲勢は南下して佐屋街道の万場・岩塚渡船場を使うようだ。

万場・岩塚渡船場は那古野と津島を結ぶ佐屋街道の渡し場であり、渡河中に松葉城と深田城に背中を晒す事を嫌って、清洲勢は先に松葉城と深田城を攻めた。

松葉城の織田伊賀守《おだいがのかみ》と深田城の織田信次《おだのぶつぐ》は武士の意地で応戦したが弱かった。

駄目な時は素直に逃げろと信長兄ぃに命じられていたので、「ここは信長に従おう」と自分を納得させて城を捨てて那古野に逃げ込んだ。

それならば、最初から戦わずに領民と一緒に逃げればいいのに……ぶつぶつ（怒）。

伊賀守と信次は、自分の面子の為に無駄に一戦して兵や村民に犠牲を出しただけの無能な武将だ。

伊賀守は戦場で活躍し、織田の名字を貰った脳筋武将なので仕方ないが、信次は俺の叔父で織田一門である。無能な一門衆が一番扱いづらい。

物見の報告では、敵将が随分と浮かれているらしい。こんな感じで。

「がははは、腰抜けどもめ！　我らに恐れをなして逃げていきおった」

「完勝、完勝。幸先が良いですな」

「奪う物も多い。好きに奪え」

「百姓が逃げてしまったのは惜しいですな」

「どうせ、那古野にごまんといる」

「甘露、甘露。祝い酒だ」

清洲勢は二城で乱取りを許した為に再結集に時間が掛かり、万場・岩塚渡船場で兵の渡河を終えた頃には、もうお日様が天上を過ぎて傾きはじめている。

一方、那古野では、末森から柴田勝家《しばたかついえ》が援軍を引き連れて到着した。林秀貞の林隊も合流し、清洲勢が土岐川を渡河しているという報告を聞いてから、信長兄ぃがゆっくりと移動を開始した。

何故、信長兄ぃがゆっくり移動できるのかといえば、長門守に那古野の兵を三百人預けて、先見隊として万場・岩塚渡船場に送っていたからだ。

清洲勢の先鋒は河川敷に上陸して進軍するつもりだったが、先見隊が土手の上に姿を現すと、清洲勢は身構えたままで動けなくなった。

清洲勢は次々に渡河を終えてゆくが、それ以上に那古野勢が増えてゆき、那古野勢の総数を知った頃には、清洲勢の半数以上が渡河を終えていた。

もう撤退する事もできず、清洲勢は全軍を上陸させて、川を背に背水の陣を敷いた。

ほぉ～。信長兄ぃが中々に憎らしい事をしたので俺も感心した。

どうやら清洲勢の息の根を止めたいらしく、那古野勢の全軍の移動をワザと遅らせたのだ。

確かに半数が渡河を終えていれば、引くに引けない。

俺の努力が無駄になった。

実は三日前に清洲勢が密かに兵を集めていると聞いた時、俺の脳裏に信長兄ぃが那古野城の近くまで敵を引き寄せて、容赦なく叩き伏せるという光景が浮かんだ。

そんな事になっては、まだ刈り取っていない稲が全滅だ、と冷や汗を流した。

急いで農家にすべての稲を刈らせようと、『この那古野に大きな嵐が来る』という神託が降りたと言って神官らを走らせた。

だが、マンパワーが足りない。俺は町衆を集めて作業内容の変更と臨時の刈り入れ動員の同意を得て、近場の土木作業員三千人と熱田・那古野の店の丁稚や下働きを含む一千人、熱田・那古野の警備員五百人に、火消しと自警団の五百人も投入した。

刈れ、刈れ、刈れ、刈れ、刈り尽くせ。

初めてのご神託に家臣も住民も燃え上がるような熱気に包まれて、怒濤の二日間で稲刈りを終え、我が軍は真っ白に燃え尽きた。

この戦に黒鍬衆を貸し出していないし、俺の管理下の人員は一人も出ていない。

例外は、忍びくらいだ。

初めから河川敷で戦うと決めていたなら神託は要らなかったのに……ぶつぶつ。

報告・連絡・相談の『報連相』ができていないと痛感したが、これからできるのかな？

歩き巫女などの忍び網が俺の切り札であり、信長兄ぃにまだ教えるつもりはない。

では、どうして知ったのかと問われる。

俺は信長兄ぃと意見の摺り合わせができる自信がないんだよね。

さて、土岐川の下流域の河川敷はまだ護岸工事も手付かずで割と広く、両軍が対峙できた。

信長兄ぃの那古野常備兵一千人が中央に入り、左翼に柴田勝家の末森勢一千人、右翼に佐久間・長門守らが率いる那古野勢七百人と林勢三百人、後詰めに熱田衆三百人と、総勢三千三百人が土手から川に向かって並んでいた。

対する清洲勢は川を背にして、中央に総大将の坂井甚介が一千五百人、左翼に大将の河尻与一が七百人、右翼に織田三位が六百人の総勢二千八百人であった。

この戦は古典的な戦口上から始まり、互いに鏑矢《かぶらや》を放つと、それを合図に矢の応酬を始める。

「矢を放て」

ぶしゅぶしゅぶしゅと無数の矢が交差した。

中央の戦いは、弓隊の少なく、清洲の方が弓衆が多く、信長兄ぃが劣勢だった。これは弓の訓練が足りず、打ち手が少ないからだ。代わりの投石を命じなかったのは、信長兄ぃが見栄えを気にしたからに違いない。

矢合戦が終わると向こうが突撃してきた。

中央の弱兵ぶりを見て、中央大将の坂井甚介は十分にヤレると感じたのだろう。

矢が止まると、信長兄ぃも対応し、「すわ、かかれ」との突撃命令を発した。

待っていましたと、猛将の森可行が駆け出してゆく。兵も完全に連動して一糸乱れず矢を模した鋒矢《ほうし》型で続いた。

森可行の猛攻は敵の前衛を一撃で潰し、可行が吠えながら勢いそのままに抉っていく。

「隊を分けよ。六名一組で当たれ。引く事、罷り成らんぞ」

森隊の兵は恐れを知らないのか。

うおぉぉぉぉと、大地に溝を掘るように次々と敵を喰い破ってゆく。

同じ前衛の伊丹康直は横一列で一当てすると、部隊を左右に広げ、森隊が潰し損ねた兵を倒し、森隊の援護に移行した。

信長兄ぃの本隊は前衛に任せて動かずに全体を見つめていた。

俺は土岐川の海に近い河口付近の土手まで馬で移動して、千代女と共に戦の進行を見学していた。

「森可行と伊丹康直の相性が良さそうだな」

「はい。猛将の可行と知将の康直という感じです」

「信長兄ぃに譲ったのは勿体なかったか」

「どちらも黒鍬衆や鍬衆との相性が合いませんので使い所がありません」

「熱田の警備隊長では兵が少ないからな」

人材は欲しいが、千代女の言う通り熱田では使い所がなかったので信長兄ぃに譲った。

今更、勿体ないと思うのは欲が深いだろうか。


矢合戦から始まり、足軽戦に移り、中盤を飛ばし、最終局面へと移行した。

中央の森隊が、前衛、次鋒、中堅を切り崩して打ち破る。

中央に続いて左翼末森勢一千人の柴田勝家も突撃を敢行し、敵右翼の織田三位は六百人で耐えていた。森隊の活躍が勝家の目に入ったのか、触発された勝家は少数精鋭で突撃し、雑魚を蹴散らして大将の織田三位まで迫ると、その勢いに恐れをなした三位が逃げ出してしまった。

大将が逃げ出し右翼が崩れ、それを見た坂井甚介ももう駄目と思ったのか逃げ出した。

俺は思わず「馬鹿か」と声を荒げて叫んでしまった。

待て、待て、大将が真っ先に逃げるとか。あり得ないだろう?

俺は横にいる千代女に声を掛けた。

「千代はどう思う。織田三位は臆病者だが、坂井甚介は馬鹿過ぎないか?」

「はい。愚かです。愚か過ぎます。まず、織田三位は臆病過ぎました。柴田様は寡兵です。上手く取り囲めば、形勢を逆転できる可能性もありました。しかし、その勢いに押されて大将が逃げ出したことで勝敗は決しました。次に、総大将の坂井甚介は中央の後詰めを右翼に回せば、戦線の維持ができました。撤退戦に移行しないと、背水の陣を敷いたことが最悪の結果を招きます」

「まったくだ。背水の陣で逃げ道を塞いだ。逃げる道がないので兵の士気は嫌でも上がる。それを生かさないのでは意味がない」

「殿《しんがり》を決めて守りを固めれば、いくらかは武将を逃がすことができますが、大将が逃げ出しては、助かる者も助かりません」

千代女の言う通りだ。

右翼が崩れたからといって、総大将の坂井甚介まで逃げ出しては話にならない。

しかも、逃げてゆく先に敵右翼を突破して反転してきた勝家の一団がいた。

甚介は運も悪い。

勝家の槍に払われて落馬し、あの兜は確か……「中条家忠《ちゅうじょういえただ》です」と千代女が教えてくれた。

どうやら、甚介は家忠に止めを刺されたようだ。

一番手柄は柴田勝家となりそうだ。

一方的な追撃戦となり、降伏する者も続出し、別の意味で大混乱だ。

もう見るべきものもないと思って、俺は城に帰った。

城に帰ると、次々と報告の使者が飛び込んできた。

生き延びた河尻与一と織田三位は清洲まで逃げおおせたようだが、清洲に到着する頃には、供の者が数名にまで減っていたそうだ。

信長兄ぃと柴田勝家は清洲まで追撃し、林隊や熱田勢は松葉城と深田城の奪還へと兵を回した。

誰が見ても織田弾正忠家の大勝利であった。

千代女が報告を聞くのを中断して、お茶にしないかと言う。

千代女が持ってくるお茶は美味い。

「千代。予想以上の大勝利となったな」

「はい。信長様の名声も高くなるでしょう」

「何故、信勝は出陣しなかったのだ？」

「信勝様は出陣するつもりでしたが、近臣の津々木《つづき》蔵人《くらんど》が身の安全を心配して反対し、次席家老の佐久間《さくま》盛重《もりしげ》が手伝い戦に当主が出る必要はないと同意したので、信勝様は迷われました」

「信勝が出陣していれば、総大将だ。この勝ちは信勝のものだった。馬鹿じゃないか」

「信長様の戦下手は有名です。信勝様の初陣を敗戦にしたくなかったのでしょう」

「小競り合いだが、今川に三連勝したことは、無かったことにされているのか？」

「近臣の蔵人はそう考えているのでしょう」

「馬鹿らしい。信長兄ぃばかり勝ち戦の報告が上がり、家臣団の心が信勝から離れるのは腹が立って癪《しゃく》ではないのか?」

「東加藤の順盛《よりもり》様と柴田勝家殿はそう言ったそうですが、筆頭家老の信光様は『自分で決めよ』と信勝様を突き放しました」

「信光叔父上らしい。で、信勝は取り止めたか」

「はい、蔵人の意見を採用して、勝家殿に末森勢を率いて出陣するように命じたそうです」

「そうか。それで勝家が大将になったのか」

弾正忠家の当主として、この戦の勝利を祝っていれば、信勝の名声は上がった。

信勝は初陣を大勝利で飾れたのに愚かな忠告でふいにした。

馬鹿ではないか。

俺の独り言のような言葉に千代女が訂正を入れた。

「それはどうでしょうか?　信勝様は御年十八でございます。まだまだこれからです」

「もう十八歳ではないか?」

「いいえ、まだ十八歳です」

なんでも元服は十一歳から十七歳であり、これで大人の仲間入りとされる。二十代は勉強の期間であり、三十歳くらいにならないと家督は譲られないのが普通である。当主が早死にした場合や、馬鹿な主君を『主君押込《しゅくんおしこめ》』といって強引に隠居させた場合に若い君主が立つ事があるのだが、そのほうが特別な例なのだ。十代なら間違うのが普通で、身近な者のみの意見を聞いた十八歳の信勝は失敗して学ぶ。

だが、一歳年上の信長兄ぃは十九歳でありながら、年寄達に怒鳴られるのではなく、逆に年寄達を怒鳴り付ける。これはかなり異常な事らしい。

俺？　俺は今七歳だが特別過ぎて比較できないそうだ。

第六話　上洛要請と魯坊丸の暴走

ヤッター、俺は自由だ！

萱津で信長兄ぃが戦っている間に大量の兵糧が三河から鳴海・大高城に運ばれた。

今川にしてやられたが、物は考えようだ。

山口教継・教吉親子が織田家に降伏する危険を回避できた。しばらく情勢は沈静化し、鳴海・大高の兵糧入れ妨害の監視・計画・立案を中断できる訳だ。

つまり、俺がゴロゴロするのを邪魔するものはいない。

俺はやっと手に入れた暇を満喫して、自室で大の字で寝転がっているとやはり現れた。

「魯兄じゃ、暇ならわらわと一緒に遊戯道で遊ぶのじゃ」

「お市。俺は考え事が多く、忙しい。また、今度にしよう」

「さくらから神社の仕事がないのは確認したのじゃ。楓から昨日は一日中ゴロゴロしていたと聞いたのじゃ。紅葉に本を取りに行かせ、たわいもないおしゃべりしたのじゃろ。わらわもかまってほしいのじゃ」

「さくら、楓、紅葉⁉」

「若様。さくらは裏切っておりません。たわいもない世間話をしただけです」

「楓も同じく。暇そうな若様の為に何ができるかを聞いただけです」

「ご、ごめんなさい。若様とのおしゃべりが嬉しくて、しゃべってしまいました。あわわ」

「千代。俺は忙しい。お市に説明してくれ」

「若様。ここの所、鍛錬不足でございます。体力を付けましょう。諦めて頑張って下さいませ」

千代女の裏切りものぉ。

この戦国時代は、児童虐待保護法も労働基準法もない。

超ブラック企業並みの過酷労働を強いられても誰も咎めない。貴重な自由時間を手に入れる為に俺がどんなに努力したか……しかし、侍女長ズのさくら、楓、紅葉の三人はお市やお栄や里などの妹ズに甘い。誰もお市を止める気はない。

中根南の侍女らを取り仕切る真の侍女長である侍女代何見姉《かみ》さん、乙子《おとこ》姉さんらは千代女の味方であり、さらに、仕事より鍛錬を優先したい派なので助けてくれない。

その他の鶴、亀、茜などの侍女らは、千代女を気にして目を逸らした。

あはは、千代女に逆らえる訳ないよね。

手を繋いで走るのは危ないっていうか……速いって！

この遊戯道には、ロープをぶら下がりながら進む『チロリアン』や網登り『スターウェイ』、板を飛び越える『フィートトオォール』、雲梯《うんてい》とロッククライミングを合わせたような『モンキーバー』等々が待ち受ける。

なお、正式な障害の名前は侍女らが適当に付けているが知らん。

お市は俺の手を握ったままで進んだが、さすがに危ないと判断されて、千代女からレッドフラッグが上がった。

そして、俺とお市を命綱で結び直して再開って、根本的な解決になってない。

俺は散々だ。落ちたり、転がったり、一緒に被害を受けたはずのお市は喜んでいる。

お市は元気過ぎて、遊戯道を十周って……はぁ、はぁ、はぁ、シゴキですか？

のぉ～～～、秋だというのに干からびた。


よく遊び、よく食べ、風呂から上がると、書類の束が机に載っていた。

ですよね。俺は色々と忙しいんだよ。

信長兄ぃも忙しそうだ。

先の戦の論功行賞を与え、宴会で武将を労う。敗戦した武将を始末し、広がった領地に代官を派遣し、日和見の国人らが寄りを戻そうと次から次へと降伏者が続出する。

史実と違って、この数年で織田家の経済力が二倍から三倍に拡大しており、多かれ少なかれ尾張中が影響を受けていた。

一度天秤が信長兄ぃに傾くと、こぞって那古野に群がってきたのだ。

当然だが、今川義元が黙っている訳もなく、永禄三年（一五六〇年）の『桶狭間《おけはざま》の戦い』まで、のんびりと傍観する計画が頓挫した……ような気がする。

さて、俺もずっとゴロゴロを満喫して遊んでいる訳にもいかない。

戦のごたごたが静まった頃を見計らって、無理を押して協力してくれた町衆・店主と神官らを迎賓館に招いてご馳走を振る舞った。

まずは、堺から買った種を育てて作ったトマトを使ったトマトサラダから始まり、チーズなしのシーフードのトマトグラタン、ミートスパゲティー、トマトゼリーなどのトマト尽くしの数々だ。

迎賓館に呼ばれた料亭の女将が声を上げた。

「魯坊丸様。美味しゅうございました。これらの作り方、また教えていただけますのでしょうか」

「トマトに限りがありますが、そのつもりでご馳走しました。お店で出して下さい」

「ありがとうございます」

これで奉公人・下働きなどを出してくれた料亭や宿屋や漁師などへの礼は終わりだ。はい、次。

商人で構成される町衆は、土木作業員の仕事を止めて人手を回してくれた。

俺は『熱田屋』の主人の五郎丸に声を掛けた。俺のダミー商家である熱田屋は五郎丸に任せている。

五郎丸は、俺のお爺である大喜本家の長であり、熱田の神官でもある。熱田の豪商『大喜屋』の隠居だ。

「五郎丸。祭りを開催すれば、皆が儲かると思うか」

「もちろんでございます。去年の祭りで出した屋台はもちろん、その祭りに着ていく着物や櫛《くし》、小物などがたくさん売れました。また祭りを開催すれば大喜びでしょう」

「どうだ、祭りを開催して町衆で『札元』をやる気はないか」

「札元とは何でございますか？」

「そうだな。最初は将棋の王将戦、次に囲碁の名人戦、他に投石当て、乗馬競争、弓当て、水練競争……等々。最後は武闘大会もいいな」

主催するのは熱田神宮として、熱田明神様への奉納試合とする。

優勝者には『熱田一』の称号を与え、八番までに賞状を与えて褒め讃え、副賞として町衆から銭を優勝者に十貫文、準優勝者に五貫文、以下八番までには一貫文を与える。

「それでは町衆が損をするだけでございます」

「その為の『札』だ。まずは予選を行って三十二人にまで絞り、予選の強さで誰が勝つかを予想する。そして、参加者に番号を付けて、一番と二番を当てた者の勝ちだ。札は十文で売って、三文を利ざやとし、残りは当てた者にすべて返す。大穴が出れば、十文が十貫文、二十貫文に化けるかもしれん。五郎丸、其方ならば買いたいか」

「十文が十貫文、二十貫文に化けるならば」

利ざやの三文は、熱田神宮に奉納金として一文、熱田開発の為に一文、残り一文が町衆の取り分とする。赤字が出たなら、俺が補填してやると保証も付けた。

この札元はずっと練っていた構想だ。

熱田・津島などを中心に農家と庶民は小金持ちになってきた。

農家は石高が上がって余裕が生まれ、副産物を奨励したので、それを売って懐が温かい。

商家は酒などの新商品が次々と作られ、他国との取り引きも順調で商売繁盛だ。

物が売れれば、職人も儲かる。

人が増えれば、消費も増えて、農家・漁師らもさらに儲かる。

景気が良ければ、周辺から人も集まってくる。

この辺りの雑兵の相場は、日当で米六合、水一升、味噌〇・二合、塩〇・一合が支給される。

銭に換算すると、おおよそ八文（千円）程度。

尾張では、土木作業員の日当が十五文から二十文の上に、寝所の長屋付きとした。

見習い、正規、熟練の三段階に分け、六人頭や作業長になると役職手当も付く。

職人の日当も十五文から二十文であり、大工になると五十文、宮大工は百文と跳ね上がる。

尾張の土木作業員の日当は雑兵の倍だ。高額日当に釣られて出稼ぎ数が増えていた。

しかし、この時代は娯楽が少ない。

庶民の娯楽といえば、サイコロを使った賭博や狂言などの見世物くらいだった。

洒落た人は御伽草子を読んだり、連歌を嗜んだりするが、ほとんどの人にはそんな余裕はない。

少し増えた銭を使う機会がないのだ。

そもそも、この時代の人々は贅沢を知らないから、贅沢がなくとも生きてゆける。

つまり、尾張の民は余った銭を使う方法を知らないので、タンス貯金になってしまう。

貯める場所はタンスではなく、壺に入れて埋めているから壺貯金か。

これが一番の問題なのだ。流通する銅貨に限りがあり、皆が貯金すると銭が枯渇する。

銅銭が枯渇するとデフレになって経済が衰退してしまう。

デフレがどう悪いのかは、説明すると長くなるので割愛するが、デフレは悪いと覚えてほしい。

それを解消する為に、庶民が貯めている銭を吐き出させて回収する。

奉納試合という見世物を用意して娯楽を提供する。そこで銭を賭ける楽しさと、屋台で食べる贅沢を教える。季節に一回、あるいは、月に一回の贅沢を習慣化させるのだ。

だが、誰かが最初に投資しないと始まらない。

それは庶民ではできないし、一商人では最初に出す金額が大き過ぎる。だから、今回は俺が投資する。もちろん、最終的に手数料と税収で銭を回収する。その後も、ずっと俺を儲けさせ続けてくれるので、引き籠もりニートになっても生活に困ることはない。

銭を回してなんぼなのだ。それを始めるのはいつだ。今でしょう⁉


俺が絶対に儲かると言えば、商人らも本気になってくれた。

そんな中の一人、反物を扱う大店の『桔梗屋』が、困った顔をしてこっそりと手を上げた。

「何かまずい事があったか？」

「魯坊丸様。祭りがあっても売る物がありません」

あぁ、そうだったな。

理由は判らないのだが、今年の七月に京で風流踊りが流行った。そのため京の高級絹織物が品切れたと聞いたので、尾張染め反物を送ってやったのだ。

京に上った平手政秀が、信長兄ぃに尾張守の称号を得る為に頑張っていたからだ。

政秀は、織田弾正忠家の家督を争っていれば落ち着かないと考えた。そこで政秀は弾正忠家の家督を信勝に譲らせ、代わりに信長兄ぃに尾張守の官位を貰おうとした。

尾張守は尾張を治めても良いという、帝からのお墨付きだ。

祖先が頂いたというだけの自称『弾正忠』と本物『尾張守』の官位、どちらが上か判るだろう。

だがしかしだ。後奈良帝《ごならてい》は潔癖なお方らしい。

土佐の一条房冬《いちじょうふさふゆ》は左近衛大将に任官した際に、秘かに朝廷に銭一万疋《ひき》（二十五万文、三千万円）の献金をした。朝廷の財政は苦しく、銭がなかったからだ。その銭と交換で官位を売った事を知った帝は、その献金を突き返し、本来すべき行事を取り止めてしまったという。

織田家からも幕府と朝廷に多額の献金をしていたが、銭で官位が買えない。買い難い。

そこで京で足りない反物を尾張から送って、信長兄ぃの評判を上げた。

尾張の反物は京物より品質が落ちる量産品だ。だが、ないよりマシだろうと思っていた程度なのだが、ちょっと違う事態となってしまった。

桔梗屋の声に周りの商人らが怒気を上げた。

「桔梗屋、夏からずっと大儲けして、まだ足りんのか」

「そうですよ桔梗屋さん。我々にも回して下さい」

「そもそも桔梗屋さん。魯坊丸様から機織りの機械を頂いただけでも十分でしょう。これ以上は欲が深いというものです」

札元で儲けようと盛り上がっていた商人らは思い出したように桔梗屋を袋叩きにした。

随分と羨ましがられていたようだ。

商人が言う『機織りの機械』とは、旋盤を作る為に集めた木工職人の手慣らしとして造らせてみたものだ。

前世の地元名産の一つとして織物を売る為に機織り機を造らせた事があった。

展示室には、客寄せパンダ用の機織り機を買って置くと、その横に機織り機の設計図が展示された。その設計図は俺が素人でも判るように書き直したのでよく覚えていた。

だが、旋盤は作った事がない。理論だけを職人らに教えて彼らの技術力で開発してもらわねばならない。その練習として手動の全自動機織り機を造らせた訳だ。

人力の上、摩耗による故障も多いので、ちょっと気持ち程度に生産コストが安くなった程度で、お得な商品ではない。その機織り機を呉服問屋『桔梗屋』に卸した。高い買い物をさせたので、白い絹に『西陣織《にしじんおり》』の技法の一つを伝授した。だが、まだ『友禅染《ゆうぜんぞめ》』が始まっていなかったため、目新しいモノ好きの京の人々が食い付いて、どんどんと売れて尾張から反物が消えてしまった。

作っても、作っても、全部売れてしまうのでどうしようもない。

これまで他の町衆は桔梗屋を恨めしそうな目で見ていたが、俺に頼まれては断れまい……と無理を言われて『機織り機』を買わされた経緯を知っていたから黙っていたのだ。

だが、ここで欲を出した桔梗屋にこれまでの不満が爆発した。

あぁぁぁぁ、すまん。桔梗屋、助けられん。

稲刈りを手伝ってもらった慰労の宴会は罵倒大会となって終わってしまった。

翌日から札元の準備で忙しくなったんだけどね。

その数日後、大忙しの那古野の手伝いから帰ってきた大宮司の千秋季忠が、町衆への褒美として『札元』を与えたと聞くと、大粒の涙を流して俺に懇願してきた。

「魯坊丸様。町衆に褒美を与えましたのに、熱田神宮に褒美はございませんのか」

熱田神宮も配当が貰えるが、町衆と同格では気に入らないらしい。

何か、何か、何かないかな〜〜〜。

ぽんぽんぽんとこめかみを指先で叩きながら、はっとしてパ〜ンと俺は両手を打った。

正月の三が日に初詣を奨励しよう。

この時代、信心深い民は普段から近くの神社にお参りをしているが、正月に初詣をするという習慣はない。

そこで、正月だけでも熱田神宮にお参りをさせるのだ。

「正月に御札と破魔矢とお守りを三種の神器として売りましょう。三つ買った者だけに宮司からありがたい健康祈願の祝詞も授けるとしましょう。そうですね。俺も神楽くらいなら舞ってもいいですよ」

「おぉぉぉぉぉぉぉぉぉぉぉ。魯坊丸様が舞って下さいますか。その後光を浴びた者は邪気も晴れて、一年が無事に過ごせる事でしょう。そうしましょう。急いで大舞台を作らねば」

「大袈裟にする事はない」

「魯坊丸様の神々しさを皆に惜しげもなく見せていただけるとは感謝致します。正月中、ずっと舞を拝めるのですね」

「うっとりとするな。人の話を聞け。三が日だけだぞ」

「皆様。魯坊丸様に相応しい舞台を作りましょう。忙しくなりますよ。時間がありません」

「舞台は必要ないぞ。本宮で踊れば、かなり後ろからでも見える」

大宮司には俺の声など聞こえないのか、本宮の横にある祈祷殿の西に巨大な広場と大舞台を作ると意気込んでしまった。

その規模は一万人か、二万人の野外コンサート会場のようだった。

俺は祈祷一回につき一度、一日三回。三が日しか舞わないと、もう一度念を押した。

言うんじゃなかった。


さて、忙しい中でも人がのんびりしようとすると騒動を起こす方がいた。

守山城の筆頭家老が使者として那古野に入って、信長兄ぃの無礼な行為を叱責した？

報告に来た那古野の忍びがその口上を再現する。

『主家に当たる織田大和守家に弓を引くとは何事だ。守護代様に詫びを入れぬ限り、この守山も敵になったとお思い下され』

なんと信光叔父上が清洲方に寝返るという。意味が判らない内容だった。

信長兄ぃも内心ひっくり返っただろうが、黙ったままで返答はせず、使者をそのまま帰した。

使者が去った後の大広間では、那古野城の家老らが騒いだらしい。

「守山が敵だと」

「どう対応すれば良いのだ」

「末森はどう動くのか」

「家臣団はどちらに付くのだ」

家老や家臣らは混乱し、信長兄ぃも黙り込んで一言も発さなかったという。

報告に来た忍びに俺はもう一度確認した。

「信長兄ぃは、何も返事されなかったのだな」

「はい。怖い顔で使者を睨んだまま返答されませんでした。使者殿も言うことを言って返事も待たず、守山城へ引き上げました」

「千代。信光叔父上から何か聞いているか?」

「今晩使いをやるとだけ。他には何も言っておりません」

「今晩か。待つしかないか」


そして、その夜に岩室宗順がやってきた。

宗順は千代女を迎えにいってくれた甲賀の者である。

忍びを多く雇うことになった後は、親父の相談役となり、親父に代わって忍びの総まとめ役として甲賀忍と伊賀忍を従えていた。

例えるなら、江戸時代の将軍の取次のような役職だ。

さて、信勝に必要とされず無役となった宗順が信光叔父上の使いでやってきた。

「宗順。叔父上はどういうつもりで寝返ったのか？　その返答を持ってきたのだろうな」

「大殿の遺言でございます」

「死んだ親父がどんな遺言を残したのだ」

「斯波義統《しばよしむね》様を救出し、尾張を統一する策でございます」

あぁ〜〜〜。納得した。

詳細までは聞いていないが、信光叔父上が信友陣営に参加して、義統様を連れ出す策だ。

信光叔父上の配下に坂井孫八郎《さかいまごはちろう》という小心者がいる。名前から判るように坂井一門だ。清洲を実質的に支配しているのは、守護代信友の配下で又代の坂井大膳だ。この大膳と同族だったので、親父は血筋を利用した。

信光叔父上は親父が病に倒れた芝居を始めた頃から、守山城の家老のみを集め、弾正忠家を乗っ取る為の密会を開き、孫八郎を唆した。

「ここだけの話だが。兄者はもう持たない。信長は『うつけ』だ。信勝は『頼りない』ので論外だ。織田家を継ぐのは儂だと思わぬか」

「殿。迂闊な事を言ってはなりません」

「その通りでございます。誰かに聞かれれば、一大事でございます」

「黙れ」

「筆頭家老として見過ごせません」

「某も同じく。次席家老として申させていただきます。ご自重を」

信光叔父上と筆頭家老が対立し、守山の家老衆は二つに割れた。

だが、家老の協力は必要であり、密会は度々行われた。そうこうするうちに太鼓持ちの孫八郎が信光叔父上の愚痴を聞く役となり、信光叔父上の密命を受けて動きはじめた。

勘の良い者ならばれていたと思うが、筆頭家老らは坂井孫八郎を騙す為に芝居を打っていた。

敵を騙すならば、まず味方からというやつだ。

すべて亡き親父が書いたシナリオだ。

孫八郎は信光叔父上が寝返ると心から信じた。それゆえに大膳への説得にも熱が入り、その熱意を信じて大膳も騙された。大膳から連絡が来ると、信光叔父上は寝返る見返りに守護代の信友から奉行職と弾正忠家の家督を譲らせるという約定を求めた。

主筋である守護代から奉行職を任命するのは当然の流れだ。

本来、役職は世襲制なのでお家騒動が勃発するが、役職と家督を乗っ取る大義名分ともなる。

だが、信光叔父上が次の段階に進もうとした頃に親父の体調が本当に悪くなり、親父と信光叔父上がやっていた三文芝居は終わったと、俺はそう思っていた。

俺が溜息をつくと、宗順は話を続ける。

「大殿は、信長様か、あるいは、信勝様のどちらかが清洲城を攻める力を付けた時は、大膳を通じて信光様に寝返る振りをするように遺言されました。目的は守護様の救出でございます」

「叔父上が喜びそうな役だな」

「はい。初めて策を聞いた時は、『がははは、兄者も魯坊丸の影響を受けて、面白い策を考えるようになったな。それでこそ兄者だ。引き受けさせてもらう。愉快、愉快』と泥酔するまで酒を飲み交わされました。そして、再び遺言された時も『それでこそ兄者だ』と励ますように引き受けられました」

「大変なのは、信長兄ぃだぞ」

「信光様は信長様なら大丈夫だろうと。それに大膳は弱っております。信光様の寝返りを喜ばれると」

「止めるように説得できないか？」

「機は熟したと申されていました。正式に跡継ぎを信長様に定めたいとも。もちろん、魯坊丸様が立たれるならば、その限りではないそうです」

「それは遠慮する」

「では、信長様で」

戦で多くの兵を失って清洲勢は味方に見限られている。

その弱っている清洲勢は、寝返ってきた信光叔父上を疑って近付けないという余裕はない。

次に、前回の戦いで勝利した信長兄ぃの名声が高まり、織田家で一人勝ち状態となっている。

対して、信勝が織田弾正忠家の家督を継いでいるが、未だに実績はない。

今のままでは、信勝は棟梁に相応しくないと声が上がり、信長兄ぃが家督を継ぐべきという流れになっている。大膳は信光叔父上が密かに家督を奪おうとしているのと考えているので、この状況に焦って近付いてきたと考えてくれそうだな。

確かに時期的には悪くない……が、どうも乗り気になれない。

信光叔父上が抜けると、織田家の運営を俺と信長兄ぃの二人三脚でやるとか、罰ゲームじゃないか。

また、俺のゴロゴロを邪魔する信光叔父上の嫌がらせだ。

俺は千代女に助けを求めた。

「千代。なんとか説得して思い留まるようにできないか？」

「どうしようもありません。それより若様が覚悟したほうがよいと思います。美濃に織田家の隠れ里と町があると聞いた信長様は発狂されるでしょう」

「信長兄ぃが発狂するか？　親父はのりのりで桜の木を十八本も贈答して、町の開発の銭も貸してくれたぞ」

「大殿は斉藤利政殿への当てつけで贈られただけです。成功すれば、利政殿が悔しがる顔が目に浮かびます。失敗しても若様が損をされるだけです。大殿の懐は痛みません。町が軌道に乗ったと聞いて、笑みを零されたと、信光様から伺いました」

「そうなのか？　ならば、信長兄ぃも納得するだろう」

「信長様も家臣や領民を驚かせる悪戯が大好きな方ですが、政治は至って真面目なお方です。同盟国といえ、敵の利する行為を理解できないでしょう。和紙や工芸も尾張でするべきと言われるのではないでしょうか？」

「すべてを織田家で育てるのは無理だ。それに周辺国もそれなりに豊かにならぬと、流通が活性化せぬ」

「存知上げております。ですが、信光様も私も熱田や津島の物流が増えて、税収が上がってくるまで疑っておりました。実際に物量が増えて税収が増え、戦をせず石高も増え、産業を育成する事で国力が上がりました。特に物流が盛んになるほど、欲しい材料や武器などが安価で手に入るようになりました」

「そうであろう」

「しかし、これを信長様に説明するのは難しゅうございます」

だよな。

物流による経済効果を説明するのは難しい。しかも納得するまで質問魔の信長兄ぃを相手にだ。

頭を抱える俺を見て、宗順が笑っていた。

俺が睨み返すと話を逸らすように、もう一つの用件を言い出した。

「尽きましては、私も忍びのまとめ役を息子の長門守に譲りたいと考えております。末森の伊賀・甲賀の総代もいずれは那古野に移っていただきますが、当面は那古野の頭目頭に代行をさせます。いずれにしろ、信長様の手綱を宜しく頼むとの事でございます」

「取次役を息子に譲るのはかまわん。だが、俺に信長兄ぃの面倒を見ろと？」

「最近は魯坊丸様の言う事を聞くようになったではありませんか。それに敵となった信光様が那古野に出向くのはまずうございます」

「物は言いようだな。酒などの取り引きはどうする」

「堺の者は魯坊丸様に臣従しており、問題ございません。また、三大宗派が逆らっても、それを恐れる魯坊丸様ではございますまい」

信光叔父上の見立て通りだ。比叡山の延暦寺、大和の興福寺、摂津の石山御坊は犬猿の仲であり、どれかが反発してもやり込める自信がある。

だが、取り引きの名義を信光叔父上から俺に変えれば、信光叔父上の権威の失墜は免れない。

那古野デビューを果たしたばかりなのに、もう畿内デビューかよ。

忙しくなるから止めてくれ。

無駄だと思いながらも、宗順に話を持って帰らせて信光叔父上を説得するように促した。

「一度名義を変更すれば、もう信光叔父上の権威は戻らぬぞ。それでよいのか？　ここは一度……」

「信光様はそのような事を気にされる方ではございません」

「欲のない事だ」

「魯坊丸様と似ております」

違う。俺は引き籠もりたいだけだ。信光叔父上のような愉快犯じゃない。

頭を抱える俺を楽しげに眺める宗順が憎らしい……説明に那古野に行きたくない。

あっ、もう一人いた。

織田家の現状を把握しているのは、親父・信光叔父上・俺・千代女の四人のみだが、親父への連絡役をやっていた宗順も知っている。

俺は、まとめ役を息子に譲るのを承知する条件に、宗順が信長兄ぃに説明しろと押し付けた。

宗順なら忍びの事も説明できる。

その後、那古野に赴いた宗順が解放されたのは三日後の事だったとか。

それで終わりではなく、疲れた信長兄ぃも話を整理したくて休憩を挟んだだけであり、宗順は何度も那古野城から登城命令を受ける事になった。

頑張れ、宗順。


さて、信長兄ぃは宗順ばかりに構っていられない。

あの『萱津の戦い』に勝利したので、清洲の信友を見限った中島郡の領主らが次々と寝返ってきた。

もちろん、中島郡は信友派だけではない。津島に近い中島郡の南西には、織田弾正忠家を支持する領主がおり、北には、織田伊勢家の家臣らが領地を持っていた。また、独立領主といって差し支えない寺々も多くあった。思惑はそれぞれ違ったが、誰もが信友頼りなしと見限った。

その領主達が我らを守ってくれと信長兄ぃに泣き付いてきた。

そこで石高相当分の上納金を要求し、常備兵を雇う予算を確保した信長兄ぃは、すぐ使える兵を段取りしろと、俺に使者を送ってきた。

無理を言って申し訳ないという帰蝶義姉上の詫び状と一緒に……。

なぜ、俺に兵を要求するのだ？

確かに前回、那古野城で常備兵の説明をした時、俺の言い方が悪かったような気もする。

銭があれば常備兵を増やしてやると言ったつもりではなかったが、そうとも取れる言い方をした。

最初から雇うと、手間が掛かる事を信長兄ぃも承知しているから、俺に頼んできたのだ。

約束だから、段取りしますよ。

すぐに使える兵というのは、土木作業員の中で筋のよい連中だ。

半年前に一千人ほど選抜したばかりである。

以前の常備兵で減った分の土木作業員を雇い直し、練習頻度を上げて、兵としても使えるように対応しているが、この半年で一人前になった奴はいない。

今度は一から雇って、自分で育ててくれと言っておこう。

さて、宗順に織田家の内情を聞いてから信長兄ぃの俺を見る目が変わった。

そりゃ、交易の総収入が、織田家の直轄地の石高と同等と聞かされれば見る目も変わる。

しかも俺が『蝮土』と呼ばれる堆肥を製造しており、酒の製造から販売まで仕切り、佐治領に造船所を建てて、新造の三百石船を堺商人に売却する話なども宗順によって信長兄ぃにバラされて、富と兵力を持つ、使えるが厄介な弟に昇格したようだ。

一方、信光叔父上の寝返りは予想できていたのでスルーされた。

斯波義統様の救出の策は、親父・信光叔父上・信長兄ぃの三人で進めていたからだ。

これから信長兄ぃが尾張を統一するのに、斯波義統様の救出は欠かせない。

そういう理由で守山から使者が来た時、信長兄ぃも信光叔父上の寝返りに驚いたそうだが、何をしたいのかを察して黙ったそうだ。

宗順から織田家の実情を暴露されて可哀想な事になっているのが、帰蝶義姉上だ。

こんな感じに信長兄ぃから責められたらしい。

「何故。儂に黙っておった」

「申し訳ございません」

「儂はお主を信じておったのだぞ」

「承知しております。しかし、これは斉藤家と織田家が取り決めた約定であります。私の口から申し上げる訳にはいきません」

「気が付かなかった儂を笑っておったのか？」

「そんな事はございません」

「見損なったぞ」

「申し訳ございません」

『蝮土』の事を黙っていたのを帰蝶義姉上は謝るしかない。

信長兄ぃは何度も何度もちくちくと愚痴ったので、帰蝶義姉上はその度に謝罪を繰り返した。こんな事なら俺からバラしておけば良かった。

俺がそう呟くと、千代女に笑われた。

千代女曰く、これは信長兄ぃの焼き餅らしい。

俺と帰蝶義姉上の秘密があったことに嫉妬しているだけであり、しばらくすれば元通りになるから大丈夫だそうだ。

男心もよく判らん。


さて、信長兄ぃから使者がよく来るようになった。

要約すると、銭の無心だ。

しかし、造船と兵器開発は銭喰い虫なのだ。一文たりとも余っていない。むしろ、足りないくらいだ。こちらから投資してくれとお願いしたい。

俺が中々に首を縦に振らないので、別の手を打ってきた。

信長兄ぃは、那古野町衆の長と那古野土木組の親方を那古野城に呼び寄せた。

「中島郡の領主達の要望で清洲の周りに砦を造る事とした。これは領主らから集めた証文だ。悪いが金利年一割で銭を貸してほしい。できるな。魯坊丸が決めた額と同じ金利だ。保証人は儂だ。町衆の長として、この条件を飲んでくれぬか」

「他ならぬ信長様の御命令とあれば、引き受けさせていただきましょう」

「うむ。次に親方。砦を造るのが得意らしいな」

「いいえ。護岸工事と開拓しかやっておりません。砦などはまったく」

「あははは、儂の目は節穴ではないぞ。中根南城の普請をやったと聞いておる」

「あれは私ではございません。指揮を執らせていただいたに過ぎません」

「謙遜するな。良い縄張り師（設計士）を抱えているようで結構だ。頼めるな。まさか、断るなどとは申さぬよな。この通りだ」

ドスの利いた声で脅しながら信長兄ぃが頭を下げた。

ただの元大工に断れる訳もない。

だが、縄張りができない親方に「申し訳ございません。魯坊丸様。お助け下さい。縄張りを手伝って下さい」と言われても、俺も困る。

大工の元棟梁は、『砦の縄張り《設計》』などやったことがない。護岸工事の設計も基本は俺が書き、仕上げを黒鍬衆で得意な者や寺小屋の生徒に振っていた。

土木組の親方は俺以外から仕事を受けたことなどない。

俺の協力なしに砦は造れない。勝手に引き受けてきたことを謝られた。

仕方ない。三つとも同じ設計の砦とし、基本的な構造は俺が先に書いておく。

その後は寺小屋の生徒らに縄張り、資材調達、建築段取り、人員の補充、警備計画等々の実地訓練として任せる。

実践に勝る経験なし。失敗するようならば、次は俺が出ていけばいいか。


どたどたどたという足音が聞こえ、廊下が騒がしくなった。

鉄砲鍛冶が息を切らして走ってきた。

「魯坊丸様。これをご覧下さい」

差し出したのは鉄砲の銃身だった。

見た目は普通の銃身だが、断面が三層になっていた。

実は、この銃身ができない事から火縄銃の量産に行き詰まっていたのだ。

「まさか⁉　俺が求めた銃身ができたのか？」

「いいえ、残念ながら魯坊丸様が求めた物ではございません。内側をよくご覧下さい。三層ですが鉄の色がわずかに違うのが判りますか」

鍛冶師に言われるままに、もう一度銃身の穴を見つめたが、何が違うのか判らない。

だが、俺が求めた良質な鉄で造られた銃身ではないらしい。

銃身を造るには、二つの方法がある。

一つは円柱の真ん中に穴を掘る方法だ。

実際は旋盤で穴を掘るのだが、成功しなかった。

俺は鉄と鋼鉄の間を良質な鉄と呼んでいるが、良質な鉄を掘るには、さらに強度のある刃が必要であり、つまり、強度が高い炭素鋼が作れない。炭素鋼の刃がないので穴が掘れない。

柔らかい鉄なら太刀で使う刃で穴を掘れないこともないが、柔らかい鉄は鉄砲を撃つと熱で曲がって使い物にならない。だから、連発できない。連発できない鉄砲など意味がない。

さて、もう一つはプレスで丸くする方法だ。

国友の鉄砲はそれで造られている。ただし、すべて叩いて曲げてゆく。

この曲げる作業をプレス機でやらせてみた。

プレス機を造るのも大変だった。薄い鉄板は曲がるが、鉄砲に使う厚さになると駄目だった。

そこで大きさの違う薄いパイプを作り、最後に一つに合わせる方法を試させていた。

鍛冶師が興奮気味に語った。

「同じ鉄で合わせても、火の通りが悪く、叩いても巧く重なりません。しかし、内側を柔らかい鉄にすると、火の通りが良くなりました。試行錯誤《しこうさくご》の後に、外に良質の鉄を使い、中は普通の鉄、最内は柔らかい鉄を使ってみました。最後に火入れして叩いて合わせれば、完全な銃身が作れました。これならば、内側に柔らかい鉄を使っていますので、若様が言った溝を掘るのも可能です」

「連射できるか？」

「おそらく、数発、あるいは、十数発くらいは可能かと」

固い鉄と柔らかい鉄の融合か……刀と同じ発想だ。

これは忙しくなるぞ。

後ろで控えていた千代女に作業の変更ができるかを聞いた。

「千代。冬の間に何枚の板が作れるか？」

「他にも色々な予定が入っておりますので一千丁分かと。ただし、部品が間に合わないので、すべてが完成するには一年を要するかと思います」

「十分だ。量産するぞ。彦左衛門、溝を掘る道具を作り出せ」

「承知しました」

ふふふ、と俺は思わず笑ってしまった。

天文二十一年（一五五二年）九月。

月が変わると配置換えの季節だ。

先月に『萱津の戦い』があり、大きく人事も動いたと報告が届けられた。

「信長様。お待ち下さい」

「勝入《かついれ》。どうかしたか？」

勝入とは信長の乳兄弟である池田恒興《いけだつねおき》の渾名である。先に赴いた者が土地の権利を得る入勝《いれがち》という縁起の良い言葉があるが、これと恒興の通名の勝三郎を捩《もじ》ったのかな？　他にも信長兄ぃは前田利家を『犬』、柴田勝家を『髭』、家老の佐久間信盛《さくまのぶもり》を『大緩山《おおぬるやま》』、俺を『悪童』と呼ぶのだが、もう少し穏やかな渾名にならないものだろうか。

「信長様。どうか具申をお聞き下さい」

「うむ、聞こうか」

「どうして森可行に一千貫文、伊丹康直に五百貫文とされたのでしょうか。これでは譜代の家臣が不満に思います」

「であるか。相判った」

「お判りいただけましたか」

「下らぬ事を言っていないで手柄を立てよと申し付けておけ」

「信長様⁉」

多くの首を切って捨てた可行と康直らが倍近い加増となった。

池田恒興は石高一千石の城主であるが、実入りは五百貫文程度なので追い越された事になる。

信長兄ぃは身内やお気に入りの家臣を優遇するが、結果に依怙贔屓《えこひいき》はしない。

譜代であろうが、古参であろうが、新参であろうが関係なかった。

右翼で活躍した林秀貞らも加増されていた。

そもそも常備兵を設立した時、一番に「勝入、お前が率いてみるか」と声を掛けていた。しかし、傭兵や農民、棄民などもいる身元が怪しい常備兵は不人気だった。恒興も嫌悪感があったのか、それを引き受けなかったから自業自得だ。これで常備兵を見る目が変わるだろうか？

しかし、信長兄ぃも他の言い方があるだろう。


天文二十一年（一五五二年）十月。

この月は神無月《かんなづき》とも初霜月《はつしもづき》とも呼ばれ、冬の寒さが到来する。たまに暖かい日差しが差す日を『小春日和《こはるびより》』という。冬なのに小春とは、此《こ》は如何《いか》に？

信長兄ぃの所に客が来たと報告が上がった。参議飛鳥井雅春《あすかいまさはる》様であった。

「正三位に叙位した祝いに大層な物を頂き、ありがとうございます」

「大した物ではござらん」

「ほほほ、あれが大した物ではございませんか。艶やかな漆の入れ物に見事な手鏡……他にも様々な逸品。そうそう椎茸もありましたな。風邪を引かぬようにと葛根湯《かっこんとう》のお気遣いも嬉しく存じます」

信長兄ぃが贈り物を送った相手の目録に目を通している訳もなかった。

俺も送った相手の名簿を見るくらいで、相手の位に合わせて贈る物は決まっていた。

正三位になると、緋色の器ペアセットで十貫文、椎茸十本で四十貫文、漆染めの手鏡、薬等々で軽く百貫文は超えそうな贈り物だった。

信長兄ぃはわずかに顔を引き攣らせて目を逸らした。

あとで呼び出されて文句を言われたが、正三位様に失礼な物は送れない。それに椎茸は勝手に生えてくるし、器の材料は土であり、元手はタダみたいなモノだ。

それより問題は近衛稙家《このえたねいえ》様の伝言であった。

まず、今年の七月に風流踊りが流行り、高級絹織物が品切れした際に、尾張染め反物を送った事、宮中の多額の修繕費を寄付したことへの礼であった。そして、雅春様はわずかに頭を下げた。

「尾張殿、前関白様は一日も早く上洛して下されと申しております」

「精進致します」

「また、公方様も一日も早い到着をお待ちです」

「そのように言っていただき、ありがたき幸せ」

雅春様が『尾張殿』と言った瞬間に、信長兄ぃは気付くべきだった。

飛鳥井家は近衛家と血が近く、仲も良い。近衛家は公方様に正室を送っているので、一日も早く将軍家を支えてほしいと願っていた。

その前金として、従五位下尾張守の内定を信長兄ぃに持ってきていたのだ。

これは兵を連れて公方様の為に上洛せよという近衛家からのメッセージだ。

加えて、弟の信勝に親父と同じ従五位下三河守、俺に典薬寮《てんやくりょう》の従五位下典薬頭が内定した？

何故、俺に？　官職の安売りか？

潔癖な後奈良帝が反対しなかったのかと首を捻り、千代女に調べるように言っておいた。

だがしかし、俺はそれを忘れるほど忙しくなった。


正月に向けて様々な大会が目白押しとなった。

暇な公家様や領主や偉い神官・僧侶が訪ねてきてご覧になる。そう、偉いさんが来るのだ。

千代女が今日の予定を読み上げた。

「若様。本日は、熱田王将戦の決勝日です。勝負の前に一言お願いするとの事です」

「本日は、熱田神宮主催の乗馬競争と流鏑馬大会となっております。公家様が来られているので、お相手していただきたいと千秋様から助けを求められております」

「本日の相撲大会ですが、信長様もご観覧に来るとの事です。三十郎様、お市様も一緒にご観覧する事となり、すでにお市様が準備を終えて城にお越しになっておられます」

俺はゴロゴロしているだけで銭が入るほうが良いのに。


天文二十二年（一五五三年）正月。

熱田神宮の正月三が日を初詣で祝う無病息災イベントの奉納舞を消化した。

正月からお仕事って間違っているよね。

それが終わると、末森の信勝が俺を呼び出してきた。

養父上《ちちうえ》と義兄上《あにうえ》と共に末森城に登城して信勝に参賀の祝いを述べた。

「お初にお目に掛かります。魯坊丸でございます」

「話は聞いている。何故、もっと早く来なかった」

「私は家臣筋でございます。元服も済ませていないので、呼ばれずに登城する事はできません。ご了承下さい」

「那古野はよいのか?」

「信長兄上に呼ばれました。私の意思ではございません」

「那古野にせっせと金を落としておるそうだな」

「何かのご冗談ですか？　那古野と同じく、末森にも税は納めております」

「税とは、何だ?」

「矢銭を廃して、代わりに商人らから吸い上げている銭の事です。矢銭の代わりでございます」

「矢銭の代わりだと聞いてないぞ?」

「大殿が許可を出しました。すでに二年前から始まっております」

何か齟齬《そご》があったのか、側近の津々木蔵人と話が違うと囁いている。

那古野でもこんなやり取りが昔あったな……デジャブを感じた。

蔵人が商品台帳のようなものを取り出して信勝と話している。

商家も少し前までは、得意先台帳と商品台帳のみで管理していた。

俺はそこに複式簿記を採用させ、資産・負債・純資産・利益・費用の五つに分類させて、利益が簡単に確認できるように変更させた。

貸借対照表と損益計算書を見れば、黒字か、赤字か、資産がどれほどあるかは一目で判る。

蔵人は複式簿記が理解できないようで、商品台帳を睨んで先ほどから『このように矢銭が減っている』と何度も言っている。税の意味が判らないようだ。

その帳簿にも、『〇〇税』という項目があるはずだ。

あっ。それらしい項目を見つけて、蔵人がまずいという顔になった。

そして、何か耳打ちすると、信勝が俺のほうに視線を向けた。

「おまえは信長の為にあれこれと画策していると聞く」

「何の話でしょうか?」

「信長兄上に官位を与える為に、反物を京に送ったそうだな」

「信勝兄上。それは誤解でございます。公家様に尾張の反物をお送りしたのは、尾張染めを広める為です。実際、公家様が喜んで使われ、京で大人気となっております。尾張染めの反物はすべて京に送らねばならぬほど売れております。売れれば売れるほど、織田家に税として銭が入ってきます。信長兄上を助けたのではありません。尾張の反物を売る為の策でございます」

「言い訳はよせ」

「言い訳ではありません。私が信長兄上に肩入れしているなら、親父殿の官位であった三河守が信長兄上に与えられたはずです。もし、信長兄上が三河守でしたら、その苦情も受けましょう。しかし、朝廷は三河守を信勝兄上に与えると言っております。親父殿の跡継ぎは、信勝兄上と認めているのです。私が肩入れしていないのは明らかです」

「何故、尾張守だ」

「それは平手政秀殿にお聞き下さい。私が望んだものではございません」

信勝は矢銭の事を誤魔化し、なかったことにしたようだ。

それから官位の事は俺に聞かれても知らん。信勝も那古野の次に末森を訪ねた雅春様から聞いたようだ。信勝に三河守を与えてくれるので、末森も雅春様を接待しない訳にいかない。素直に喜んだ信勝だったが、信長兄ぃに尾張守が与えられると聞くと、不愉快そうに眉をひそめたらしい。

そもそも雅春様が那古野を先に訪ねた事も気に食わなかったようだ。

最後に雅春様が俺を褒めちぎり、俺にも官位が付くと聞くと不満は頂点に達したとか。

自室に戻ってから、信長兄ぃと俺を罵倒したという。

特に、元服もしていない俺と同列にされた事が気に入らないらしい。

その鬱憤からか、信勝はまるで俺が悪事を働いたみたいに次々に罪状を述べてゆく。

「武衛屋敷の改修はどうじゃ。これならば、言い逃れできまい」

「親父殿が信長兄上に命じられました。初めから那古野の仕事でございます。信長兄上は食べる物を節約し（嘘です）、守護様に忠義を果たしております。むしろ信長兄上を褒めてやって下さい。

私は熱田から宮大工を派遣したのみ。お代は頂きますので、優遇している訳ではございません。銭を払ってお仕事を頂けるならば、信勝兄上の手伝いも致します。何かご希望はございますか」

「俺から銭を取るか」

「私は熱田の商人との仲介をするだけです。商人らにただで働けとは言えません」

信勝に何を言われても怖くない。

この世の中は合議制であり、城主でも勝手に方針を決められない。

末森の方針を決めるのは、信勝と家老衆なのだ。末森城の東側にある『織田の長城』に接する領主は、長城の建設で潤っていた。長城が完成すると溜め池から水路を引いて開拓も進んでおり、開拓は熱田の鍬衆を派遣して行っていた。

開拓工事は領主持ちだが、銭は熱田商人が貸し出し、増えた石高で返済してゆく計画である。しかも、初期の開拓費は中根家が年一割の金利で貸し出している。

中根家に対して、恩を仇で返すほど根性が腐った領主は多くない。

さらに、俺は熱田明神の生まれ代わりと噂され、呪いや祟りを本気で信じるので天罰を恐れる。

まったく熱田明神様々だ。

だが、なんでも例外はある。

中根家と揉めている末森の次席家老である佐久間盛重《さくまもりしげ》であった。

佐久間家は、中根家の北に領地を持っている。

さくら山が境界線であり、さくら山は緩衝地帯で両家の共有財産であった。

しかし、さくら山に製鉄小屋や人工石炭製造所を建てたので、その秘密保持から中根家の領地と親父が定めた。それに怒った佐久間盛重を宥める為に、中根家から詫び料として年百貫文を支払う事になったが、それでも盛重の腹の虫が治まらないらしい。

当然の流れとして、佐久間家は『蝮土』も購入しておらず、領民は不満の声を上げているが、力で押さえ付けていた。

ともかく、末森城で俺を敵対視しているのは、信勝、盛重、蔵人の三人だけであった。

よく判らないのは、じっと俺を怪しく見ている土田御前《どたごぜん》様である。

土田御前様は、急に官位を貰うなどの力を見せている俺を警戒しているようだ。

女の勘なのか。将来、信勝の敵になるとでも考えているのだろうか？

最近、俺の事をお市に根掘り葉掘り聞いているらしい。

お市は腹芸などできないので、信長兄ぃやお市らと一緒に相撲を観戦した事や、流鏑馬の大会で公家様の接待をした事など、俺の日程が筒抜けとなっていた。土田御前様は特に何も言ってこないが、その視線は好意的には見えない。

俺がそんな事を色々と考えている間も、信勝はつらつらと苦情を挙げていた。

末森の配当を増やせとか、俺に言われても困るので、織田一門衆を集めて、決め直せと言い返す。

そもそも親父が決めた事を、俺に文句を言われても困ると論破した。

信勝の顔が歪んでゆく。

兄弟といわれても、信勝には愛着がない。同じ兄弟でも、俺は家臣筋なので主家筋の兄弟より格下だ。元服して活躍してから紹介されるのが普通であり、家臣の、そのまた家臣である俺の住む城に来た信長兄ぃやお市が変わり者なのだ。

さて、イチャモンをすべて論破して終わった。

親族席の横で見ていた信長兄ぃが腹を抱えて笑いたいのを我慢している様子が脳裏に残った。


天文二十二年（一五五三年）一月五日。

濃い紫に染めた直垂《ひたたれ》に金糸で家紋を縫い、それをデザインのように散りばめ、相撲取りの行司のような格好をした、六十一歳で見事な白髪の老人が訪ねてきた。信長兄ぃの『うつけ』の原因であり、傾奇者に育てた張本人の平手政秀だ。

その昔、公家の山科言継《やましなときつぐ》様を自宅に招くと、その様々な造作に驚かれ、その数奇な茶室を褒めたとか。その外交手腕は、良い勉強と俺も参考にさせてもらっていた。

「火急につき、取り急ぎ不躾にて、平にご容赦を」

「ご足労、痛み入ります」

「帝の勅命は誠に貴きものなれど、然りとて思うようにならぬのが、この世でございます」

「無精者ゆえ、誠に申し訳ないと存じ上げております」

「いやいや、そこもとの事を言っているのではございません。道理を言ったに過ぎません」

「そうでございましたか」

俺の後ろで柱の陰からつくしのようにいくつもの頭が出ている。お市や三十郎兄ぃらだ。

子供部屋で遊んでいたところに政秀が訪ねてきたので、俺は席を外したのだ。

いつまでも帰ってこないので、どうやら兄妹らが揃ってお迎えにきたようだ。

延々と遠回しの挨拶に痺れを切らしたお市が頭を出し、政秀に見つかったとわかると、今度は堂々と飛び出してきた。

「凧揚げをする予定じゃ。急いで終わるがよい」

「これはお市様。お久しぶりでございます」

「もう話は終わったか。もう魯兄じゃを連れていって良いかや」

「申し訳ございません。話はこれからでございます」

ぷうっと頬を膨らませてお市が政秀を睨んだが、政秀はにこにこと微笑み返す。

人の良い好好爺《こうこうや》そうに見える爺さんが一番苦手だ。

何を考えているのか判らない。

用件は、簡単に言うと『上洛しろ』だった。

ここで俺が「承知致しました」と言える訳がないが、察したように政秀が答えた。

「その為に某がここに来ました」

室町幕府政所執事の伊勢《いせ》貞孝《さだたか》の武家作法『伊勢流』と、山科言継監修の公家作法を教える為にやってきたという。

ありがた迷惑だよ。

「魯兄じゃは京に行くのか？」

「あぁ、偉い人に来いと言われたのでな」

「都は華やかと聞くのじゃ」

「それは判らんぞ、戦で焼け野原とも聞く」

「わらわも京に行きたいのじゃ」

「俺も京に行ってみたいな」

隠れていた三十郎兄ぃがうきうきした顔を見せて、嬉しそうな声を上げた。

心の中で「俺の代わりに行ってくれ」と叫んだ。

政秀が京の土産話をすると、三十郎兄ぃとお市の二人が京への憧れを強くする。

「わらわは津島まで歩いていけるようになったのじゃ。魯兄じゃより元気なのじゃ。魯兄じゃが行けるなら、わらわも大丈夫なのじゃ」

「なるほど、なるほど、お市様は偉いのぉ」

「そうじゃろ、わらわも連れていってたもれ」

「そうですな。まず、おねしょの癖を何とかしてからですかな」

「も、もうだいじょうぶなのじゃ」

「本当ですかな、たしか、前月の十五日でしたたか」

「あぅ。平手のじいなど嫌いじゃ」

人の関心を引く話術が巧みというのか、引きつけてずぶりと刺してお市を追い払った。

口では政秀に敵いそうもない。

俺は諦めて、行儀作法を教えてもらう事とした。

しかし、京の話を聞いていて織田家の外交は政秀が一人で担っている事に気付かされた。

まずい、俺が義元ならば政秀を狙う。

史実では政秀は自害する事になっており、誰かが自殺するように仕掛けた事が察せられた。

第七話　平手政秀の死

俺は政秀から行儀作法を学ぶ事になった。

そうはいっても一日で終わる訳もなく、「今日はここまでと致しましょう」と政秀が言った。

次の予定を政秀が千代女と相談している間に、俺は台所に行って酒盛りを始めそうな二人に政秀の護衛を頼んだ。

「八郎、慶次、今日の祝杯は後だ。政秀殿の警護を頼む。嫌なら今後一切、酒は出さん」

八郎こと滝川資清《たきがわすけきよ》と甥の慶次郎こと前田利益《まえだとします》が、少し不満そうによいしょと立ち上がった。タダ酒を漁りに来ている親子くらい年の離れた二人に遠慮する必要はない。

資清は兄の故池田恒利《いけだつねとし》を頼って織田家に仕え、今は恒利の息子である恒興の与力となっていたが戦がないと暇らしい。滝川家は望月家の東側に位置するご近所さんらしく、まだ赤子だった千代女を抱いた事があったとか？　その縁を頼り、銭もないので顔見せと言ってはちょくちょくタダ酒を漁りに来ていた。

もう一人の慶次郎も滝川一族であり、実父は資清と同じように織田家に仕えたが、俺の親父が慶次郎の才能を認めて前田家の次期当主の養子となった。だが、親父が死ぬと前田家の当主との不仲が原因で、土地を分け与えられて分家扱いとなっていた。その土地はほとんどが塩田であり、満潮になると海に沈む土地で、人が住める場所は貧しい漁村が一つだけだった。

俺はその塩田を借りて埋め立てた。今は笠寺衆を受け入れた塩作りの村と鶏と猪を育てる生育場に変貌している。熱田の大店もその土地を借り、埋め立てると、手狭になった熱田から職人街と倉街を移して広げていた。

だから、慶次郎は土地の貸し賃で若くしてのんびりと暮らせている。羨まし過ぎる……俺と代わってくれと妬みたくなり、慶次郎に愚痴った事もある。

「慶次、酒が欲しいならば自分で買え。銭ならいくらでもあるだろう」

「ここに来れば上物の酒がある。銭を払ってまずい酒を飲めるものか」

「判った。上物を買えるように手配してやる」

「それはありがたい。だが、ここより上物が手に入るとは思えんので、これからもちょくちょく来させてもらうぞ」

やぶ蛇だった。

慶次郎がそう言うのも道理である。我が城には酒村から献上酒として最上物の酒が届けられる。

一方、町で売られている酒は水で薄められていた。

水で薄めると簡単に言うが、酒の味が判るギリギリの所を見極めるのが酒屋の腕であり、六十文で仕入れた一升の酒を水で薄めて、一合を二十文で売って二百文にして儲ける錬金術をやっていた。

そのような詐欺で儲ける事から、帳簿の不正を『水増し』と呼ぶ。

とにかく、暇そうな二人にしばらく警護を任せる事にした。

翌日、たたら鉄の製鉄小屋に顔を出して山から下りると、信長兄ぃから「火急速やかに登城せよ」と緊急の呼び出しが掛かった。

「千代、何かあったか？」

「いいえ、何も報告は上がってきておりません。些細な報告ならば一つ」

今朝も信長兄ぃは遠駆けを行って領内を視察した。

その帰りに信長兄ぃが河川敷で平手政秀の息子の久秀《ひさひで》に偶然に会ったらしい。久秀は見事な馬を持っており、信長兄ぃはその馬を欲したが断られ、その後に口論となり、信長兄ぃが刀に手を掛けたという。

ちょっと待て、かなりヤバい話じゃないか？

信長の逸話にそのような話があったような気がして……嫌な汗が吹き出した。

久秀の馬を欲した信長が断られた事に激怒し、えっと何だったたっけ？

よく覚えていないが、これが切っ掛けとなり、信長の態度を諌めてほしいと政秀が腹を切って自害したという話だ。

忠臣、政秀を死なせた信長は、おのれの行為を悔いて『うつけ』を卒業するとか？

いやいや、信長兄ぃが『うつけ』を卒業する訳がない。

あれは天然だ。

同時に、道理を外れた行為を嫌がるので他人の馬を奪おうとする訳もない。

完全な過去の創作だ。

創作だが……嫌な予感がして、汗が額を流れるのを感じた。

それを見て、千代女が声を掛けてきた。

「若様。どうされました。顔が真っ青でございます」

「千代、悪いが政秀殿が無事かを確認してくれ。俺はすぐに那古野に行く」

「判りました」

俺は侍女に手綱を預けて馬を走らせてもらった。

俺もゆっくり歩く程度ならば、一人でも馬に乗れるが、全力疾走となると振り落とされそうになる。二人乗りは恥ずかしいが仕方ない。加えて俺の警護をしながらなので、どうしても速度が遅くなった。

千代女は次々と指示を出しながら馬の速度を上げ、その背中が小さくなっていった。

那古野に到着すると、すぐに広間に案内された。

「信長兄ぃ、何事でございますか。まさか、政秀殿が兄ぃを諫めて自害されたとかではございませんな」

「はぁ、何だ、それは？　何故、爺ぃが自害せねばならん」

「自害しておらぬと」

「くどい」

よかった。俺は脚の力が抜けてその場にへたり込んだ。

一息つくと改めて信長兄ぃのほうに向き直り、俺は腰に手を当てて頭を下げた。

「改めまして。新年、あけましておめでとうございます」

「遅いわ」

「こちらも多忙ゆえに」

「ぬかせ、市らと遊んでおっただけであろう」

「呼んでいただければ、すぐにでも参上致しましたのに」

「そして、平手の爺ぃのように、今度は儂を悪者にするのか？」

「何の事でしょう？」

「ふん、おまえの手は承知しておる」

臍を曲げる信長兄ぃに戸惑う。

要領を得ず、話がかみ合っていないので、側に控える長門守に話を聞くと、どうやら、お市が信長兄ぃの所に「京に連れていけ」と訴え出たようだ。

なるほど、お市は政秀におねしょの件をバラされた事を深く恨んでおり、政秀に苛められたと悪者にしたようだ。だが、信長兄ぃにも京行きを反対された。お市から「信兄《のぶあに》じゃも嫌いなのじゃ」と言われたショックで俺を呼び出したとか。

あぁぁぁぁぁ、やってられない。

これが至急の用だと。

あまりに下らない事で呼び出されたと知って、溜息をついた。

もう帰ろうかと腰を浮かした時に、慌てた様子の千代女が入ってきた。

そして、俺の前に跪《ひざまず》いて頭を下げた。

「申し訳ございません。お守りしろと命じられながら、政秀様をお守りできませんでした」

「何があった。自害したのか？」

「自害ではありません。平手家が雇っていた馬の世話役が、政秀様に襲い掛かり、深手を負いました」

「八郎と慶次は、何をしておった」

「八郎と慶次は屋敷の玄関まで護衛をしておりましたが、襲われたのは門の内側でした。すぐに気付いて駆け寄ったのですが、最初の一突きを防ぐ事はかないませんでした。慶次は刺客を斬り殺し、政秀様が負った深手の止血を施しました。ですが、大量の出血で体力を失っております。助かる可能性は低いかと」

「そうか」

頭を下げたままで報告する千代女の強く握った拳から、赤い血らしきものがわずかに流れていた。

信長兄ぃはその話を聞いて固まっていたが、すぐに近付いてきた。

取り乱した信長兄ぃが、千代女に向かって声を荒らげた。

「顔を上げよ」

「はい」

「爺ぃが死んだらどうするつもりだ。その首を刎ねるぞ」

「如何様にも」

千代女が睨む信長兄ぃを見て、そう答えた。

ちょっと待て。

悔しいのは判るが、勝手に決めるな。

「兄ぃ⁉　千代は俺の侍女です。政秀殿を守る義務などありません」

「おまえ、何を言っている？」

「政秀殿を守りたかったならば、兄ぃが自分の兵なり、忍びなりを付ければ良かったのです。こちらは少ない手勢を回して護衛していたのです」

「失敗しておるではないか」

「千代ができなかったなら誰がやってもできませぬ。千代に責はございません」

「若様」

「千代、自分を責めるな。刺客を雇ってしまった平手家にも責はある。一人ですべてを背負うな。死ぬ事は許さんぞ」

「はい。申し訳ありませんでした。ですが」

「甲賀に二度目はないかもしれんが、俺は違う。死んで責任を取る事は許さん。そもそも二人に警護を依頼したのは俺だ。責任なら俺にもある」

「いいえ。若様にはございません。私が油断しておりました。もう少し手練れの者を屋敷の警護に配置するべきでした」

「油断したのは俺だ。警護は加藤に頼み、それなりの者を配置させれば良かったのだ」

「いいえ。若様は賢明です。加藤の配下は手練れしかおりませんが、やり過ぎます。要人警護には不向きな者が多過ぎます」

「魯坊丸⁉　ぐだぐだと何を申しておる。其方が責任を取るというのだな」

「はい、取りましょう。ですが、兄ぃに対してではありません。仕掛けた奴に後悔させるだけです」

「それは責任を取るという意味ではないぞ」

「政秀殿を守りたいならば、兄ぃが手配すれば良かったのです」

「まだ言うか⁉」

「兄ぃ。こんな所で睨み合っても意味はありません。今際の際に会う事も叶わなくなりますぞ。平手の屋敷に向かわなくて宜しいのですか」

「この件は、あとにする」

信長兄ぃも睨んでいても仕方ないと悟って、政秀の屋敷に向かった。

八郎と慶次郎は敵の刺客を仕留めて、刺客が放ったクナイを政秀の腹から引き抜き、開いた傷を縫う縫合《ほうごう》手術までやっていた。麻酔なしで外科手術とか痛過ぎて怖い。

痛みで政秀は気絶していた。

信長兄ぃはずっと政秀に寄り添いながら、平手邸から様々な差配をしていた。

今にも亡くなりそうな弱々しい政秀が目を覚ましたのは、日が暮れてからであった。

「(信長様。爺はこれまでです)」

「死ぬな。まだ、教わっていない事が山ほどある」

「(申し訳ございません)」

「爺ぃ。この信長を置いてゆくな」

「(あとは、魯坊丸様に託します。何事も相談されて下さい)」

「悪童などいらん。爺ぃが生きておればよい」

「(わか、もうし、わ、け…………)」

……政秀の言葉が途切れた。亡くなったのか?

そう思ったが、医者が脈を取って確認すると、気力が無くなって眠っただけと言ってくれた。人騒がせな政秀であった。しかし、峠は越えておらず、そこから三日三晩も死地を彷徨い、四日目の夜にやっと目を覚まして峠を越えたと報告が入った。

峠を越しても油断できない。抗生物質がないので傷口の腐敗を止める術がなく、自然治癒に頼るしかないからだ。

政秀を殺そうとした者は飛騨忍と判ったが、雇い主が誰かは判らない。判らないが、見当が付く。

織田家では、一つだけ規定路線が決まった。信長兄ぃも、俺も、双方が望んでいない。

それは政秀が担っていた織田家の外交が、俺に押し付けられる事だ。

それでなくとも俺は忙しいのに。

それに……千代女を泣かせた落とし前もつけないと腹の虫が治まらない。

俺がそんな感じの事を言うと、千代女は嬉しそうに頬を染めて「泣いておりません。私は滅多な事で泣きませぬ」と訂正された。

　そうだったっけ？


　天文二十二年（一五五三年）閏一月十三日。

　那古野家老、平手政秀の葬儀が平手家の菩提寺でひっそりと執り行われた。

　享年六十二、政秀寺《せいしゅうじ》殿功菴《でんこうあん》宗忠《そうちゅう》大居士《だいこじ》。

　実は、政秀は死んでいない。復帰するのはいつになるか判らないので、敵を欺く為に味方から騙す策を本人が言い出したのだ。暗殺が成功したと思わせれば、敵も油断して時間が稼げるかもしれない。

　ならば、俺も動こう。

　聖書の記述にこんな言葉がある。

『主いひ給ふ、復讐するは我にあり、我これに報いん』

（主は言った。愛する子たちよ。自分で復讐してはなりません。復讐は我に任せなさい。我は愛する子の為に報いるでしょう）

　我も報いよ。天誅だ。天罰だ。神の怒りを受けよ。

　という訳で加藤弥三郎を呼んだ。

「お呼びより参上しました」

「加藤。俺に喧嘩を売ってきた馬鹿がおる。どうすればよいと思う」

「義元ですな。首を狩って見せしめにしたいところですが、あちらは伊賀藤林家の棟梁が守っております。敵の棟梁と相打ちくらいなら何とかなりますが、義元には届きません」

「無理か」

「残念ながら。共に死んでくれる者となりますと、こちらも数が減りますので」

「そうか。無理か」

「ですが、大名は忍びが何人死んでも気にかけません。義元の耳を塞ぐ程度なら、造作もありません。それで如何でしょうか」

「すぐにできるのか？」

「尾張を探った馬鹿者をつけて、三河や遠江の隠れ家をいくつか把握しております。義元は殺しなどを伊賀者にさせ、諜報に僧侶を使います。それぞれの拠点に二十人ほどが隠れ、六ヵ所を把握しております」

「ならば、命じる。義元の耳を奪ってこい」

「…………」

加藤が身を震わせて黙ってしまった。

独立愚連隊に初めて命じたがまずかったのか？

ふふふ、加藤が低く笑いながら遅れて返事をした。

「魯坊丸様に初めて命じていただいて感無量でございます。これで我々が魯坊丸様の配下となった気が致します。勅命。承りました」

「勅命とは、大袈裟だな」

「魯坊丸様は、我らにとって神に等しいお方でございます。間違っておりません」

「差配は、すべて任せる」

「畏まりました」

翌日から、加藤が率いる独立愚連隊が尾張で動き出し、加藤は把握している三河・遠江の拠点を潰すと言って出掛けると、二十日ほどで戻ってきた。

加藤が回った三河・遠江は坊主の拠点が多く、最後に火を放って証拠を隠蔽するなどの工作をしたらしい。

加藤が僧侶を殺す光景を、俺に生々しく語った。

「おのれ。我ら僧を殺すと地獄に落ちるぞ」

「安心しろ。我らはすでに殺し過ぎた。地獄に行く事は決まっておる。其方を殺しても行き先は変わらん」

「この罰当たりの痴《し》れ者め」

「ふふふ。我らは愚か者だが、其方らも熱田明神様を怒らせた愚か者よ。同じ穴の狢《むじな》よ。地獄行きが決まったのだ」

「熱田明神だと⁉　織田の手先か」

「先に行って待っておれ。ただし、我らは蜘蛛の糸で救われるぞ。其方らは誰が救ってくれるのか。義元にでも祈っておけ。義元が其方らの死を悲しむとも思わぬがな」

「ぐぎゃあぁぁぁ、おのれぇぇぇぇ」

そんなやり取りがあったそうだ。

また、別働隊が尾張にある伊賀藤林の拠点を真っ先に襲い、三河・遠江の拠点を潰した。だが、拠点は伊勢や美濃にもあり、手分けして潰しに向かった。

注意すべき点がいくつかあった。まず美濃の斉藤家は飛騨者を雇っており、伊勢の商人は伊賀者と縁が深い。それぞれの縄張りがあり、縄張りを無視して襲う訳にいかないらしい。

非常に面倒だが、忍びの事は忍びにお任せする事にした。

今のところ、織田方に被害はないが、藤林家に大きなダメージを与えた訳でもない。

加藤の見立てを将棋で表現すると、藤林長門守《ふじばやしながとのかみ》は飛車であり、加藤らも死を覚悟しないといけない。しかも守っているのは藤林長門守だけではなく、金・銀の手練れを配下としている。

加藤は自らを一つ下の角と控えめに評した。そして、愚連隊の連中を、金から香車と自慢し、加藤らに首を狩られた連中は、歩に過ぎない。多少は香車や桂馬が交じっていたかもしれないが、無傷でも自慢にならないと加藤は謙遜した。

加藤の狙いは、消耗品である忍びらの死を悲しむ事はない義元に、淡々と補充させる事だ。

加藤は俺に語った。

「大名にとって伊賀者は銭で雇っているだけに過ぎません。魯坊丸様のように死を悲しむ事もなく、また、家臣として取り立て、家族を養う事を約束してくれません。成功すれば、報酬が貰える。それだけです」

「今回の被害では、藤林家は今川家から藤林家に補充はないのか？」

「おそらくですが、出ないでしょう。そして、織田家に深入りすると被害だけが大きくなると、藤林家の棟梁の長門守は知ったはずです」

「義元に命じられても、織田家の事は躊躇うようになるのだな」

「その通りです。来なくなる事はないでしょうが、無理はしないと思われます」

忍びを知る加藤らしい策だ。

だが、これでは義元を今すぐに『ぎゃふん』と言わせられない。

それが少し癪だが、義元の耳を潰した事で満足することにした。

因みに、加藤が言うには、千代女を将棋の駒で評価すると銀らしい。鬼姫と呼ばれた千代女は速く強いが、動きが雑で隙がまだ多いとの事……どちらも速く鋭いので違いが判らん。

去年からの鳴海の攻防もあり、こちらの忍びにも被害が出たが、藤林家も多くの下忍を失った。

加藤の推測だが、今回の襲撃を合わせると藤林家の伊賀者は百人近くも減った事になる。

これで藤林長門守への警告ぐらいにはなっただろうか？

ゴロゴロ時間を奪われた俺の悲しみが、いつか義元に伝わるといいな～と思った。

政秀が襲撃されてから約一ヵ月、俺は那古野と熱田神宮などを行き来して忙しくしていた。

俺は政秀に代わって上洛の準備を任され、那古野の家臣らと内容を詰めた。

俺は京の情報を集めたが、畿内は摩訶不思議な事になっていた。

昨年の一月に公方様の足利義藤《あしかがよしふじ》（後の義輝《よしてる》）は三好長慶《みよしながよし》と和睦して京に戻った。

しかし、公方様の三好嫌いは有名だ。

味方を増やそうと中国の尼子晴久《あまこはるひさ》、越後の長尾景虎《ながおかげとら》にも上洛を要請し、八月になって信長兄ぃが『萱津の戦い』に勝利すると、京で走り回っていた政秀は公方様の従者との謁見が許されて、信長兄ぃの上洛を命じられた。

ここまで銭を受け取っても無視していた幕府が手の平を返したのだ。

十月になると細川晴元《ほそかわはるもと》が丹波で挙兵し、丹波の各地で晴元派と三好派が争いはじめた。

京にも不穏な空気が流れ、それを感じ取った公方様は、京の東にある霊山に新たな山城である東山霊山城を築いている。

そして、秋頃から反三好派の奉公衆が「織田家が上洛すれば、幕府が勝てる」と声を上げた。

何故、そんな声が上がり出したのか、俺にもまったく意味が判らない。

好戦的になった反三好派の奉公衆に三好も警戒を強めており、その噂の元になった織田家が上洛する事で戦が始まっていました？　なんて、そんな事態だけは避けねばならない。

京の情報を集めるのに甲賀衆のみでは手が足りず、尾張の伊賀衆を京に送り、それでも人数が足りないので、伊賀の百田家にも臨時の仕事を依頼した。

だが、昨年は戦続きだった為に織田家の蓄えは残り少ない。

しかも俺が名代となる上洛だが、それで那古野の残りの予算も使い切る事になる。

故に、情報収集は俺の持ち出しであり、俺の貯めたへそくりが消えていく。

銭の事を横に置くと、織田弾正忠家は斯波家への忠義を示す為に武衛屋敷の改修工事をしており、それに紛れて人を送り込める。また、その資材置き場として知恩院の北側の空き地を借り切っていた。それを巧く利用できないかと思案した。しかし、何をするにも尾張と京は遠過ぎる。京に近い近江の望月家に資材置き場を打診して武器や物資を少しずつ移動しはじめる事にした。

それでも上洛までに十分な備えが間に合うか微妙なのだ。

朝廷からは俺だけでも官位を取りに上洛しろと指名があり、幕府は誰でも良いので兵を連れて上洛せよと命令してくる。

必然的に俺が兵を連れて上洛する事になった。

帝から官位を貰いにいく俺は、織田家の取次役に内定した。

目出度いと喜ぶ林秀貞を筆頭とした魯坊丸派と、信長兄ぃの乳兄弟である池田恒興と側近の山口飛騨守を中心とした親信長派の対立も激しくなった。

親信長派は、俺が信長兄ぃを廃して、のし上がるのではと警戒する。

秀貞は「魯坊丸様と敵対すれば、魯坊丸様が信勝に走られ、信長様を貶める事になるのが判らんのか」と罵倒し、恒興は「傅役だった秀貞様の言葉とは思えません。大宮司と組んで、那古野を乗っ取るつもりなのでしょう」と反論する。

最近、秀貞が熱田の大宮司である千秋季忠殿と仲が良いから、そんな噂が出る。

俺が否定しても不安は解消されない。

もう面倒だ。

俺は何もかも投げ出してお家に帰りたかった。


昨日、ちょっと激しい木の芽雨《こめあめ》が降った。

中島郡の領主と美濃の領主が小競り合いとならねばよいなと願った。

何故か？　河川が氾濫すると、もう一つの仕事が厄介な事になりかねないからである。

平手政秀が残した仕事は主に二つだ。

一つは上洛であり、取次役に内定した俺が最初に振られた仕事だった。

もう一つは蝮殿との会見である。

美濃の斉藤勢は『萱津の戦い』の時に同盟国として、木曽川を渡河して南下させていた。そして、城を二つ奪った。その一つは領主の寝返りである。

蝮殿は信長兄ぃの為に出した援軍なので、すべての城を返還すると言ってきて、実際に信長兄ぃに引き渡された。今は信長兄ぃに降った元領主らが城に戻っていた。

この南下は斉藤家の武将のガス抜きに使われたようだ。

蝮殿は今年の梅雨が始まる前に会見を開き、新たな国境線を定めたいと言っている。

何故、梅雨までかといえば、この葉栗郡や中島郡は木曽川が氾濫する度に川筋が変り、国境線が曖昧になる場所だからだ。

帰蝶義姉上が嫁いできた頃、蝮殿と平手政秀が定めた国境線は、正徳寺より遙か北であったが、『萱津の戦い』の頃には、正徳寺付近まで南下が進み、今回はそこを大きく越えてきた。

これまでの相手は織田大和守家の織田信友だったので、高圧的な外交でじわじわと奪えた。

しかし、同じ事を織田弾正忠家には行えない。

蝮殿は帰蝶義姉上の嫁ぎ先と揉めるつもりはないと断言してくれているが、大雨が降って国境線が再び曖昧になると、蝮殿も家臣を抑えるのが大変なのだと言っているが……。

俺から見て、蝮殿が家臣を掌握できないなどあり得ない。

家臣からの突き上げが五月蠅いと言って、織田家から銭をせしめようという魂胆が見えた。

会見を急ぎたいという蝮殿の要望もあり、信長兄ぃは俺に押し付けるつもりだった。

だが、家老のみを集めた評定で、佐久間信盛が反対した。

「信長様。お待ち下さい。魯坊丸様に才覚があるのは認めておりますが、織田家では、元服もしない子供を酷使するのかと誹《そし》りを受けます。ご再考を」

盛重の意見は、まったくもって正論である。

うん、良い事を言った。

子供に頼るものではない。大人が頑張ろう。

信盛は続けた。

「信長様の配下には、優秀な者がおります。飯尾定宗《いいおさだむね》殿は斯波家で長年取次役を担ってきました。

また、牧長義《まきながよし》殿も大殿の取次役を担っております。ご再考を」

「であるか。定宗、やってくれるか」

「おほほほ、某は新参者ゆえに……そのような大役は無理でございます」

「長義はどうだ」

「美濃の斉藤利政様への使者ならできますが、交渉役は平にご容赦を」

「頼りにならんな」

「申し訳ございません」

信長兄ぃも俺に活躍されるのは嫌だったようで二人に声を掛けたが、二人は断固として引き受けてくれなかった。

飯尾定宗は、俺と信長兄ぃの大叔父にあたる織田敏宗《おだとしむね》様の九男であり、中島郡の奥田館の城主だ。敏宗の父は尾張下守護代の敏定《よしとし》様であり、その血筋の良さから定宗は元管領の細川晴元の娘を妻に迎えており、幕府などとも繋がりのある方だった。

晴元が幕府を牛耳っている間は斯波家の取次役として活躍できたが、晴元が失脚すると、元々外交能力が高い訳ではないので職を退いた。中島郡まで信長兄ぃの勢力が伸びた事で、信長兄ぃに降って家老となっていた。

牧長義は、早くから親父に仕えた家臣の一人であり、斯波家との取次役である。

牧家は主家である斯波家の傍流のそのまた傍流であり、元々斯波家の家臣であったが、早い時点で親父の家臣となり、それ以来、斯波家との取次役を担っていた。

そして、長義は温厚な性格で謀略とはまったく縁がなく、斉藤家への使者には適しているが、交渉は苦手だった。

林秀貞も交渉役を断った。秀貞は筆頭家老として、俺を押す。

同じく家老の林通忠と千秋季忠、加藤資景《かとうすけかげ》（西加藤家の当主、延隆の子）らは俺を差し置いて引き受けられないと断った。

平手政秀に代わって次席家老となった内藤勝介《ないとうしょうすけ》は、上洛組の責任者なので断った。

他に蝮殿との交渉を引き受ける家老はいなかった。

呆れた佐久間信盛が自ら名乗り出たのだ。

「不肖。この信盛。殿のご命令ならば、引き受けさせていただきます」

「やってくれるか。美濃の取次役を命じる。巧くやってみせよ」

「期待に添えるように精進致します」

だが、それを秀貞が制止した。

「お待ち下さい。信長様」

「爺ぃよ。信盛では不満か」

林秀貞はやるぞと意気込む信盛の顔を見て、首を少し振ってから信長に答えた。

「不満はございませんが、やはり荷が重いと感じられます」

「秀貞様。この信盛もそれは承知しておりますが、某にも機会をお与え下され」

「そうではない。信盛に不満があって意見しているのではない。人には得手不得手というものがある。儂が交渉を引き受けぬ理由だ」

「爺ぃは反対か」

「平手政秀が亡くなった為に、佐久間信盛は名代という肩書きに致しましょう。もし信盛を取次役にして途中で交代となれば、それは交渉断絶を意味します。信長様も美濃の利政殿と一戦するおつもりはございますまい」

「無論だ」

「では、ひとまず名代として信盛に任せ、事前交渉が巧く纏まれば、正式に取次役に任じる事に致しましょう」

「であるか。信盛。それでよいな」

「不服はございません。承知致しました」

こんな感じで佐久間信盛が事前交渉をやる事になったのだが、不安は付きまとった。

信盛は佐久間家の変わり者である。

本家の佐久間家は、佐久間盛重をはじめ、多くが信勝を主と仰いでいたが、信盛のみが信長兄ぃこそ尾張の主に相応しいと、信長兄ぃを担ぐ信長狂だ。

慕われる事が好きな信長兄ぃは、ドジで鈍い信盛が嫌いではない。

愛《う》い信盛がやる気を出しているので、信長兄ぃは信盛の成長を願って任せたのだろう。

実に信長兄ぃらしい。

帰蝶義姉上もお調子者の信盛が蝮殿と交渉をすると聞いてびっくりしたらしく、信盛に知恵を授けてほしいと俺に手紙を送ってきた。帰蝶義姉上の頼みを聞いて、俺は信盛に蝮殿と交渉する上の注意書きを送ったが……それから十日後。

雨が降る縁側で、届いた忍びの報告を見て俺は肩を落とした。

アドバイスは無駄だったようだ。

美濃に赴いた信盛は蝮殿にいいように踊らされた。

蝮殿は盛大に信盛を歓迎し、信長兄ぃを持ち上げたので信盛は上機嫌になった。そして、信盛は蝮殿の都合のいいように約定を結んで戻ってきたのだ。

その仮の約定を見た信長兄ぃが立ち上がって、信盛を足蹴にしたとか。

「この大馬鹿者め」

「何か、まずうございましたか」

「全部まずいわ」

「何故です。信長様。集積所も整備費も津島衆に命じて出せば、織田家の腹は痛みません」

「それで津島衆の者が納得するか？」

「命じればよいだけです」

「この戯《たわ》けが」

信盛は会見における上座を捥《も》ぎ取った事を誇ったが、信長兄ぃの怒りは収まらない。

確かに、蝮殿から声掛けて挨拶する事になっていた。

これは信長兄ぃが上位者であり、蝮殿を従えていると、内外に知らしめる栄誉だ。

その代償として土地の返還に多額の補償金を支払い、木材を運ぶ中間地点の集積所の建設費、及び、美濃の街道整備費まで織田持ちで行うという交換条件が付いた。

木材輸送の集積所のみならば、その金額も知れている。

便利になった事で損失の穴埋めができる。

しかし、街道の整備には、〝どこの〟という記載がなかった。

美濃、すべての街道の整備費など出せる訳もない。

幸い、信盛は正式な取次役ではなく、仮署名なので差し戻しはできるが、一度決めた約定を差し戻すのは、かなり難しい作業であり、信長兄ぃが激怒した理由だった。

那古野から遣いが来て、その日のうちに斉藤家との取次役も俺に決まった事を告げた。

今朝も日が昇る前に城を出て那古野城に登城する。

三日前、一昨日も登城した。

お休みは雨が降った昨日だけ……もう日課だよ。こうなるのが嫌だったんだ。


大手門を通ると、城の外をぐるりと回って裏座敷のある裏口から入った。

政務ノ間では、帰蝶義姉上と岩室長門守が美濃の会見と上洛の下準備の仕事を始めており、長門守の目の下に隈ができている。俺は睡魔に敵わないし、帰蝶義姉上は信長兄ぃの相手をせねばならない。負担は当然のように長門守にいった。

今日も政務ノ間に入ると、俺が一番の上座に腰掛けた。

「魯坊丸。父上から返事です」

帰蝶義姉上が蝮殿からの手紙を渡してきたので目を通した。

そこには、俺が稲葉山に赴いて、拝謁の時に俺が頭を下げる事で落ち着いたと書かれていた。

これは豊臣秀吉に倣った妥協案のエピソードと同じだ。

徳川家康が手強いと感じた秀吉は、家康との講和を持ち掛けて同盟が成った。

しかし、大阪に到着すると家康に臣下の礼を取るように強制したので、家康の家臣らが怒った。

対等な同盟が臣従に変えられたからだ。

家康は大阪の充実ぶりを見て、秀吉に対抗するのはまずいと思ったが、家臣が激高して、このまま帰らざる得ない状況になってゆく。

そんなある日、秀吉が家康の泊まっている屋敷を訪ねてきて、「天下太平の為に、頭を下げてほしい」と深く頭を下げた。この秀吉の姿を見せられて、家康の家臣らも何も言えなくなり、家康は大阪城の大広間で秀吉に頭を下げて、臣下の礼を取ったのだ。

要するに、斉藤家の家臣団の前で蝮殿の面目を立てれば良い。

佐久間信盛が結んだ多額過ぎる仮約定は、あくまで蝮殿の面目代だ。

それを反故にする代わりに、信長兄ぃと同格の官位を貰う事になっている俺が斉藤家の家臣団の前で頭を下げるので、それで家臣団の溜飲を下げるのは駄目だろうかという手紙を送っていたのだ。

俺が頭を下げる事でどれだけディスカウントできるかと思っていたが、あっさりと引いてくれた。

どうやら蝮殿の狙いは、最初から俺を呼び出す事だったみたいだ。

美濃に出向く手間は増えたが、就任から三日で解決した。

長門守は外交力の違いを見せ付けられて、かなりショックを受けていた。

いやいや、これは蝮殿と三年間も付き合ってきた差だって。

さて、那古野に足を運んでも解決しないのが上洛の話だった。

俺はまず熱田商人や堺商人を通じて三好長慶殿に土産を送り、友誼を結びたい意志がある事を伝えた。

長慶殿も半信半疑だったが、敢えて隠さずに織田弾正忠家の立場を伝えた。

俺は三好家と敵対する気がない事を伝えたが、もし公方様と戦になれば、織田家は公方様に逆らうつもりもない事も伝えている。

嘘偽りのない誠意が通じたのか、堺から京へ物資の搬入許可も得られ、織田家と三好家の関係も融和ムードになっていった。そこで織田家の荷駄隊が河内を通って京に上がる旨を伝えて、長慶殿の信用を勝ち取った。

だが、突然に丹波で騒動が起こり、京に不穏な空気が流れ出した。

せっかく三好を懐柔したのに、それをぶち壊したのは誰だ?

延期を求める相談を出しても、幕府の使者を送ってきて、上洛しろの一辺倒だ。

信長兄ぃも『上洛させます』と返事をして、最早万策尽きた。

困り果てた俺は信長兄ぃに上洛の延期を願った。

「信長兄ぃ。この上洛を一年。いや、半年でも延期して下さい」

「ならん。今更、変更はできん」

「織田家が上洛すれば、混乱の原因となります。帝も判って下さいます。公方様も呆れるだけです」

「くどい」

本当に公方様に呆れられるだけで済むのかは疑問なのだが、俺は敢えて言い切った。

何故、織田家に期待しているのかが、謎だったからだ。

本当に、織田家の上洛に拘る意味が判らんのだ。

七年後の永禄三年に『桶狭間の戦い』で今川義元を討つまで、信長兄ぃは無名だった。

少し歴史が変わって、信長兄ぃもちょっと力を付けているが、『うつけ』の評判が消えた訳ではない。一方、今川義元は『東海一の弓取り』と称されている。

どちらに上洛してほしいかは、一目瞭然だと思う。

とにかく不安要素が多過ぎるので、俺もこのままでは引けない。

「公方様は尾張の事情がお判りにならないのです。また、三好と戦って何の益がありますか。公方様は先が見えておりません。それとも、兄ぃは公方様の命なら織田家を潰すおつもりですか？」

「愚か者め。それ以上は言うな。織田家を頼ってくれた公方様を愚弄するか」

うわっ⁉

立ち上がった信長兄ぃの通りのよい怒鳴り声が、殺気を帯びて頭のてっぺんからつま先まで電気のように走った。

信長兄ぃは刀を取るような仕草で腰に手を当てたが、その腰は丸腰だ。

わずかにガタンと天井が揺れたように思えた。

俺を守らねば、そんな事を思った若い下忍が焦ったのだろうか？

下忍の事はどうでもよいと思い返し、俺も拳をぎゅっと握って睨み返した。

「万が一、何かが起こった場合、私も死ぬのは嫌です。織田家は逃げ帰る事になります。公方様にとって、織田家は足手まといとなるでしょう。それでも上洛したほうが宜しいのでしょうか」

「当然だ。上洛は上意である。この信長の目が黒いうちは帝と公方様を軽く見る事は相成らん。其方が行かんと言うならば、尾張を其方に任せ、儂が行く。それで討ち取られても悔いはない。それも駄目だと言うならば、この信長をここで葬るがよい」

信長兄ぃを殺せと言われて、「はい、そうですか」と答えられるか。

さらに、信長兄ぃは天井に向けて「主思いなのは良いが、忍びというならば、殺気くらいは殺せ」と、天井にいる忍びに忠告した。

怒っているが、信長兄ぃは冷静だった。

信長兄ぃは卑怯な暗殺などを引き受ける忍びが嫌いだ。俺の事も嫌いだ。

だが、有用だから使う。

俺に借りを一つ作るごとに信長兄ぃは帰蝶義姉上の膝枕で寝転がって、「また悪童に頭を下げねばならんのか。気に入らん。気に入らん」と愚痴を言うらしい。

帰蝶義姉上の侍女が忍びの女頭であり、帰蝶義姉上の側に控えているのに、長門守から忍びの報告を聞くと、「人心の誘導か、気に入らん。これだから忍びは嫌いだ」と罵倒を憚《はばか》らない。

信長兄ぃの中では、『俺＝忍び』とでもなっているのだろうか？

ともかく、帝と公方様の事で信長兄ぃが怒った。

俺は信長兄ぃの逆鱗に触れたようだ。

帝や公方様に対して、そんなに忠誠心があったのかと驚いた。

室町幕府を潰したのは、史実の信長だぞ……いや、待て。

よくよく考えてみると、歴史の信長も忠誠心が厚かったような気がする。

足利義昭《あしかがよしあき》の為に本気で上洛戦をしたのは、史実の信長のみだ。

六角家も朝倉家も義昭の為に上洛の兵を起こさなかった。

史実では、伊勢で北畠家と戦っていた織田勢は劣勢であったが、その劣勢の織田勢に有利な和議を北畠家に結ばせたのが公方様だった。しかし、信長は「私闘に幕府の権威を使うのはいけません」と感謝ではなく、公方様に忠告した。

それは信長の清廉潔白な性格を描くエピソードの一つだ。

史実の信長と信長兄ぃは別人ではあるが、根っこは同じだ。

上洛するまでの信長は、公方様への忠誠心に溢れる戦国武将だったのだ。

俺は見誤っていた。

読み間違った俺は頭を下げ、説得は無理と諦めて「上洛致します」と返答した。

そんなこんなで段取りをしていると、正式に取次役の任命式が行われた。

任命式が終わると、美濃の会見と上洛の随行者が発表された。

名前を呼ばれた者が無邪気に喜んでいるのを見ると、那古野の家臣団に不安を覚えてしまう。

美濃の会見組
主賓　那古野城主　織田信長
取次役　魯坊丸
目付役　林秀貞、佐久間信盛
側近衆　岩室長門守、長谷川橋介、加藤弥三郎
随行員　他二十人

上洛組
信長名代兼取次役　魯坊丸
目付役　内藤勝介、林通忠、千秋季忠
側近衆　寺西秀則、林通政、加藤資景
若侍衆　佐久間信辰、中川弥兵衛、大秋十郎左衛門、前田利玄、前田安勝、浅野長勝
随行員　野口政利（平手政秀の弟）、織田重政ら、他十八人
荷駄隊　浅井高政（千秋季忠の妻の父）、中根忠貞（魯坊丸の義兄）

上洛組の目付役も側近衆と若侍衆も信長兄ぃの家臣であり、俺の味方は家老千秋季忠様のみで、別働隊として荷駄隊の二人が京で合流する。

最悪の気分で式を終えると、大広間に料理と酒が運ばれてきて宴会へと突入した。

騒ぎ立てる声に耳を塞ぎたい。

家老の信盛と勝介が張り切っていて五月蠅かった。

「不肖、佐久間信盛。この度の大任、ありがとうございます。斯くなる上は命を賭してでも会見を成功させてみせます。一同の協力をお願い致します」

「会見など大した事はない。織田家の威光を示すのは上洛である。だが、安心めされい。この内藤勝介が拝謁と謁見を無事に終わらせてみせる。織田家の威光を天下に示してこようぞ」

「何をおっしゃる勝介殿。美濃との同盟を強化する事こそ、至上の命題であり、織田家の存亡に関わりますぞ。上洛といっても所詮は名代ではござらんか」

「侮辱するのは止めてほしい。名代だからこそ、失敗できぬのではないか。信長様の顔に泥を塗る訳にはいかぬ。魯坊丸様、ご安心下され、この内藤勝介がお助け致します。大船に乗ったつもりでお任せ下さい」

どちらが大任かなど下らない。

呆れている俺の杯に長門守が井戸水で冷やしたひやしあめを注いで小さく頭を下げた。

「不甲斐ない家臣ばかりで申し訳ございません。ご不快なのは判ります」

「顔に出ていたか。気を使わせた。すまん」

「いいえ、判ります。ただ、信長様も思うところがおありですが、我慢されております」

「承知している」

「大殿がご存命ならば、ゆっくりと学べましたが、大殿はおられません。信長様には独り立ちしていただくしかないのです」

「俺は兄上が苦手だ。巧く手綱を捌いてくれ」

長門守が困ったように微笑んだ。

信長兄ぃは数え年で二十歳になったばかりで、本来ならあと十年くらいは学んでから家督を継ぐ予定だった。

俺らは親父が早く亡くなった為に苦労することになった。

史実の蝮殿との会見は、信長兄ぃの後ろ盾として蝮殿が付いているというアピールの場であり、後ろ盾がないと織田家中がまとまらないほど弱い立場だった。

だが、この世界線ではまったく意味が違う。

信長兄ぃは、今川家と互角に戦い、清洲の守護代の織田信友を圧倒している。

その為、予想より早く中島郡の領主らが寝返ってしまい、国境線を定める為の会見となる。

歴史が変わってしまった。

諦めよう。腹を括ろう。

目の前にいる家臣らが俺の手駒であり、これまでのように人心を掌握するのだ。

俺には母譲りの武器がある。にぱぁと笑顔で愛嬌を振り撒き、皆の言葉に耳を貸して、彼らを褒める言葉を重ねて信頼関係を作る。親信長派には、信長兄ぃを褒めちぎり、内心は少し……かなり苦痛だったが、それを我慢しながら、各々の良いところを探すように問うてみる。脳筋どもには、その武勇を褒めて信頼関係を築く為に、より愛想よく振る舞った。

宴会が終わった翌日、会見組の一同を集めた。

佐久間信盛が朝まで飲んで二日酔いで頭を抱えており、林秀貞がだらしない一同を一喝する。

「それでも武士か。敵が攻めてきて、頭が痛いと嘆くつもりか。恥を知れ」

「申し訳ございません」

「信盛。謝る必要はない。見栄を張ってでも平然としろと言っておる」

「努力致します」

林秀貞も見栄を張っているだけであり、朝まで飲んでいたから頭がクラクラしているようだ。

俺は手短に用件を済ませた。

場所と日時は、すでに信盛が美濃に行って決めていたので変更しない。連れてゆく兵の数と装備も信長兄ぃの要望に添うので、残る仕事は同行する人選と正徳寺までの経路の選別だ。

その経路も佐屋街道の神守から北上し、一宮を通ってゆく一択だ。

つまり、津島・勝幡に寄るか、休憩場をどこにするか、宿泊先の警護をどうするかなどを決めねばならない。どこの領地で休憩を取るかでも色々と揉めるそうで面倒だったから丸投げだ。

林秀貞も汚名返上の機会を信盛に与えた。

いやいや、林秀貞も押し付けた。

林家では、扶持を見直して村民を増やし、民に戦の練習を課して常備兵に負けない兵にする為に鍛え直して忙しくしているのだ。

半農半士を増やしている感じかな。

中根南城に戻る途上で千代女が不安な事を言った。

「若様。信盛らに任せて大丈夫なのでしょうか?」

「任せねば、人は育たぬ。偉人の言葉だ」

「確かに。無事に仕事を終えてくれると良いのですが……」

千代女さん。それはフラグと言って立てちゃいけないんだ。

不安はあったが、俺も忙しい。

延期していた熱田神宮の式典を済まし、熱田・津島商人との会合を開き、造船の視察、武器開発からの要望などを処理した。毎日のように上がってくる報告書に目を通し、指示を出して五日ほど過ごすと、美濃へ出発する日となった。

那古野から津島に移り、そこで一泊してから川を遡り、途中で一泊して稲葉山城の長良川の対岸にできた新町を目指した。熱田社の分社が建てられたこの町は、親父が十八本の桜の木を贈った事から十八桜町と呼ばれていた。

蝮殿と交渉を重ねた三年間を思い出しながら、舟で久しぶりにのんびりと楽しんでいると、俺の横で鉄砲の手入れをする慶次郎が目に入った。先日の嫌な事を思い出した。

新型の鉄砲ができると喜んだ十日後、登城した俺を信長兄ぃが那古野城の玄関で出迎えてくれた日の事だ。主ノ間に入ると、新式の鉄砲が目に入った。

「魯坊丸に見せたいものを手に入れた。よい鉄砲であろう」

「飾りもございませんが、良い鉄砲と存じます。どこの鉄砲でしょうか？」

「実は、久助（滝川一益《たきがわかずます》）が持っていた」

ばたんと障子が開かれて、その向こうに一益が頭を下げて座っていた。

一益に預けていた鉄砲が信長兄ぃに見つかってしまったのだ。

橋本一巴《はしもといっぱ》と滝川一益の二人は信長兄ぃの鉄砲の師匠であり、俺もこの二人の腕を信じている。

密かに鉄砲の試射を依頼していた。

「儂も試してみたが、ブレることなく、よく命中してくれた。見事な鉄砲だ」

「そうでございますか」

「織田でこれほど見事な鉄砲が造れるとは思っておらんだ」

「職人が頑張りました」

「何丁あるのだ」

「（新型じゃない普通の鉄砲が）三百丁程です」

「全部こちらに寄越せ。それで秘密にしていた件は不問としてやる」

「代金は？」

「台所に余裕ができれば、勝手に引いておけ。金利は付けるなよ」

ある時払いの催促なしですか。

俺、一益、帰蝶義姉上を残して、鉄砲を握って信長兄ぃが出ていった。

一益はずっと頭を下げたままだった。

この時点で三百丁の鉄砲を中心に、信長兄ぃが会見に連れてゆく兵の編成が決まった。

信長兄ぃはその三百丁の鉄砲で蝮殿をどうびっくりさせてやろうかと思案している。

でも、来年には千丁の鉄砲ができると知ったら、どんな顔をするだろうか？

信長兄ぃには教えないよ。


さて、十八桜町へと続く舟付き場に蝮殿の姿を見つけた時は驚いた。

守護代自らのお出迎えだった。

その夜は料亭を貸し切っての宴会が催され、中身が水の銚子を持って、蝮殿が俺の杯に水を入れる。接待をしているホストのようだ。

恥も外聞も捨てて持て成しているように見えるので、下座に座っている蝮の息子の高政《たかまさ》の機嫌が頗《すこぶ》る悪い。同席しているのは斉藤家の重鎮のみである。

そこに不満そうな息子の高政が少し怒気を入れて言い放った。

「親父殿は何故に小僧に媚びておるのだ」

随分と早いペースで酒を飲んでいたので酔いが回っているのかもしれない。

「控えよ。こちらにおわす魯坊丸様は従五位下典薬頭に決まっておられるのだ。儂より上位のお方だ。無礼なきようにと伝えたのを忘れたか」

「忘れておらん。だが、銭で買った官位などに媚びへつらうか。親父殿は牙を折られたか」

「あぁ、折られた。織田殿と喧嘩をして得な事はないとも申した」

「あははははあぁぁぁ。尾張一国すら治められん小国に媚びを売るとは、老いたな親父殿」

蝮殿は首を横に振って高政の事を忘れたように俺のほうに向き直った。

「ところで先ほどの話ですが、甲斐に気を付けよという事は、甲斐の武田家がこの美濃に攻めてくると思われますのでしょうか」

「間違いなく攻めてきます」

「それは何故でございます」

「簡単です。信濃統一が厄介だからです。北信濃の村上氏を追い出せば、信濃を統一できると武田家は簡単に考えていますが、越後の長尾家から見れば、山一つ越えた所を押さえられるのです。守ろうとするのが当然ではありませんか」

俺がそう言うと、また高政が横から口を挟む。

「越後が何故、信濃にこだわる？」

「今、申しました。北信濃から一つ山を越えれば、居城の春日山城を攻めることができます。居城をいつでも襲える所に敵がおれば、城から兵を出せなくなります。越後にとって北信濃は生命線です。身内でない武田家が治めることは認められない。武田家はその事を承知しておらず、越後が本気で兵を出してくるなどとは思っていないでしょう。逆に越後は必死ですから、簡単に決着がつきません。ならば、簡単そうな西信濃の小笠原や木曽に兵を向けるのは必然です」

西信濃の隣は山を隔てて東美濃となる。

南には大国の今川家があり、北に蓋をされると武田家は西へ西へと軍を進めるのが必然だった。

そして、今年か、来年には『川中島の戦い』が起こる。

武田の兵も強いが越後の兵も強い。

「まるで見てきたような話し方だな、ひっく」

「行ったことはございませんが、地図は頭に入っております」

「見事です。魯坊丸様。某もまったく同じ考えでございます。厄介な越後勢より、先に西信濃の小笠原や木曽を狙うと。高政、判ったか」

「親父殿、伊那の小笠原は名家です。易々と負けますまい、ひっく」

「府中の小笠原家はすでに負けて、越後へ逃げたぞ」

「偶然が続く訳がございません」

「偶然で勝ち続けるなど無理だ。高政、それが判らんか」

蝮殿も息子には苦労しているようだ。

決して無能ではなく、家臣の意見も聞ける方らしいが、新しい事に対して柔軟性が足りない。

俺は真面目な話を止めて、にっこりと微笑んで高政に対して子供らしく言ってみた。

「高政様。どうか子供の言う事です。聞き流して下さい。怖い顔を向けられると少し怖いです」

にぱぁと最高の笑顔を見せる。

魑魅魍魎《ちみもうりょう》か、あやかしでも見るような怪訝《けげん》な様子で目を見開くと、高政は毒気が抜かれたような表情に変わった。それから、俺はここに参加した重鎮らを褒めちぎった。

すぐに上機嫌になったので、美濃はやはり脳筋馬鹿が多い。

だが、稲葉良通《いなばよしみち》と明智光安《あけちみつやす》の二人は違い、爽やかな笑顔で対応してくれているが、目が笑っていなかった。

翌日、稲葉山城の大広間にずらりと並んだ家臣団の中で上座に座った蝮殿に対して、俺が頭を下げて礼をする。

織田家の序列三位であり、従五位下典薬頭に内定している事を筆頭家老の稲葉良通が述べる。

官位の高い俺が頭を下げて頼んだ事が重要なのだ。

これで斉藤家の家臣らの溜飲が下がり、正徳寺で会見を受けると蝮殿が宣言した。

場所を稲葉山城の麓にある屋敷に移し、部屋で国境線を引いた地図が広げられた。

その地図には、美濃の武将らが納得するギリギリの辺りに線が引かれていた。

随分と蝮殿が譲歩しており、俺が文句を付ける所もない。

「これで結構です」

俺がそう答えると、会見の事前交渉は終わった。

第八話　魯坊丸、蝮と遊ぶ

挨拶をした翌日は、蝮殿から狩りに誘われていた。

蝮殿は俺が持ち込んだ酒を家臣らに振る舞って、その宴会は朝まで続いたという。

俺は適当なところで引かせてもらった。

蝮殿も朝まで飲んでいたと聞いたが、日が昇ると狩りの準備をしていると連絡が入った。

俺も急いで準備をすると、蝮殿と一緒に岐阜神社に参拝してから出掛ける事になった。

この岐阜神社とは、蝮殿が建立した長良天神社の境内に建てた熱田神宮の分社である。

名の由来は沢彦《たくげん》和尚の話をパクって神社の名にした。

沢彦和尚は、岐阜の『岐』を「周の文王が岐山より起こり、天下を定む」という中国の故事にちなみ、『阜』は孔子の生誕地「曲阜《きょくふ》」から太平と学問の地になるようにとの願いを掛け、史実の信長が稲葉山城を岐阜城に改名したと伝わる。

俺は沢彦和尚の名を出さず、この地から太平の世を作ろうという願掛けと蝮殿に説明した。

蝮殿はその名前が非常に気に入ったようで、稲葉山城を岐阜城に改名しようかと言ったとか？

なんとなく沢彦和尚に申し訳ない。

この十八桜町の土地は、蝮殿が長良天神社に寄付して開かれた事になっており、十八桜町は蝮殿の庇護下にある。

表街道には、宿屋、遊郭、商店が並び、裏手には職人街がある。西に芋と薬草の畑が広がり、山に『蝮土』を作る隠れ里が作られていた。また、神社の一角では、読み書きそろばんを教える学び屋『神学館』を開いていた。

町が発展すればするほど、蝮殿の名声となった。

神学館に住む者の衣食住は、すべて無料だ。

授業と神社の修行があり、朝・昼・夕の三交代で人員を回す。この修行と称しているのが、神社・商店・作業場・畑の手伝いだ。貴重な労働力……ごほんごほん、奉仕者として重宝していた。

この町は、石灰の交渉の時に蝮殿と俺の意地の張り合いでできた町だった。

俺は堆肥の配合を盗まれたくないので、『蝮土』の作業員を織田家から派遣すると譲らなかった。そこで蝮殿は隠れ里を含む維持経費はすべて織田持ちとしてもらうと突っぱねてきた。なんとしても配合を盗む気が満々なので絶対に受け入れられない。ならば、そこに宿屋や商店を開かせろと押し通した。町・村を開く費用も織田持ちだ。親父が気前良く費用を貸してくれ、十八本の桜を神社に寄進した。

警護の忍びの費用は折半に成功したが、西美濃から十八桜町までの運搬費は織田持ちとなって、得をしたか、損だったか、よく判らない。ともかく、町の人材をすべて尾張から派遣していては赤字になってしまう。そこで労働力の現地調達として始めたのが、神学館だ。食いっぱぐれた棄民がたくさんやってきて、潤沢な労働力を得て町の運営は順調に進み、投資分を回収したので良しとしよう。

なんといっても労働力がタダだからね。

育ってくれれば、給金を払っても採算が取れる。織田家のように大規模な土木工事をしている訳でもないので、人手の取り合いもない。

当分、俺のほうに問題はない。

問題があるとすれば、思惑の外れた蝮殿だ。

蝮殿は『蝮土』の生産量が拡大するにつれて出費が増え、俺が泣き付いてくると予想していた。

だがしかし、薬《くすり》九層倍《くそうばい》といわれるほど、薬草から作る薬は安価で、尾張・美濃商人に卸しても大きな利益を稼いでくれる。

薬草は熱田、津島、那古野、守山でも栽培しているが、庶民も小銭を持てば薬を買うようになり、尾張国内の消費に追い付いておらず、美濃で新しい生産拠点を作るのに何の問題もなかった。

そして、社領を開拓して、芋、米、麦などを作れば、食料問題も解決した。芋は帰蝶義姉上が嫁いできた時に、蝮殿に送った友好の品であり、栽培しても問題ない。

熱田や津島でも売られているしね。

町を開いた当初に、俺は美濃の目玉商品として『美濃和紙』を作る許可を蝮殿に願った。

美濃和紙は蝮殿の収入の一つであり、勝手に作って価格が暴落すれば、文句では済まない。

俺は蝮殿にこちらが作る和紙の売り上げの一部を上納する条件を出した。すると、逆に美濃和紙の製造方法を教えるならば製造許可を出すと言ってきた。

何故、製造方法を？

少し調べてみると、蝮殿は俺を真似て国内の産業を育成しようと試みていた。その一つが和紙だった。しかし、和紙の製法は門外不出の口伝であり、職人から公開する事を拒絶され、蝮殿が増産の指示を出しても、その速度が急激に上がる事はなかった。

職人一人を育てるには時間が掛かるから当然だ。

一方、俺がやろうという紙作りは、全行程を一人で受け持つような事はせず、作業を分業する工場制手工業だ。俺は生前の村おこし事業で美濃和紙を特産品にしていたので、陣頭指揮を執る為に勉強して、作業工程と工具の設計図が書けるまでになっていた。

熱田でそれなりに生産を始めていたので、道具を熱田から持ち込めば、すぐに生産が可能だった。熱田で独占しないのは、単純に場所と人手が足りないからだ。

美濃は材料が豊富であり、水にも困らない。因みにその後、美濃ではいくつも紙工房が作られ、美濃の産業の一つとなっている。

元の和紙職人の苦情？

そんなのは知らない。蝮殿も量産品より高級な和紙を作れと突っぱねた。

量産品はざらばん紙（中質紙）だ。公家様が使うような上質紙ではなく、彼らの仕事を奪った訳ではない（と思う？）。

なお、ざらばん紙の販売は蝮殿が一手に引き受けており、こちらが勝手に売るのは禁止された。

十八桜町で作ったざらばん紙も一度納めてから尾張に売る。そして、尾張に売る分のみ、原価に二割の利益を乗せ、蝮殿と十八桜町で折半する事と決めた。

尾張が買える上限は、十八桜町で製造した枚数までとされたのが、毎月のように上限いっぱいまで購入しており、京で売れれば、その十倍の値が付くので蝮殿は不満顔だ。

何より俺を困らせる難題を軽くクリアされた事が悔しいようだ。

それどころか、薬草と美濃和紙が美濃の稼ぎ頭になりつつあり、転んでもタダで起きないを体現したような成功だった。

蝮殿も内政の手腕を認められ、蝮殿の名声がじわりじわりと上がっており、何も問題ないかのように見える。しかし、十八桜町が発展すればするほど、働く人が増えてゆく。

居城のすぐ側に織田家の忍び里があるって、これって脅威じゃないか？

さらに、町が発展して美濃の基盤産業となった場合、もう織田家と戦争できない。

織田家と戦をすれば、町衆が撤退して、美濃の財政は破綻するしかないからだ。

まぁ、このまま十八桜町が大きくなれば……の話であり、今ではない。

蝮殿が動くのもまだまだ先だ。

蝮殿が蝮土の技術を盗み、独自で生産をして、美濃の石高が安定し、稲葉山城の城下町を発展させて、十八桜町の影響力を下げた後に、この町の処遇を考える日が来るだろう。

早くとも十年くらい先だ。

今はまだ、白石（石灰）の収益と町の矢銭で斉藤家の内政と軍備などを充実させる時期なのだ。

今、織田家と切れると、尾張両守護代の信友や信安のように家臣が離反して、離反した家臣と内戦に突入するか、貧弱国として没落するかの二者択一に迫られる。

そんな馬鹿な選択を蝮殿はしない。

とりあえず、蝮殿も町の発展にはもう呆れるしかないと、帰蝶義姉上への手紙に書いて愚痴をもらすくらいしかできない。


パンパン。岐阜神社の神棚に向かって二礼二拍手一礼する。

礼は神様を敬い、二拍は鈴を鳴らす回数と同じ二回とし、最後にもう一度礼をして敬う。

だが、この時代は、神社の礼法が『二礼二拍手一礼』と決まっておらず、神社によって違った。

俺は熱田神宮とその分社のみ、二礼二拍手一礼を推奨している。

美濃の蝮と恐れられる蝮殿が、神や仏を信じて祈るとは思えないのだが、一心不乱に祈っていた。

俺のほうが手を合わせただけだ。

祈り終わったのか、蝮殿が俺に話し掛けてきた。

「さて、拝んだことだ。鹿でも狩りに行くか」

「何を熱心に拝んでおられたのですか？」

「鉄砲で鹿がたくさん狩れるように祈っておった」

「神様への祈りが、鹿を殺す事ですか。罰当たりな参拝ですね」

「がははは、狩った獲物は神学館の者に振る舞うのであろう。たくさん狩ってやろう」

「新しい鉄砲を撃ちたいだけでしょう」

「そうともいう」

蝮殿は槍の名手と謳われるが、鉄砲にも興味を持ち、早くから購入していた。

また、戦でも威嚇として使っている。

俺が美濃に出発する前に「織田家に良き鉄砲があると聞いた。それを持参してもらいたい」と要望するくらいだ。滝川一益が織田家の新しい鉄砲を気に入って、信長兄ぃに見つかったのは最近の事である。帰蝶義姉上も知らせていないと否定した。帰蝶義姉上を警護している者に聞いても、帰蝶義姉上が知らせた形跡はないという。

帰蝶義姉上の忍び女頭領は単純そうで、嘘を言ったとは思えない。そうなると、蝮殿が尾張に入れている草（忍び）が知らせたと見るべきだろう。

右手で握手しながら、左手に小刀を持っている。

まったく、油断できない御仁だ。

信長兄ぃが送ると返事したので、新しい鉄砲を一丁だけ持参し、他の九丁は国友産の鉄砲とした。鉄砲十丁が土産なら奮発したと思ってくれるだろう。

さて、俺は世話役の武蔵に抱かれて山に登る。

数え八歳の俺でも山くらい登れる。ただし、鹿や猪を追い掛けて山を走り回るなどできない。

自領の近くの山を登る時も、世話役に抱かれて視察する。

この世話役の者は割と体が大きく背も高いので、俺の目線が蝮殿に近くて話しやすい。

「利政様は鉄砲を何丁ほどお持ちですか？」

「三十丁ほど持っておるぞ。手に入れるのに苦労した」

「領内には、どれほどございますか？」

「それを聞いてどうする」

「参考までに」

「百丁。いや、二百丁は集まるだろう」

「なるほど」

美濃が保有する鉄砲の数は百丁くらいか？

甲陽軍鑑《こうようぐんかん》には、『川中島の戦い』で三百丁の鉄砲を集めたと書かれており、数を少し盛っていると考えれば、百五十丁から二百丁と考えるのが妥当だろう。

これから鉄砲の需要が増え、国友や堺や九州で生産が活発になると、その価格は一気に安くなってくるので、しばらくすれば、斉藤家の保有数も増えると思われる。

川中島の戦いは今年始まり、十年余り続くはずなので、その間に鉄砲も買われたと思う。

そういえば、三年前の安祥城の戦いで今川方に信広が生け捕りにされた時も、今川方が鉄砲で城の兵を威嚇して、その音に安祥城の兵が動揺して崩れたと聞いていた。

今川家が所有していたなら、武田家も買っているだろう。

鉄砲はまだまだ貴重な武器であるが、すでに全国の大名に広がっているようだ。


ズドォ～～ン！

凄まじい音を上げると、一町《約百メートル》先の鹿が倒れた。

撃ち当てたのは俺の警護で美濃に付いてきた慶次郎だ。

蝮殿が慶次郎を褒める。

「お見事」

「利政様。ありがとうございます。ですが、これくらい朝飯前でございます。尾張に戻れば、この程度の腕はごまんとおります」

「真か」

「嘘など申しません」

「そうか。織田家が羨ましいのぉ。これで其方は二頭目か」

「まだまだ、いけますぞ」

ごまんといるか知らないが、慶次郎の師匠である橋本一巴と滝川一益の腕前は特別だ。

二人の師事を受けた慶次郎の鉄砲の腕前も相当なものになっていた。

慶次郎は刀、槍、弓の腕前も超一流だ。何をやってもそつなく熟す。

だが、慶次郎は信長兄ぃと相性が悪かった。

平手殿の事件でその腕前を認められて、信長兄ぃの側近衆に引き上げられたのだが、利家と仲が悪く、その利家をからかって騒動となった。

犬のように尻尾を振る利家のような忠臣を好む信長兄ぃは、身内贔屓の癖があった。

信長兄ぃが利家を庇えば、慶次郎の毒舌が信長兄ぃに向く。

極めつきが、「信長様は、もう少し思慮深く行動されたほうが宜しいですな。今のままだと、魯坊丸に追い付くどころか、引き離されてゆくばかりでございます」と、信長兄ぃが気にしている事をずばり言った事だ。これで解雇された。信長兄ぃが激怒に任せて手打ちにしなかっただけ、運が良かった。

　こうして再び無役となった慶次郎が中根南城に転がり込んだ。暇そうなので、護衛として連れてきた。

　慶次郎は、口は悪いが護衛としての腕前は超一流なのだ。

蝮殿も何度も鉄砲を構えて撃っているが、何故か鹿に命中しない。

命中率の悪さが火縄銃の特徴なのでおかしくはない。

おかしいのは慶次郎らだ。

まだ一頭も仕留めていない蝮殿が慶次郎を褒めた。褒めているが焦りを感じるのが判った。

それでも俺への気遣いを忘れず、時折、蝮殿は話し掛けてくる。

「魯坊丸殿。織田家には鉄砲の名手がいて羨ましい」

「鉄砲の練習をすれば、美濃にもすぐに名手が出てきます」

「そうだとよいのだが」

「火薬も土産に入っております。練習されて下さい」

「あれは助かる。火薬が中々に手に入らぬ」

「高いですから」

一発撃つごとに百文が飛ぶ。

百文あれば、雑兵を十人は雇える日当だ。

毎日、何十発も撃たせれば、すぐに鉄砲の名手が生まれると思うが、銭がどれだけ飛ぶか判らない。

かなりの量の火薬を仕入れて、練習させている織田家がおかしい。

おや、斉藤家の家臣が新たな獲物を見つけたらしく、合図の旗が振られた。

蝮殿らが移動を開始する。

鉄砲には火縄の臭いがあるので、風下から獲物に近付いて撃つ。

一町まで獲物に気付かれずに近付き、近付くと間を置かずに撃つ。

これが中々に難しい。

美濃勢のほうは、狙いを定めている間に獲物が気付いて逃げられてしまう。

バ～～～ン。

今度はかなり素早く構えた蝮殿の鉄砲が放たれたが、鹿の頬を削っただけで仕留めるに至らず、慶次郎が遅れて撃って仕留めた。

「また、駄目であった」

蝮殿が悔しそうに吠えたので、俺もすぐにフォローした。

「今のは惜しかったと思います。運が悪かったのです」

「魯坊丸殿。これほどの手練れが本当に多くいるのか？」

「多くはいません。しかし、あと二、三人はいます」

「中々の脅威だな」

「斉藤家には多くの強弓《つわゆみ》の者がいると聞きます。それには敵いません」

「そうか。確かにそうだな」

名手と呼ばれる凄い放ち手は一分間に九本も矢を飛ばし、その飛距離も四町《約四百メートル》と桁違いであり、それを二人も抱えると恐ろしい脅威となるといわれる。

鉄砲の名手といっても、四町を百発百中とはいかない。

恥も外聞も捨てて、蝮殿が慶次郎に教えを乞う。

「鉄砲のコツを教えてくれんか?」

「特に教える事などありません。俺だって、新しい鉄砲で撃てと言われれば、最初の十発は外します。利政様はまだ十発も撃っておりません。そろそろ慣れてきたので当たるでしょう」

「そうか。そういうものか」

「次の獲物を狙いましょう」

腕自慢をすると思った慶次郎が、蝮殿を気遣った。

そんな気遣いができるとは思わなかった。

そして、次の獲物で蝮殿の不満が解消された。

川に移動すると、鹿四頭、猪二頭の獲物から血抜きをし、川に沈めて冷却させる。

冷却すると肉の臭みが減って美味くなると言うと斉藤家の者が驚いていた。血抜きは判るが、獲物を川に沈める意味が判らなかったのだ。

熱田では当たり前なので忘れていた。

蝮殿は織田家の事を探っているようだが、どうでもよい情報は零れるらしい。


獲物を川に沈めると、しばらくする事がないので休憩となった。

さらさらという川のせせらぎ音を聞きながらおにぎりを頬張る。

一日二食が普通なので、お弁当を持ってきている者は少ない。

蝮殿が俺のおにぎりを羨ましそうに見ていた。

「利政様。一人で食べるのは多いので、お一ついかがでしょうか？」

「良いのか」

「遠慮なく、お食べ下さい。毒味が必要ならば、誰かにさせましょう」

俺がそう言った瞬間に、ひょいと俺のおにぎりを横から一つ掻っ攫い、慶次郎がパクリと食らった。お前にやるとは言ってないぞ、そんな感じで睨むと、慶次郎は軽い調子で「毒味だよ。毒味」と言い返す。

蝮殿が笑いながら手を差し出して、おにぎりを掴んだ。

「儂も一つ頂こう」

「どうぞ、どうぞ、一つと言わず、三つまでなら問題ございません」

俺が蝮殿にそう言うと、横から慶次郎が「なら、俺も一つ」と言って手を出す……その瞬間。

刹那。

後ろで俺を守っていた侍女のさくらが「てやぁ」と小刀を抜いて、慶次郎の手を切ろうとした。

一つ目のおにぎりを強奪されて俺が不満顔を出すと、すっと警備の位置を変えたさくらが慶次郎の動向を睨んでいたのだ。俺は慌てたが、おそらく慶次郎は察していたのだろう。

慶次郎は涼しい顔でおにぎりを盗んで腕を引く。

悔しそうなさくらをからかうように慶次郎が声を上げた。

「危ない。危ない。さくら、何をしやがる。もう少しで爪が切れるところだっただろう。そういえば、爪も少し伸びてきたな。切ってもらおうか？」

「慶次郎。死にたいですか。死にたいですか。そうですか。死にたいようですね。勝手に若様の物を奪うなど、私らが許しません」

「その通りです。今日は千代女様より若様の警護を任されました。若様への無礼は許しません」

「そ、そうです。その通りです」

さくらに続けて、楓と紅葉が慶次郎を睨んで叫んだ。

悪いのは慶次郎だ。

それは間違いないが、蝮殿の側で刃物を抜いたさくらは迂闊だった。

蝮殿の護衛と同行した美濃勢が一斉に刀に手を掛けて臨戦態勢を取ったので、その場に緊張が走る。和やかな雰囲気がだいなしだ。

さくらの迂闊さは今日に始まった事ではないが、俺はすぐに「止めろ。小刀をしまえ」と、さくらに命令して蝮殿に謝った。

「利政様。申し訳ありません」

「ふふふ、構わん。魯坊丸殿が慌てる姿を見せてくれて感謝したいくらいだ。皆も落ち着け。問題はない」

緊張した美濃勢を蝮殿がほぐしてくれた。

そして、鉄砲の練習の準備ができたようなので、蝮殿達は移動することになった。蝮殿は鉄砲を教わりたいと慶次郎も連れてゆく。どうも気を使わせてしまった。

俺は、さくら、楓、紅葉の三人を叱る。

「千代女には黙っておいてやるが、バレたら三度ほど死んでこい」

「嫌です。若様。助けて下さい」

「さくら。諦めろ」

「若様。私は大丈夫ですよね。小刀を抜いておりません」

「楓の裏切り者」

「私も抜いておりません」

「紅葉。お前もか」

「俺は知らん。千代女が決める事だ」

「「若様。我々を見捨てないで下さい」」

三人に懇願されても俺は知らん。

敢えて告げ口などしないが、これだけの目撃者がいる。千代女に知られぬ訳がない。

三人に諦めろと言って、お仕置きの〝しごき〟が待っていると覚悟だけさせた。

千代女は俺の名代として、町と隠れ里に足を運んでおり、今日の護衛を三人に譲っていた。

本当の護衛は加藤らがこの隠れ里の伊賀者の下忍に扮して、俺の周辺を守っている。

昨日の謁見では侍に扮し、その前は船頭と、「ある時は○○、またある時は△△。してその正体はー⁉」って感じに大忙しだ。

向こうからズドォ〜〜ン、ズドォ〜〜ンという鉄砲の音が聞こえ、慶次郎の師事で蝮殿が鉄砲の練習を始めた。

俺は食事を終えると、獲物の様子を見に行った。

本来、獲物は一晩冷やすのだが、明日には尾張に帰るので、狩った獲物は今晩の席で皆に振る舞って労おうと思っていたからだ。そして、元の場所に戻ってくると、鉄砲の音が消えていた。

随分と早く練習を終えた？

そこで荷物を片付けて待っていた世話役に聞いた。

「利政様はどこに行かれたのか」

「慶次郎様と厠に行くと言って、あちらに行かれました」

「利政様もか」

「はい。二人で連れションだそうです。しかし、まだ戻ってこられません」

「迎えに行くとするか」

世話役に俺を抱かせて川を少し下ると、すぐに二人の場所は特定できた。

美濃の武将が林の前でぼうっと立っていたからだ。

近付いて蝮殿の護衛に声を掛けた。

「利政様はここにおられるのか？」

「はぁ。おられますが、おられない事にして下され」

「何を言っている。おられるのだな？」

「その……何と申しましょうか」

なんとも歯切れが悪い。

すると、俺を見つけた蝮殿がこちらに顔を出して、こっちに来いと手招きをする。

仕方なく「行ってくれ」と世話役に言う。

林に入ると蝮殿が先に進み、林の向こう側まで来てしまう。

林が途切れ、少し明るくなった茂みの前に慶次郎を見つけたので、「慶次、何をしておる」と言うと、蝮殿と慶次郎が口にチャックのポーズをした？

意味不明だ。俺は小声で慶次郎に聞いた。

「何をしておる」

「頭を下げろ。声を出すな」

「なんだって？」

「ここから見てみろ」

茂みが少し空いた所から見ると、村の裏手を流れる小川で水浴びをしている若い村娘らがいた。

……………………一瞬、思考が飛んだ。

林の向こう側が村の裏手と繋がっており、二人は水浴びをする若い村娘を覗いていたのだ。

美濃の国主と若い新妻を持つ慶次郎との二人でだ。

な、情けない。

俺も若い女体が嫌いという訳ではないが、この体に影響されているのか、どうも性欲がまったく湧かない。それどころか、風呂に入る時に、母上や千代女らが入ってくるので目のやり場に困るのだ。

それなのに千代女は、俺の情操教育に厳しく、色事に一切近付けさせないようにする。

ヤバい。

俺が覗きをしたなどと千代女に知れたら、俺も「若様。最近、体力が落ちております。庭を十周ほど走りましょう」と教育的指導を受けるぞ。

もう干からびるのは嫌だ。

俺は世話役に下がるように命じたのだが、下がる時に木を踏んで、バキっという音がした。

娘が振り返り、蝮殿か、慶次郎か、その目が合ったようだ。

二人が若い娘に軽く手を振る。

若い女が固まった。わずかな沈黙が訪れ、そして、きゃぁ～～～～～～～～という悲鳴に変わった。

「逃げる」

「逃げるぞ」

蝮殿と慶次郎が息ぴったりな声を合わせて、俺を追い抜いて逃げ出した。

ちょっと待て。

俺まで覗いていたように疑われるだろう。

俺も世話役を走らせた。

走らせて逃げたからといって、バレない訳もない。

川上にいる御一行が美濃の偉い様と、隣の国の若様というお触れは出されている。

若い娘らが身を清めているのは、俺らがその村を通るからだ。

娘が目に留まれば、村に大金が落ち、娘は城で優雅に暮らせるようになると夢を見ている。

選ばれなくとも、覗かれたと自慢される。

あぁ。墓穴を掘った。

国主様と織田家の若様が若い村娘の水浴びを覗いたという噂が広まるのは時間の問題だった。

俺は無実だと叫びたかった。


河原に戻ってきた二人が笑い出す。

こっちは笑い事じゃない。

しかし、蝮殿が慶次郎と楽しそうな顔をして話し込んでいた。

「慶次郎。儂は髪の長い娘は腰がよかったと思うが、どう思う」

「いいえ。俺は横の少し熟れた娘のほうがよろしかったかと」

「お前は若いくせに熟れたほうが好きか」

「どちらも好きでございます。しかし、胸も大きいほうが好みでございますな」

「ははは、それは儂も同じだ。若い娘はよいぞ。初々しい。だが、慣れてくると、すぐに拗ねるから世話が大変だ」

「利政様には、若い側室が多いですからな」

「多くはないぞ。だが、子を作るならば、未亡人が一番だ。未亡人は床上手の上に、慎み深い者が多く、後々の面倒がない」

「面倒がないとは？」

「慶次郎は判らんか。よいか、若い娘は、自分の子を大切にしたがる。跡取り、あるいは、少しでもよい地位を求める。しかし、未亡人には前の夫の子がおり、その子の将来を考えて儂に尽くしてくれるから、無理難題となるような地位は欲しがらぬ。そこが良いのだ」

「跡取り問題ですか」

「慶次郎らもいつか悩む日が来るだろう」

蝮殿と慶次郎が、すっかり仲よくなっていた。

息が合うというのか、生き方の波長が合うのだろう。

蝮殿が俺の横に腰掛けた。

「魯坊丸殿。慶次郎が無役で、此度も臨時の護衛と聞きましたが本当ですか」

「本当です。恥ずかしながら、兄上を怒らせて役職を失ったようです」

「婿殿は見る目がないのですか」

「そんな事はありません。ただ、能力が高い者より忠義に厚い者を頼りとします」

「なるほど。それもありか」

昨日も信長兄ぃの事を聞いてきた。

俺と信長兄ぃの仲を気にしているのは判る。信長兄ぃは人目を憚らず、俺の事を『悪童』と呼び、俺が信長兄ぃを怒鳴りつけたという噂が広まっていた。

誰がそんな噂を流したのかといえば、酔った山口飛騨守、前田利家、佐脇良之の三人である。

宴会の席などで、酔ってくると大声で不満を口にしていた。

信長兄ぃと俺は価値観が違い、どうしても口論になりやすいので、誰が見ても仲のよい兄弟には見えない。

また、親信長派と魯坊丸派は対立しており、他国からすれば気になるのは当然だろう。

蝮殿がずばりと聞いてきた。

「どうだ。慶次郎を儂にくれんか？」

「申し訳ございません。他国に出すつもりはございません」

「なるほど。いずれは魯坊丸殿の側近に取り立てるつもりか。それならば仕方ない」

いえいえ、慶次郎を側近に取り立てる予定はない。

ただ、中根南城に入り浸っているので、流出させられない秘密を知っており、他国に出せない。

慶次郎が無能ではない事も承知しているが、使い勝手のよい家臣ではない。

しばらくは、俺も護衛以外で使う予定もない。

蝮殿が少しだけ距離を詰め、周りに聞こえない小さな声で俺に聞いてきた。

「魯坊丸殿の意見をお聞きしたい。京極家の配下である浅井久政《あざいひさまさ》が六角義賢《ろっかくよしたか》と一戦する覚悟を決めた」

「お誘いが来ましたか」

「はっきりと使者が言った訳ではないが、儂はそう感じた」

「六角定頼殿が去年亡くなり、義賢が家督を継いで揺れ動いているので、今ならば勝てると見たのでしょう」

「この美濃も大きな戦いがなく、美濃の軍備も整った。斉藤家は浅井家とも同盟を結んでおる」

「近江の方でしたか」

「如何にも」

蝮殿の嫡男である高政は浅井家から人質として嫁を貰っていた。

斉藤家と浅井家の同盟は人質を交換する対等な関係ではなく、一方的に娘を送ってきたのだ。

人質を預かっている義理から援軍を頼まれれば断り難い。

しかし、六角家は幕府を支える一柱であり、朝廷・幕府に忠義を持つ大名は六角家を敵に回したくない。それは織田家も同じだった。織田家との同盟関係もあるので、斉藤家は浅井家に援軍を出しづらいのだ。

蝮殿が意見を聞きたいというのは、その事だろう。

「利政様。織田家は幕府方であり、六角家も同じです。六角家が攻めてきたならば別ですが、浅井家に援軍を送るのは止めたほうが宜しいと思います」

「やはり……そうか」

「残念ながら、信長兄上はそれを許しません。六角家から援軍を頼まれれば、帰蝶様を離縁してでも援軍を送るかもしれません」

「魯坊丸殿は如何する」

「私は静観させていただきます。帰蝶様を失うのは織田家の損失ですので、同盟破棄は反対しますが、六角家への援軍は止めません」

「となると、浅井家の負けだな」

「いいえ。そもそも大国の六角家が織田家に借りを作ってまで援軍を求めないでしょう」

「ならば、織田家は動かぬか」

「動きません。しかし、幕府方の朝倉家が六角家の思惑通りに動くかは疑問です」

「朝倉が寝返ると？」

「いいえ。六角家と領地を接したくない朝倉家は浅井家の独立を支持するだけです。朝倉家が攻めてこないとなると、浅井家は全軍を六角に差し向ける事ができます」

「なるほど。六角も手こずるかもしれんな」

「ですから、美濃から兵を送って旗色をはっきりさせるのは止めたほうが良いと思われます」

「そうするか」

そう言うと、蝮殿はしばらく黙ったままで深く考えていた。

妻への義理を旗頭にして、久しぶりの大戦に喜んで、張り切って出陣しそうな高政の姿が浮かんだ。念の為に俺のほうから聞いてみる。

「高政殿の事でしょうか?」

「高政本人が行きたがるからな。困った事に血の気が多い」

「そうですか」

「儂はそこで餌を撒きたい。来年、隠居して家督を高政に譲ろうと思う。その条件として、織田家との同盟を維持する事としたい。ご同意いただけますか」

「斉藤家の事に口出しはできません」

「ですが、織田家に協力してもらわねば困る事がある。東美濃の事だ」

東美濃は土岐家に従っており、東美濃の遠山家などは、幕府の奉公衆である進士《しんし》晴舎《はるいえ》と親しく、土岐家が追放されて以来、遠山家などが独立領主として東美濃を治めていた。美濃の国主である斉藤家として見過ごせない事案であったが、東美濃岩村城の遠山景任《とおやまかげとう》には、俺の叔母であるつやの方が嫁いでいた。また、木材の売買でも縁が深くなっており、斉藤家と東美濃衆が戦となれば、織田家も無関係ではいられないのだ。

確かに、東美濃征伐は困る。

「魯坊丸殿。どうか。遠山家が儂に臣従するように、お口添えしてもらえませんか」

「利政様は狡いですな。織田家をタダで使おうとしておられる」

「困り果てた老人の愚痴でございます。助けていただけませんか」

「浅井家からの援軍は断る。これが一つ。東美濃の独立は認める。これが一つ。最後に貸し一つでどうですか」

「貸しですか」

蝮殿が顎髭をさすって考え出した。

浅井家に援軍を送らないとなると、浅井家との同盟は破棄だ。朝倉家や六角家と同盟を結ぶなど不可能であり、同盟が織田家のみとなる。

次に、遠山家などの東美濃での独立を認めると、斉藤家としてうま味がなくなり、名目上の国主でしかない。

最後の貸し一つは、タダより高いモノはないというやつだ。

斉藤家としては決断しづらいだろう。

だが、蝮殿の決断は早かった。

「それで結構。手を打ちましょう。東美濃の件、宜しくお願いします」

「待って下さい。本気ですか?」

「今のうちに東美濃を取っておかねば、織田家にいつ取られるか判りませんからな。それに土岐家の時代も東美濃は半独立領主のようなものだ。名目といっても、国主を無視して領地運営もできますまい。貸し一つが一番恐ろしいですが、判らぬ事を心配するのは性に合いません。ふふふ」

やっぱり、蝮殿との交渉は苦手だ。

これは囲碁でよくやる、手番を渡すという手口だ。

囲碁では、どちらが打っても得にならない場合、手を抜いて別の所に石を置いて、相手に決断を迫るという手法が使われる。

東美濃の遠山家は織田家と同盟を結んでいるが、臣従させたい訳ではない。

無理矢理に臣従させれば、今度は織田家があらゆる責任を負うことになる。領地が増えると防衛などの義務が増えて負担でしかない。臣従させるだけ面倒なのだ。

東美濃衆が自ら防衛を固め、開拓などが終わった後ならば臣従してもらうのも悪くないが、美濃の斉藤家が面目の為に東美濃の面倒を見るというなら譲って損はない。

国境線で随分とあっさり妥協したと思ったが、こちらを妥協してもらう為の伏線だったようだ。

やはり蝮殿は甘くない。

蝮殿が腰を上げると十八桜町への帰路となり、別れ際に蝮殿から頼まれた。

「明日の昼に帰るのは承知しておるが、その前に木戸に会ってやってくれ。弟が来たというのに会わずに帰っては、木戸も寂しがる。この通りだ。宜しく頼む」

「判りました。帰る前に挨拶に行くつもりです。その時に姉上にお会いしましょう」

「そうしてやってくれ」

蝮殿は怪しい強面の顔ではなく、どこか優しげに〝にかっ〟と笑った。

笑顔の似合わない方だ。

蝮と恐れられるほどの非道な行為を平気でやる方だが、帰蝶義姉上への寵愛ぶりを見るに、家族には甘い側面を持っているのかもしれない。

宿に戻ると、狩ってきた獲物を捌かせて宴会の準備となった。その宴会が始まる前に、俺とさくら達は千代女の前で正座させられて、俺は『覗き』で醜態を晒した事、さくら達は抜刀した事を指摘されて叱られた。

城に帰ったら〝お仕置き〟だって。

翌日の視察は何の問題もなく済んだ。

戦地に視察に行き、兵士を鼓舞するアメリカ大統領のような感じで、そこで働く者を労った。

何かあれば絶対に助けるので、十分な働きを期待すると言うと、隠れ村の住人が絶叫して俺の名を叫んだ。でも、何かあっては本当に困る。

お昼前に稲葉山城の麓の屋敷で蝮殿との別れの挨拶に赴いた。

その前に木戸の方の部屋に通された。

木戸の方とは、蝮殿から木戸（小島）城を頂いたので『木戸の方』と呼ばれている俺の姉上だ。天文五年（一五三六年）生まれの十八歳（満十七歳）で、名を辰《たつ》という。辰姉上は帰蝶義姉上より一つ年下となる。蝮殿は今年で六十歳（満五十九歳）だから、お爺ちゃんと孫娘くらいの関係だ。

初めて会う辰姉上はほんのり甘い香りがする大らかな方だった。

「辰姉上、魯坊丸でございます」

「魯坊丸様、わざわざのご足労ありがとうございます。こうしてお話するのは初めてですが、いつも殿から伺っております」

「そうでございますか。お健やかで何よりでございます」

「殿によくしていただいております」

「それを聞いて安心致しました。信長兄ぃにもお知らせしておきましょう」

辰姉上は裳着を済ますと、すぐに嫁いだので挨拶が初めてなのは不思議でも何でもなかった。

辰姉上も側室の子であったが、その母は古渡城、末森城に住んでおり、親父の世話をしていた。辰姉上とは正月の参内した時に廊下で偶然すれ違った事がある。元服・裳着を済ませていない子供が催しに呼ばれる事はないが、俺は千秋季忠様の小姓のような立場で登城していた。

そもそも俺は家臣筋に預けられた時点で一線を引かれていた。だから、不用意に話せる立場ではなかった。当然、兄妹と挨拶や食事を一緒にした事はない
蝮殿も気苦労が多いらしく、大らかな辰姉上に愚痴を言う為に通っているとか、蝮殿の日常のレアな情報が手に入った。

会社で厳格な上司が実はマイホームパパだったというパターンだ。

蝮殿のイメージが崩れてゆく。

話しているうちに、よちよち歩きの幼子の手を引いた侍女がやってきた。

な、なんと⁉　辰姉上と蝮殿の子だと。

俺に幼子を抱かせると、辰姉上が両手を揃えて頭を下げた。

「魯坊丸様。どうか、この子、左門《さもん》の後ろ盾となってやって下さいませ」

狡い、狡い、狡いやり方だ。

会った事もなかった辰姉上や甥っ子だった。でも、こうして幼子を抱くと愛着が湧いてくる。

それにしても、蝮殿の嫌らしい戦略が見え隠れする。

蝮殿が義理の兄を助けてくれと言っても俺は動かないが、辰姉上の子の為ならば力を貸すと見透かされた。今回も俺の負けだ。

「承知しました。辰姉上は私に手紙を小まめにお出し下さい。俺も返事を書かせていただきます。そのやり取りで、俺が後ろ盾になった事が周辺に知れるでしょう」

「ありがとうございます」

女は弱し、然れど母は強し。

何もせずとも織田家の血を持つ子として、斉藤家でも重宝されるだろうが、はっきりと俺が後ろ盾と判ると、後々の影響力が変わってくる。

蝮殿がこれから俺との何重もの縁を結んでくる戦略が見えた。

最後に、俺は蝮殿に嫌みで「こんなおっさんと義兄弟とは気付きませんでした」と言って別れた。

俺の言葉が嫌みと判っていても蝮殿の顔からニヤついた笑みが消える事はなかった。

信長兄ぃに負けず、俺も人情に弱いと悟られた。

第九話　正徳寺の会見

俺は長良川を舟で下ると、津島を経由して那古野城に戻ってきた。

会談が無事に終わった事を信長兄ぃに報告すれば、やっと我が城に帰れる。

まだ天文二十二年（一五五三年）二月半ばだが、もう一年分は働いた気がする。

数え八歳（満六歳）の俺が元服するのは『桶狭間の戦い』がある永禄三年（一五六〇年）頃であって、それまではのんびりと子供ライフを満喫できると思っていたのに……とほほほ。

織田家では、開拓事業と人材育成と軍事の面倒を見なければならず、俺がやっていた前世の趣味のボトルシップが本物の船となり、生活向上の為に様々な栽培に手を付け、身を守る為の兵器開発などと手一杯だが、どれも手を止める訳にもいかない。あと三年はゆっくりと人材を育てられる予定だったのに、前倒しすればどの部門も任せる人材がおらず、俺の忙しさが加速度的に増してゆく。

表座敷に入って信長兄ぃの所在を聞くと、残念ながら信長兄ぃは城にいるらしい。

今は政務ノ間で仕事をしているそうだ。

常番が報告に行こうとするのを呼び止めて、俺は自ら会いにゆくと言って歩き出した。

俺は歩きながら千代女に愚痴を言う。

「まったく。どうして俺が那古野の外交と内政の面倒を見なければいけないのだ」

「若様しか人材がいないからでしょう」

「軍事を任せたら、尻拭いか？　織田家の人材不足は深刻だな。経済が判らぬ文官と、出費が判らぬ武官が多過ぎる」

「これまでの武将らは、なければ奪う事しか考えておりません。現地で略奪するのが当たり前であり、村単位でも食料がなければ、隣の村を襲う事で飢えを凌ぎます。石高を増やし、飢えない領地経営など考えませんでした」

「それでは冷害が起こるごとに戦となる。永遠に殺し合いが続く。馬鹿らしいと思わないのか」

「馬鹿らしいと思いますが、それを続ける以外の策を持たないのです」

戦国時代は食料の椅子取りゲームだ。

村単位で奪い合い、その規模が大きくなって国同士で奪い合う。

「尾張だけでも終わらせるぞ」

「はい。終わらせましょう。信長様が尾張を統一すると言われましたので、それが終わるまでは若様が忙しいのは終わりません」

「嫌な事を言うな。ともかく、人材が足りん。佐久間信盛らは駄目だ。内政は岩室長門守、丹羽長秀、中川弥兵衛、外交は野口政利、織田重政。この五人は頭が柔らかそうなので重点的に鍛えてゆく。那古野の内政と外交だけでも肩代わりできるようになってもらわないと、俺が忙し過ぎる」

「判りました。帰蝶様にお願いして、その五人に仕事が回るように手配しておきます」

那古野の台所を担う帰蝶義姉上と情報に精通する千代女が組むと怖いものなしだ。

こちらは二人に任せよう。

さて、先に片付ける問題は会見の場である正徳寺（聖徳寺）に向かうルートだ。

那古野から美濃へ繋がるルートには、清洲を通る美濃路、北に向かう岩倉街道、津島から川を遡り牛屋（大垣）に至る川路の三つがある。

川を遡るには船団を組む必要があるが、津島衆の負担が大きいので却下だ。

これは判る。

会見の場である尾張葉栗郡（後の美濃国羽栗郡）大浦郷の正徳寺は、度重なる川の氾濫で何度も移転し、今は尾張国中島郡冨田村にあった。

冨田村は木曽川・長良川・揖斐《いび》川が入り混じった中州の一つであり、那古野城から北西に六里《二十四キロメートル》、稲葉山城から西南に五里《二十キロメートル》と、那古野城と稲葉山城の中間となる。

正徳寺は本願寺から代住持を招き、濃尾両守護から不輸《ふゆ》不入《ふにゅう》の印判を得て、課税免除、治外法権の権利を得ており、独立領主のように中立を保っていた。

だからこそ、会見の場として使える。

那古野城から美濃路を通って木曽川を渡河して中州に渡り、北に上がれば、正徳寺に行ける。

これが最短ルートだ。

しかし、美濃路は清洲城を横切って北上している。清洲城の周りに三つの砦を建てて、織田信友を完全に抑え込んでいるが、不測の事態が起こると判断したらしい。

うむ。これも判る。

岩倉・一宮ルートは岩倉街道を石仏まで北上し、そこから西に一宮まで延びる脇道を真っ直ぐに進み、一宮から正徳寺に至る。地図で見れば、逆Lの字で進む感じになる。

ここに決めた意味が判らん。

清洲を迂回するなら、熱田と津島を結ぶ佐屋街道の神守から美濃路の稲葉に北上する脇道で良いだろう。佐屋街道の街道整備は終わっており、中島郡にある一宮の妙興寺は織田家が一部横領して保護した寺だ。神守から稲葉へ続く脇道がある。

問題があるとすれば、神守辺りは雨が降ると道が泥濘《ぬかる》んで北上する道が通れなくなる事だ。大昔、この神守の辺りは海の底であり、美濃路は海岸線にできた街道だったと思われる。津島は文字通りに島だった。だから、神守辺りは低湿地帯なのだ。

ならば雨を想定して数日前に出発し、一宮の妙興寺周辺で宿泊すれば済む。

それで天気が良ければ、中島郡の視察を兼ねて一宮辺りを巡回すれば問題ない。

この一択しかないだろう。

一方、岩倉・一宮ルートは岩倉街道を北上する。美濃路の六里《二十四キロメートル》より少し長くなるが、日帰りで正徳寺の会見に挑める。

目の前を通ることになる岩倉城は尾張上四郡の守護代織田信安《おだのぶやす》の居城だ。

俺は決めた奴を殴りたかった。

この道を選んだ奴は誰だ？　佐久間信盛は目付として何をしていた。信安を挑発してどうするつもりだ？　戦がしたいの？　会見を中止に追い込みたいのか？

「若様。お考えが口から出ております。なお、彼らを責めるのはお門違いかと存じます。すべては若様が丸投げしたからです。信長様は皆が驚くような行列にしろとおっしゃりました。責任者である若様は特に何も指示されずに、武官らに丸投げされました。普段から経費、経費と口がすっぱくなるほど、無駄な経費を削減しろとおっしゃっておられます。これなら確実に日帰りができますので、経費も安くなった事でしょう」

「いや。経費削減にならんだろう」

「若様は、『やらせてみなければ、人は育たず』とおっしゃったではないですか。今回の失敗は皆の糧となるでしょう。岩倉城の前を通るので、誰が見ても驚くような行列となります。両方の意を汲んだ結果であり、丸投げされた若様の責任です」

「提出された案を見て、側近衆らは反対しなかったのか？」

「若様を信じておられる林秀貞殿が睨む中で、経費削減を意識した案を反対できる者などおりません。若様。何をそんなに怒っているのですか。相手は美濃の蝮ではございません。たかだか、信安ではございませんか。若様なら完勝です。若様が責任を取られればよいだけです」

俺の愚痴を千代女に一蹴された。俺の責任だと責められる。

楽をしようと那古野の武官に任せて美濃に出発したら、岩倉・一宮街道を使うルートに決まっていた。

判っているがモヤモヤする気持ちを、俺は千代女にぶつける。

「千代。親父が生きておれば、俺が苦労せずに済んだと思わぬか？」

「若様が元服されるまでは、忙しい事はなかったでしょう。ですが、元服された後は、今以上に忙しい事になった気がします」

「確かに親父は気が短い。信光叔父上の話では、信長兄ぃに東海を残し、俺に日の本を残そうなどと戯言を言っていたとか」

「若様が本気になれば、問題ないかと存じ上げます」

「やらんぞ。そんな面倒な事は」

「大殿が生きていらっしゃれば、間違いなくやらされたのではないでしょうか？」

「そうか。そう考えると、親父が亡くなってよかったとも考えられるか」

もう一度、心の中で言う。

天下統一などやらん。

だが、俺は上洛を命じられている。

帝や公方様を助けると信長兄ぃが頑張れば、俺も巻き込まれる。

大切な事なので、もう一度言う。やらんぞ。


表座敷から裏座敷へ続く渡り廊下を歩きながら、ふと足を止めて庭を眺めた。

この屋敷を造った者の趣味が窺え、桜が一面に咲き乱れていた。

ソメイヨシノはまだなく、この時代の桜といえばヤマザクラである。

十八桜町の桜もヤマザクラだが、まだ咲いていなかった……これは早咲きの河津桜か？

「小桜でございます」

俺は思った事を口に出していたのか、千代女がその言葉を拾って訂正してくれた。

小桜は少し淡い桃色の花びらが小ぶりだそうだ。

この城は、梅、桜、牡丹、つつじ、紅葉などを四季に分けて植えており、季節ごとに花が楽しめる。雅な城である。

信安は桜のように派手に散らすしかないか。

なんでも信安は幼い頃に父を亡くして家督を継いだ。だが、若い当主では誰も従わない。そこで信安の側近らは、親父の妹を信安の妻に据えることで親父を後ろ盾とした。

実権を親父に奪われて、信安は悔しかったのだろう。

その親父が死ぬと、信安は自分と同じように若い信長兄ぃが家臣らに見放されて立ち行かなくなると思った。そう思いたかったのかもしれない。

今までの鬱憤を晴らすかのように野心を露わにして守護代として春日井郡の領主を併合した。

その家老であった犬山城の織田信清《おだのぶきよ》も野心を露わにした。

信清の父は信康《のぶやす》といって親父の弟であり、親父の命令で犬山城を任されて、岩倉城の家老を務めた。しかし、信康は親父より先に亡くなっており、息子の信清が継いでいた。父の信康と違って、信清は気性が荒く、強気な性格だった。親父が死ぬと、信清は清洲の北側にあった弾正忠家の領地を犬山領と言って奪い、その周辺の生駒家などの領主に家臣であると誓詞を書かせて臣従を命じた。

彼らは弾正忠家に従っていた岩倉の家臣であり、親父が犬山の与力として付けた領主達だった。

まだ若い信長兄ぃと信勝は、信安と信清の両者から軽く見られていた。

しかし、『萱津の戦い』で信長兄ぃが大勝利を収めると状況は一変し、信安を見限って離反する領主が相次ぎ、以前の勢力まで後退している。

日和見の領主とはその程度なのだ。

千代女の言う通りで、相手は信安であり、楽勝そうだ。

俺は桜を眺めながら独り言を呟いた。

「信安も信清も馬鹿だ。弾正忠家と友好を保っておけば、清洲の信友が没落した後に、守護代として祀り上げられた。たとえ実権はなくとも、弾正忠家が支えて子孫の繁栄が約束された。趣味に耽《ふけ》って自堕落な生活もできた。また、信清は美濃に近い場所なので中継地点として大事にされて、守山より発展したかもしれん」

「若様。そんな事より、会見に向かう一団は岩倉街道を通ります。信安と信清が良からぬ事を考えるかもしれません。その対策をどうなされますか？」

「そうだな。那古野方面から兵三千人を岩倉城の南に配置する。また、中島郡の領主を中心に、同じく兵三千人を清洲城の北に配置して、勝幡城の織田信実叔父上に率いてもらう。合わせて六千人で睨みを利かせる。これでどうだ」

その答えを聞いた千代女は何も言わずに、にっこりと慈母菩薩のような笑顔を向けてくれた。

それで問題はないらしい。

ただし、その段取りの為に、俺がさらに忙しくなるのが玉に瑕だ。

桜を眺めて心を静めると、覚悟を決めて信長兄ぃに会いにゆく。

政務ノ間の前でも聞こえるほどの大きな声が響いていた。

その声の主は、池田恒興と前田利家の二人だった。信長兄ぃに何か訴えている。

「信長様。何故、某が帯同できないのでしょうか？」

「勝入。この那古野を守ってほしいと言ったであろう」

「納得いきません。会見の随行員から外れた事は十歩引いて納得致しましょう。帯同も許さないとはどういう事でしょうか」

「だから、城を守れと言っておる」

「信長様に万が一の事があれば、城を守る意味がございません。どうかご再考を」

乳兄弟の恒興は、信長兄ぃが最も信頼する忠臣の一人であり、随行員に名がなくとも、側近として連れていってくれると思っていたらしい。だが、意外な事に那古野の留守を任せた？

身内に甘い信長兄ぃにしては珍しい采配と思ったが、信長兄ぃが困り顔で帰蝶義姉上を見た。

困った人ね。そんな感じで帰蝶義姉上が口を開く。

「恒興殿。貴方を連れていかないように懇願したのは私です」

「帰蝶様。何故ですか？」

「貴方は忠臣過ぎるからです。我が父上は信長様と同じく悪戯好きです。いいえ、信長様の悪戯なら可愛いものです。ですから、会見でも何か悪戯を仕掛けてきます。それを怒らず、静かに黙っていると誓えますか？」

「誓えます」

「どんな命令でも聞けますか？」

「勿論です」

「では、那古野の留守居役を命じます。城を守りなさい」

「そのような無体は聞けません」

「ほらね。貴方は信長様の事になると周りが見えなくなります。私は『どんな命令でも』と言いました。貴方は『命令の内容を聞いてから答えさせていただきます』などの誘導に乗らない配慮が必要だったのです。ですが、貴方はあっさりと答えました。父上なら貴方を手の平で転がす事など造作もないでしょう。もっと思慮深くなりなさい。そして、今回は諦めなさい」

「帰蝶様。それは無体というものです」

恒興とは、言葉は通じても会話ができない輩《やから》だった。

あの流れ、帰蝶義姉上が誘導する言葉を言った瞬間に気付かないのか？

俺はそれが不思議でならない。そして、疑うどころか、恒興は即答した。

もう何も考えていないとしか思えない。

俺や信長兄ぃがどんなに警戒しても、恒興が挑発や引っ掛けに乗って問題を起こし、信長兄ぃが謝罪する場面が目に浮かんだ。

蝮殿は事前交渉で同意しておきながら、罠を張るくらいは平気でやる。

これは連れていけない。

恒興の問答が終わるのを待ちきれない利家が声を上げ、信長兄ぃがさらに困った顔をする。

「恒興殿はともかく。某が同行できない訳が判りません」

「犬。何故、判らん」

「信長様をお守りするのは、犬千代の使命でございます」

「先日も慶次郎の安い挑発に乗ったのを忘れたのか」

「信長様を馬鹿にしたのです。天誅があって当然ではありませんか」

「それで負けたのであろう」

ぐぅ、と利家が顔を顰め、「卑怯な手を使ったから」と呟いた。大きな呟きで俺にも、はっきりと聞こえた。そして、何があったかは把握している。

慶次郎は利家が同じ側近衆になると、「この馬鹿を側に置くとは、信長様は何を考えている。やはりうつけなのか？」と利家を軽く挑発した。利家は信長兄ぃを馬鹿にされたので喧嘩を買って、そして、負けた。

身長は利家のほうが高く、槍捌きは絵になるのだが、慶次郎の槍捌きは絶妙なのだ。

慶次郎は利家を倒して、「護衛すらろくにできんのか」と、さらに小馬鹿にした。

信長兄ぃは喧嘩両成敗で二人に十日の謹慎を命じたのだが、慶次郎は利家のような軽い者を側近衆に置くのは信長兄ぃの威厳を損じると苦言を呈した。信長兄ぃは自分なりの考えを言うのだが、それに反論し、最後に俺と比較して、激怒を買って解雇された。

信長兄ぃは、失敗しても再チャレンジし、努力する人を使いたがる。

　一方、慶次郎は何でもそつなくやってしまうから、努力する必要もない。そして、暇があれば酒を飲む。自堕落な慶次郎を信長兄ぃは嫌った。

　しかも信長兄ぃは酒に弱いゲコなので、酒の美味さを語る慶次郎に共感できないのだ。

　それはともかく、信長兄ぃのやり方も間違っていない。

　長い目で見れば、成長した忠臣は命を預けられる。かけがえのない財産となる。

　しかし、優秀な人材を在野に捨てるのが信長兄ぃの悪癖だ。

　今日も尻尾をブンブンと振る忠犬に懇願されて、信長兄ぃが困っている。

　見かねたのか、信長兄ぃに代わって帰蝶義姉上が利家を諭す。

「利家。今回の同行から貴方を外したのも私です」

「帰蝶様が？　何故ですか？　俺の事を褒めていただき、これからも信長様をお守りして下さいと言って下さいました」

「そう言いました。間違いありません。今もそう思っております」

「では、何故私が同行できないのですか？」

「斉藤家の武将は、信長様を軽く見ている者が多くおります。当然、信長様と呼ばず『うつけ』と挑発する者も多いでしょう。もっと酷い言葉で蔑むかもしれません。その言葉を聞いて、利家は黙っていられますか」

「当然。天誅を下してやります」

「それがまずいのです」

「信長様を侮辱した者を生かしておけません」

「だから、貴方を外したのです」

「どうして俺では駄目なのですか？」

帰蝶義姉上まで溜息をつく。

侮辱されれば喧嘩をすると、公言する者を連れていける訳がない。

信長兄ぃの周りは、忠臣が多いが馬鹿だらけだ。

下らない問答が永遠に続きそうなので、俺は政務ノ間にズカズカと乗り込んでゆく。

そして、俺は恒興と利家を怒鳴りつけた。

「恒興。お前はいつから那古野城の家老になった。殿に直訴など打ち首覚悟であろうな。首を切られる前に腹を切るか」

「魯坊丸様。これは直訴ではございません。具申でございます」

「ならば、兄上の裁決は下った。これ以上は無用だ。そもそも具申も家老を通じるのが正しい礼儀だ。林秀貞は聞いてくれんだろうが、佐久間信盛か、内藤勝介ならば聞いてくれる。何故、兄上に直に申す。身分をわきまえろ」

「魯坊丸様。私は信長様の乳兄弟として」

「それがどうした。恒興は家臣であって家老ではない。それに留守居役を軽く見るな。兄上は其方を名代として城に残すのだ。それを大任と考えられぬなら、無能を通り越し無用だ。隠居して誰かに家督を譲れ」

「それは弟君でも言い過ぎでございます」

「恒興、黙れ。これ以上の問答は俺への侮辱として家老衆に訴えて責を取らせるぞ」

「魯坊丸。それぐらいにしろ」

「信長兄ぃも黙って下さい」

何故か、横から入ってきた信長兄ぃは怖くない。

慶次郎が身内を守ろうとする信長兄ぃは迫力がなくなると言っていたやつだ。確かに、信長兄ぃは身内・側近が弱点だ。

さて、次は利家だ。

「利家。帰蝶義姉上を困らせて下らん事を吐くな。耳が腐る。俺の護衛には慶次郎を置く。利家が一言でも言葉を発すれば、その場で切り捨てるように命じておく。その覚悟があるならば、付いてこい」

「おぉ、やらいでか」

何も考えていない利家が即答したが、慌てたのは信長兄ぃだった。

騒ぐなと言っていても、慶次郎が挑発するのは見えており、その挑発に吠えた瞬間に斬り殺される利家の姿を思い浮かべたのだろう。

慶次郎も殺しはしないだろうが、手足を切り裂き動けないようにするだろう。

でも、多量出血で死ぬかもしれないな。

信長兄ぃが俺を制止する。

「魯坊丸。勝手に決めるな」

「信長兄ぃはお黙り下さい。会見の取次役は俺であり、総責任者も俺です。俺が決めた事に否とおっしゃるなら、取次役を解任してからにして下さい」

「今更できる訳がない。とにかく、引け」

「引くのは信長兄ぃです。利家が参加すれば殺されるとお思い下さい。嫌ならば、恒興の護衛を利家に命じるのが宜しい。留守居役とその護衛。そのどちらも那古野にいるべき者です。同行すれば、職務放棄で処刑は免れません。忠臣を殺されたくないならば、那古野城から出さぬ事です」

恒興と利家が怖い顔で俺を睨んでいる。信長兄ぃは帰参の報告は帰蝶義姉上にすれば良いと言って、二人を連れて出ていった。

この後、信長兄ぃの説得は簡単だろう。

俺を悪者にして、「お前らを失いたくない。耐えて城に残ってくれ。この信長の為に死んでくれるな。生きて役に立ってくれぬか」とでも言えば、二人も納得するしかない。

帰蝶義姉上が俺に悪役を押し付けた事を謝罪したが、最初から二人には良く思われておらず、多少憎まれても問題ない。

それより人材育成に帰蝶義姉上の協力が欠かせない。

会見の時に信安と信友を威嚇する軍を配置する事を述べ、その物資調達はこちらで段取りするので、家臣や中島郡の領主への出陣依頼などをしてほしいとお願いし、中根南城に戻った。

さて、まずは軍が集結できる仮設の陣屋造りからだ。そこに物資を運び、林秀貞殿と織田信実叔父上へ協力を願い、東美濃の件を改めて信長兄ぃに依頼しに来なければならない。そして、上洛組の段取りも確認し、中根南城と熱田神宮の通常業務も行う。

過労で寝込まなかった俺の体を褒めてほしい。


天文二十二年（一五五三年）二月二十日。

史実より一ヵ月ほど早い会見の日だ。

この会見は牛の刻（午前十一時）に始めるので、その七時間前の寅の刻《午前四時》に那古野城を出発する。

辺りは暗く、早朝というより夜中だ。

土岐川（庄内川）の渡し場では、舟を繋いで船橋を作って渡り、小田井、平田、九坪、鹿田と進む。ここまでが林秀貞が管轄する織田家の領地であった。

ここを過ぎる頃に日が昇ってきた。

この先は国境であり、境界に陣屋を造り、三百人の兵で守らせてあった。そして、昼頃には、那古野から三千人の兵が集結する……予定だ。

馬に乗る信長兄ぃが、横に並んできて俺に言った。

「那古野の兵を遅らせたのは、何故か？」

「信安を警戒させない為です。三千人の兵が国境に集結すれば、城を襲われると勘ぐって、信安も兵を集めて街道を塞ぐ可能性がございます。すでに通行許可は取っておりますす。しかし、この行列も一千人余りもあり、それなりに脅威でしょう。これが四千人に膨れれば、何の対応も取らぬほうが不思議となります」

「一千人では、危ないぞ」

「大丈夫です。信安に単独で織田弾正忠家を敵にするほどの度胸はありません」

「魯坊丸と思えぬ楽観だな」

「信長兄ぃが討たれれば、その敵討ちで信勝が信安を討ちに来る大義名分となると脅してあります」

「そこで信勝を出しにするのか？」

「信長兄ぃを討っても終わりではない。織田弾正忠家が全軍で敵討ちに来ると思えば、迂闊に動けなくなるでしょう。岩倉城の織田弾正忠派の家老らも止めてくれます」

「岩倉城の家老を抱き込んだのか」

「親父が抱えていた者らです」

「その岩倉の家老の中に信勝を唆して、我らを討とうと企む者はおらぬのか」

「おりました。おりましたが、信勝の行動は掌握済みです。信勝を唆しに来る者を会わせません。それに、今の信勝が何をされているのか、信長兄ぃも知っておられるでしょう」

「そういえば、常備の騎馬兵を育てるのに夢中らしいな」

「騎馬兵は使えますよ。育てるのに、兵士の何倍も費用と時間が掛かります。頑張ってもらいたいと思っております」

「ははは、信勝も騎馬兵も戦力に数えるのか？」

「当然です。使えるものは何でも使わせていただきます」

「信勝も憐れよのぉ。信安も厄介な奴を敵に回したな。岩倉城を縦断とは、大胆さには呆れる」

「派手な行列にしろと命じたのは、信長兄ぃです。俺ではありません」

「儂の所為か？」

「俺が指示しておれば、こんな面倒な所は通りません。すべて、信長兄ぃの家臣が決めた事です」

俺が丸投げした失敗の結果だが、敢えて信長兄ぃの責任みたいに言った。

責められた信長兄ぃは口を閉じてそっぽを向いた。

後ろの千代女が口を押さえて笑いを堪える。兄弟そろって似たような反応と思っているのだろう。


さて、織田伊勢守家に通行許可を貰うのにも一揉めあった。

通行許可を頂きたいと使者を送ると、信安が即座に拒否したのだ。そこで慌てた家老達が信安を宥めて、なんとか許可書を発行するという騒ぎがあった。

この時代、相手の同意なしに取次役が交代するとか、同盟国から来た妻を離縁するとか、通行を認めないとかは、宣戦布告と見なされる。

我が織田弾正忠家と不仲になっていても、信安の織田伊勢守家が落ち着いているのは、我が家が家臣筋だからだ。

家臣が主を討つのは世間体が悪く、下剋上をする大名は信用を失う。

朝廷や幕府に忠臣である事をアピールして、世間の信用を買ってきた織田弾正忠家としてできない行為だった。

織田伊勢守家の家老らは、いずれ織田弾正忠家と和解する機会が訪れると楽観視していた。

しかし、信安から宣戦布告などすれば、織田弾正忠家は憚ることなく、織田伊勢守家を滅ぼしに来る。必死に信安を宥めて、通行許可を出した。

だが、信安は諦めていなかった。身近な者のみを集めた信安は、通行時に信長兄ぃを伏兵で討ち取る算段をしていた。

その密談を親弾正忠家に密告している者がいるとも知らずにだ。

織田弾正忠家派に媚びを売って延命を考える者は多い。

両属は、この時代の護身術だ。

信安が襲撃したいならば、襲撃しやすい状況を作ればよい。

信安を騙すなど簡単な事だった。

俺の策略によって、信安は今回の会見が終わって油断している帰り道で襲う計画を進めており、行きに襲われる心配がないようにしたのだ。

信長兄ぃの一行は、弥勒、徳重、大山寺、曾野、羽根の村々を通り、そして、岩倉に至った。

岩倉城を斜めに見ながら進んでゆく。兵達が一番緊張する場所である。

兵達はこの静寂がかえって恐ろしいのだろう。行列の足が自然と早足となってゆくのを感じた。

信長兄ぃが岩倉城を見ながら呟いた。

「信安様にこらえ性があったとは初めて知った。迂闊な方と思っていたが、改めねばならんな」

「信安様は迂闊な方なのですか？」

信長兄ぃが懐かしそうな顔をして呟いていたので、俺はその言葉に質問した。

信長兄ぃは、岩倉城をもう一度見てから答える。

「信安様は俺を息子のように可愛がってくれた。だが、一緒に遊びにゆくと、準備を怠って失敗する事が多かった。親父が死んで、すぐに動いたのも迂闊さからだ。怖くはないが、攻めるとなると気が引ける」

「信長兄ぃ。すでに矢は放たれております」

「判っておる。信安様には守護代を降りていただく。それでよいな」

俺は信安が信長兄ぃを襲う算段をしていた証拠の密告者からの手紙を信長兄ぃに渡していた。

我々は次の村に向かう。

神野、石仏まで来たところで、西に進路を変えて、一宮へと続く脇道（現在の国道百五五号・一宮小牧線辺り）を曲がった。

この辺りは全体的に標高が高く、洪水の被害を受け難い場所なのだ。

因みに、そのまま進むと、加納馬場、小折、安良、今市場、力長、前野、柏森、高木、下野、上野、犬山へと繋がる犬山街道となる。

犬山より下流には木曽川を渡れる渡河地点があり、斉藤領を木曽川に沿って下っていく事もできるが、そのルートを使うくらいなら稲葉山城に直接向かうほうが近かったりする。

石仏から西は犬山の与力の領地が多い。

元織田弾正忠家の家臣であり、織田伊勢守家と両属していた家臣らだ。犬山城の織田信清は誓詞を書かせて、犬山家臣になる事を強制したが、誓詞一つで人の心が変わるものではない。

彼らの希望は弾正忠家への帰属であり、ここで敢えて敵対する者はいなかった。

そこを抜けると、中島郡との国境に仮設の陣屋が造られ、中島郡の領主が集合しつつあった。

もちろん、中島郡にも織田弾正忠家に臣従していない領主が点在するが、動けば討伐の口実となるので簡単に動かない。何度か、清洲の信友らは連動して動こうとしたが、こちらが事前に察知して、常備軍を率いた信長兄ぃが清洲を牽制したので、清洲からの援軍が出せず、その領主は兵を引いた。

その後は大人しいものだ。

臣従していない領主らは、織田弾正忠家と同格か、それ以上の格式を持つ家が多く、見栄から臣従できない。寺や斉藤家の武将などを後ろ盾として頼って、身の安全を確保している。

彼らは敵対しない限り、こちらも手が出せないと思っている。

だが、寺や斉藤家を頼っても後ろ盾とはならない。

こちらは手が出せないのじゃなく、手が回らないだけだ。

討ち取った領主の土地も近くの領主に管理を任せている状態であり、本格的に手を出すには、人手も銭も足りない。

今の那古野では、面倒が見きれないだけなのだ。

午の刻《午前十一時》が近付いていていた。

正徳寺は木曽川の中洲の西側にあり、中州に渡った我らは、そこから西へと移動しなければならない。その前に足元のお着替えだ。泥だらけになった足元を新しいものに着替え、草履も履き直す。

余裕をもって出発したつもりだったが、思った以上に時間が掛かっていた。

正徳寺がある場所は少し小高くなっており、その門前には、門前町が広がっている。

珍しい行列に人が集まってくる。

信長兄ぃは、髪は茶せん、湯帷子《ゆかたびら》を袖脱ぎにし、大刀・脇差をわら縄で巻き、太い麻縄で腰の周りに火打ち袋や瓢箪をいくつもぶら下げ、袴は虎と豹の皮を四色に染め分けた半袴であり、噂通りの『うつけ』の出で立ちであった。

珍しい殿様に町の人の注目が集まる。

半分は馬鹿にしているが、残り半分は派手な傾奇者ぶりに見惚れている。

今流行の傾奇者『織田ぶり』が注目を浴びて、信長兄ぃは上機嫌だ。

信長兄ぃは根っからの目立ちたがり屋なのだ。

岩倉街道では、信安が厳戒令を発して、信長兄ぃが攻めてくると言いふらしたので、皆が怯えて出てこなかった。信長兄ぃにとって不愉快な行進だったに違いない。

因みに、普段の『うつけ』の出で立ちは、ここまで奇妙な格好ではない。

今日のコーディネートは帰蝶義姉上が見繕い、信長兄ぃが絶賛したやつだ。

ここで傾く事に意味はないが、蝮殿を驚かせたいと思う信長兄ぃと帰蝶義姉上の合作だった。

帰蝶義姉上は、蝮殿がこの行列を眺めに来ると言い切っていた。

本当に来るのだろうか？

先ほどから信長兄ぃがゆっくりと顔を左右に振って蝮殿を探している。

お忍びで眺めるならば、すぐに寺に戻れるこの辺りだろう。

千代女が小さな声で「若様」と声を掛けてきた。千代女の視線がわずかに門前町が途切れる先の古びた小屋に向く。あそこにおられるのだな。

俺は信長兄ぃに声を掛けた。

「信長兄ぃ。足軽の長槍は常備兵と相性がよくありませんぞ」

「魯坊丸が気付かんのか。あれは雑兵に持たせるものだ。足軽戦は槍の長さで決まる。長い槍は扱いづらいが、訓練をすれば使える。その効果は絶大だ」

「確かに、槍が長いほうが敵が近付けません。上から叩く場合も敵の槍は届かず、こちらの槍は届く状況が作れます」

「その通りだ。だが、長槍は訓練をせねば使えぬ。作業員どもの訓練に組み込めるか」

「やっておきましょう」

「では、頼む」

「ところで、鉄砲は三百丁で宜しかったのでしょうか」

「お主が三百丁で良いと申したのであろう」

「斉藤家は三十丁の鉄砲を所持しているようです。かき集めれば、百丁か、それ以上集めるとか」

「その話は聞いておらんぞ」

「今、言いました。こちらもかき集めて一千丁用意したほうが良かったかと、ふと思いました」

「一千丁も集まるのか？」

驚いた信長兄ぃを眺めながら、古びた小屋を通り過ぎた。

さて、蝮殿は驚いてくれただろうか。それとも、ハッタリと気付いただろうか？

この程度の駆け引きはお遊びだ。

「魯坊丸。一千丁もあるのか？」

「ありません。先ほどの小屋に利政様がいたようなので、大袈裟な話を聞かせただけです」

「声まで聞こえまい」

「忍びの中には、読心術という技があり、口の動きで言葉を読み取るのです。俺が利政様なら、その読心術ができる者を側に付けます。ですから、その者がいるとして、大袈裟に言いました」

「結局、鉄砲は一千丁ないのだな」

「ありません。ありませんが、国友から毎月十丁の鉄砲が送られてきます。織田でもその程度は製造しておりますので、五年もあれば、那古野だけで一千丁を保有できるでしょう」

「五年後か。待ち遠しいな」

信長兄ぃは鉄砲の話をするだけで目を輝かせた。

来年の春頃には一千丁できているなんて言わない。知れば、派手に使いたがる。五年後と言っておけば、二、三年は持ってくれるだろう。そして、五年後には、長篠の三千丁を超えて五千丁だ。

頑張ったご褒美に、今川義元が鉄砲五千丁の一斉発射に驚いてくれると嬉しいな。

信長兄ぃは、まだ鉄砲に関して話し足りないようだが、残念ながらタイムリミットだった。

正徳寺の僧兵が出迎えてくれた。

戦国の寺を侮ってはいけない。この寺の僧兵だけで二百人はおり、門前町の兵を含めれば五百人を超える。さらに、周辺の門徒を加えれば、五千人は下らない。

それだけの兵力があると考えて、付き合わねばならない。

そして、正徳寺は石山御坊の浄土真宗なので、織田領内の一向衆門徒も敵に回る事を考えると、数万人の兵を揃える事ができる。

ただし、所詮は烏合の衆だ。その同じ一向衆でも那古野周辺の門徒は神の化身である俺の怒りを恐れるので敵にならない。一方、長島一向衆や伊勢の門徒衆は熱田明神より仏に逆らって地獄に落ちる事を恐れる。その数は五万人とも、十万人ともいわれるから骨が折れる。

僧兵に案内されて境内に入ると、先に到着していた斉藤家の兵三千人が境内を埋め尽くしていた。

信長兄ぃが呟いた。

「舅殿は戦でもする気なのか？」

「会見は戦でございます。信長兄ぃ」

「であるか」

斉藤の兵を見ながら、信長兄ぃが目を輝かせた。

兵の多さに怯えるどころか、目をギラつかせるのは大したものだ。

蝮殿は軍事訓練のつもりなのか、美濃全土から兵を集め、木曽川の対岸には一万二千人の兵が待機しており、ここの三千人を合わせると、一万五千人を動員してきた。

到着前に美濃方面からの報告が届き、その動員した兵の多さに俺は驚いた。

池田恒興などがいれば、会見を中止しろと騒ぎそうだ。連れてこなくてよかったと思う。

すでに、美濃勢は会見場でお待ちだった。

俺は信長兄ぃに先に会見場に行く事を告げると、数人の護衛を付けて前を進んだ。

廊下の外で春日丹後守《かすがたんごのかみ》と掘田道空が待っており、俺は軽く会釈して挨拶を交わす。

「春日丹後守殿。掘田道空殿。今日は日柄もよく。無事に辿り着けました」

「よくお越しくださいました」

「利政様が首を長くしてお待ちでございます」

「ご案内していただけますか」

「こちらです」

春日丹後守と掘田道空が先に歩く。しかし、首を長くなどとよく言う。俺は「まだ、息を切らしていらっしゃるのでは」と聞き返してやろうかと思ったが止めた。

あの小屋から急いで帰ってくると、素早く着替えをして中に飛び込んだに違いない。

俺は下座に腰掛けられている蝮殿を見ると、その後ろに回って挨拶を述べた。

「ご無事の到着を心より嬉しく感じております」

「魯坊丸殿のお陰で色々と楽しませてもらっておる」

「先日の東美濃への働き掛けは、承知させていただきます。こちらからも遠山家に使者を送り、斉藤家に臣従するように働き掛けさせていただきます」

「助かる」

蝮殿がそう言うと、後ろを振り返った。

後ろには、筆頭家老の稲葉良通と次席家老の明智光安がおり、その横に息子の高政が控えていた。

高政は鎧を着けているので会見には同席せず、護衛兵の指揮官を命じられているのだろう。

蝮殿はその高政のほうを向いた。

「どうだ。判ったか。交渉とはこうやってやるのだ」

「格下の織田家に頭を下げる事が交渉でございますか？」

「頭一つで東美濃を併合できるのだ。安いモノだ。高政。見事、東美濃を併合してみせよ。成功した暁には、家督を譲ってやる」

「承知致しました」

蝮殿は家督という餌をぶら下げて、高政に織田家との同盟強化を認めさせた。

その高政を見て、稲葉良通がほっとして笑みを浮かべた。

稲葉良通は高政の傅役であり、高政が反織田派の者と結託して、同盟破棄を言い出さないかとヤキモキしていたのだ。

斉藤家の家老として、織田家との交渉を知っている稲葉良通は、織田家と関係を切る事の危険性を承知していた。

まず、同じ西美濃の氏家直元《うじいえなおもと》は、牛屋（大垣）周辺に所領を持ち、白石（石灰）の採掘で儲けており、高政が反織田派に組みすると、親織田派の明智勢に鞍替えをする。そして、それは周辺の領主も同じであった。また、不破（関ヶ原）を治めている不破光治《ふわみつはる》は、関所を減らし、関税を半分にして、尾張から京を目指す商人を誘致していた。木曽川から牛屋まで舟で荷を運び、陸路で山を越える事になるが、その先は淡海乃海《あふみのうみ》（琵琶湖）が利用できるので便利なのだ。

関税を半分にしてでも、伊勢経由の商人を不破越えに呼び込む事で、その税収は毎年倍々に膨らんでおり、蝮殿は不破光治の政策を賞賛し、織田を真似て美濃国内での関所廃止を推し進めていた。

一方、明智光安は帰蝶義姉上の母の実家であり、帰蝶義姉上が織田家と繋がっている事が得だと繰り返し説得していた。俺も帰蝶義姉上に応えて、ローマンコンクリートの材料の一つである火山灰を中美濃の明智家を経由して購入するようにしていた。

木曽川を利用して、舟で火山灰を輸送すると、犬山と岩倉に税を落とす事になり、敵に利するので使いづらくなってきた。そう考えると、犬山と岩倉を早めに落とすのもありなのだ。

という訳で、東山道（中山道）を通過する明智家などの街道沿いの領主も織田派である。

今回、斉藤家が再併合したい東美濃は木材を織田家が買ってくれるので親織田派が多い。

その中の一つである遠山家とは、織田弾正忠家は同盟を結んでいた。

そうなると、稲葉山城より北側の越前や飛騨に面する領主に反織田派が多くなる。

反織田派は、尾張を攻めて織田家の富みを奪いたい。

昔さながらの略奪を好む武将が多く、古風な高政とは相性が良かった。

蝮殿は東が石高は少なく貧しいという状況から脱却できた事を喜んでいるが、街道沿いとそうでない領主の貧富の差は広がっており、その不平を取り除くのに苦労していた。

高政は階段を下りて、兵がいる境内のほうへ下がっていった。

蝮殿がこちらに向き直り話し掛けてきた。

「婿殿は、随分と『うつけ』ぶりを上げているようだな」

「雲ゆえに捕まえる事ができません。良くも悪くも自由奔放なのです」

「なるほど。新しい風か」

「どうか、これからも織田弾正忠家の後ろ盾としてよろしく頼み申します」

「其方の後ろ盾になっても構わぬのだぞ」

「私は神に身を捧げておりますれば、後ろ盾は十分に足りております」

「そうか。儂も神様には勝てんな」

互いに笑みを浮かべて牽制し合う。

俺と信長兄ぃを争わせて、漁夫の利を得ようと堂々と言うのだから迷惑だ。

俺は国主などなりたくない。

俺がなりたいのは、自由を謳歌できる引き籠もりニートな生活だ。

俺の笑みは説明しても判るまいという笑みなのだが、蝮殿はどのように解釈しているのだろうか？

知りたいところだが、藪に手を入れる気になれない。

軽いジャブの応酬をしている間に信長兄ぃの準備が整ったみたいで、外の斉藤勢が一斉に信長兄ぃの小部屋のほうへ視線を移した。

うつけから大変身して、帰蝶義姉上をうっとりとさせた光源氏のような貴公子の出で立ちに早変わりした信長兄ぃが部屋を出てきた。

廊下を優雅に歩き、会見の場に近付いた所で足を止めると、その辺りの柱に背を乗せて、扇を仰いで境内を見回す。

三千人の斉藤勢が一斉に信長兄ぃを睨むが、信長兄ぃは怯む事もなく、庭を楽しむかのような優雅な笑顔を見せていた。

あっ、いけない。

役目を忘れて、俺も思わず見惚れていた。

気を取り直して声を掛けた。

「すでに山城様はお着きになっております。どうか上座にお座り下さい」

信長兄ぃは少しだけこちらを見るが、耳を穿《ほじ》って聞こえない振りをすると再び境内を見られた。

どうやら俺が呼ぶ声が小さいらしい。

『すでに山城様はお着きになっております。どうか上座にお座り下さい』

俺はあらん限りの声を出した。

今度は境内の兵にも聞こえたようだ。

「そうか。気付かなかった。舅殿、申し訳ない事をした」

信長兄ぃが先に謝った。

遅れた事への謝罪であり、それ以上もそれ以下もない。

先に年配者を立てたという蝮殿の体面を守りつつ、自分のほうが格上だと印象付けた。

これがやりたかったのか。

打ち合わせなしで、アドリブで要求するのは止めてくれ。

そして、三千人の兵に睨まれて、まったく動じない胆力も示した。

蝮殿から挨拶をして、地図を広げて、信長兄ぃが三度頷いて、会見は終了した。

最後に寺が用意した湯漬けを一緒に食べると、会見の終わりを俺が告げる。

信長兄ぃが立ち上がり、蝮殿が門まで見送った。

これで織田家と斉藤家の同盟はより強固なモノとなったと周囲に告知される。

蝮殿が信長兄ぃを見送って、「儂の子供らは、信長の門外に馬を繋ぐ事だろう」と言ったかは知らない。

エピローグ

正徳寺の会見を終え、木曽川を渡河して一宮まで戻ってきた。

会見は半刻《一時間》も掛からなかったが、すでに未の刻《午後二時》となっていた。

一宮に到着して軽い食事と休憩を入れると、物見頭が現れて岩室長門守の前に跪いた。

陣幕の中でドシと構えていればよいのに、信長兄ぃは物見が気になったのか、席を立って長門守の横に移動すると聞き耳を立ててしまった。

「犬山城主の織田信清。岩倉城主の織田信安。周辺から兵をかき集めております。その数、犬山城に一千人、岩倉城に二千人でございます」

「真か⁉」

長門守が答える前に信長兄ぃが叫んだ。

信長兄ぃは信安を迂闊者と称していたので、信安の動向が気になっていたのだろう。その声は、『やはり』という感じに聞こえた。そして、信長兄ぃは、信安様は堪えきれなかったのかと残念がる表情を浮かべた。長門守の思いやりがここで崩れた。

念の為に言うが、信安と信清は迂闊で動いたのではない。

俺が安全を担保する為に計略を巡らせて、信安と信清を操った。もちろん、俺が自発的に計略を巡らしたのではなく、先に信安が俺達の一行を襲撃しようなどと考えたからだ。

その襲撃計画が、実現可能か不可能かは問題ではない。

信安に襲う意志がある時点で有罪《ギルティ》だ。

襲う意志があるなら、襲われても文句は言えない。俺は俺の安全の為に全力を尽くした。

その策を長門守と帰蝶義姉上と林秀貞に披露して協力を求めた時点で、長門守が信長兄ぃに知らせずに進めたいと言った。

今回の会見を利用して、信安を守護代から落とすあからさまな罠である。だが、気の優しい信長兄ぃはそれを負い目に感じるだろうと思い、長門守は知らせずに終わらせたかった。

策略を信長兄ぃに相談されて反対されるよりましだったので同意した。

こうして信長兄ぃは予定通りに会見に赴き、そのまま知らされずに那古野に帰る。

あとは信安に証拠を突きつけて、岩倉の家老らに信安の守護代職を返還させて京に隠居させる。

信長兄ぃはそんな策謀があったと知らずに終わるはずだった。

信長兄ぃは、どう動くべきかを判断する為に物見頭の忍びに聞いた。

「信安様と信清は、すぐに襲ってくる様子を見せておるのか？」

「いいえ。城に兵を集めているだけでございます」

「城から動いておらぬのか?」

「どちらも、まだ動いておりません。それ以前に岩倉城から兵を集める早馬は出ましたが、領主らが集まってくる様子もございません。また、犬山の家臣は一宮に近い領主が多くございます。信清は信長様の一行を気にせず、兵を連れて犬山に集まるように命令を下しましたが、信清の謀反に気付いた領主達は、城の守りを固めて、兵を送る気配を見せておりません。おそらく、犬山にもこれ以上の兵が集まる事はないと思われます」

「信安様はどこで待ち構えるつもりだ？」

「信安は信長様の一行を岩倉まで引き付けて、その背後を襲ってくれと、信清に書状を送ってきておりました。岩倉のほうは詳しくございません。私が知るのは、岩倉から周辺の領主に早馬を走らせたという知らせのみでございます。また、犬山の南側の領主も動きが鈍うございます。皆、信長様を襲う為に兵を集めているのではないかと疑っていると思われます」

「どちらも兵を集めようとしているが、集まっておらぬのか？」

「おそらく、そうかと存じ上げます。岩倉城からの連絡はまだ来ておりませんので、私の推測になります」

「であるか。大義であった」

信長兄ぃが怪訝な顔を浮かべる。

妙に犬山の情報がはっきりとしており、信安の情報がぼんやりしていたからだ。

そりゃ、そうだ。

犬山は伊賀者を中心に情報を集めているが、岩倉の情報は伊賀者ではあまり集まらない。

信長兄ぃが長門守に尋ねる。

「長門。犬山の忍びの守りはどうなっておる。那古野と同じく伊賀者が守っておるのか？」

「ご明察でございます。大殿が犬山にも五人の伊賀者を配置致しました。しかし、大殿が亡くなられると、その五人は信清が直に雇われました。故に、織田弾正忠家の忍びに属しておりません」

「待て。その物見は見てきたように話しているぞ」

「はい。属しておりませんが、魯坊丸様の家臣である事には変わりありません。主人に不利な情報は、こちらに回してくれております」

「であるか。信安様の岩倉城には入れておらぬのか」

「はい。大殿が守備の忍びを配置しませんでした。しかし、下働きなどに扮して城に潜り込んでいる者がいると聞いております」

「父上は、信安様を信用していなかったのだな。そうか」

長門守の話を聞いて少し寂しそうだ。だが、ちょっと違う。

親父は信安にも城の警護を伊賀者でする事を勧めたが、伊賀者に払う銭などないと言って信安が断ったのだ。岩倉城の台所は織田家の管理下ではなかったので、別途料金を頂く必要があった。

信安が忍びに払う銭をケチったのだ。

そして、監視する為だけに織田家が岩倉に忍びを配置する意味もない。

岩倉には親織田弾正忠派の家老や家臣が多くおり、岩倉の動向を知るのに忍びの力は要らない。

今回は甲賀者が動いて連絡を取り合っているが、普段は商人や使者で用を為す。

伊賀者は実技訓練として岩倉城を利用し、若い忍びを送って情報収集を鍛える場所としていた。

若手で未熟な者しかいないので重要な情報は引き出せないし、期待もしていない。

長年、信安の後見人として親父が自分の配下のように従えてきた事が大きかった。

信長兄ぃは、信安が親父から信用されていなかったと勘違いした。

少し寂しそうな顔を見せた信長兄ぃの中では、信安は悪い方ではないのだろう。

俺も悪党とは思っていない。

だが、こちらを平気で殺そうと考えるような奴に守護代などという権威を持たせておくのは危険過ぎる。排除するのは仕方ない。

信長兄ぃは、岩倉街道を通る事を危険と感じ取って、一宮から神守を抜け、佐屋街道を通って那古野城へ帰参すると言い出した。ここ数日は雨が降っていないので、そのルートが使える。しかし、それでは困ると長門守が申し訳なさそうに頭を下げた。

「申し訳ございません。このまま岩倉街道を通る事を進言致します」

「長門。理由を言え」

「魯坊丸様が安全を買う為に、斉藤利政様に信安様と信清殿に手紙を書いていただきました。また、林通具《はやしみちとも》らが率いる那古野勢が、犬山領内に入っておりますので、彼らを見捨てる事になりかねません」

「何故だ⁉　何故、那古野勢が犬山領内にいるのだ」

那古野勢が犬山領内にいると聞いて、信長兄ぃが驚いた。

仕方なく、長門守が説明しようとすると、信長兄ぃが俺を指名した。

「どうせ、魯坊丸が考えたのであろう。説明せよ」

「判りました。簡単に申しますと、那古野の北に造った陣屋には、那古野勢三千人は入っておりません。陣屋の少し北を領地とする岩倉家臣の大山寺家は、林家の家臣筋と縁故であり、彼を通じて陣屋に三千人の那古野勢が入ったと、周辺の領主や信安に報告してもらっております」

「信安様だ。守護代に様を付けろ。最低の礼儀だ」

「承知しました。大山寺家の者を使って、信安様には、南の陣屋に三千人の那古野勢が入ったと報告させております。岩倉城より南の領主は兵を集めても自らの城を固めて動けません。まず、この状況を作りました。一方、林通具らが率いる那古野勢は、木曽下街道、つまり、土岐川に沿って上流に移動し、そこから大縣神社《おおあがたじんじゃ》の参道を通って、北に移動します」

「大縣神社は尾張の東の神社であるな」

「はい。由緒正しい神社でございます。神社に到着した時点で、一宮に使者を走らせるように命じました。すでに大縣神社に到着したという知らせが入っておりますので、犬山城の南の追分に到着している事でしょう」

「追分だと？」

「犬山から大縣神社に向かう参道を逆に進めば、追分に出てきます」

「つまり、那古野勢は、小牧山を大きく迂回して犬山に入ったという事か」

「そんな感じです。小牧山付近までは岩倉の支配地ですから、その岩倉の支配地を避けて、犬山領に到着した事になります」

信長兄ぃは犬山領を通過する許可を貰っており、那古野勢が犬山領を通る事に問題はない。

ただし、信清は岩倉街道の石仏から一宮に向かう通行許可と勘違いしていただろう。

思わぬ東の追分からの登場に信清らはさぞ度肝を抜かれただろう。

林通具らには各領主に先触れを出し、兵を動かした奴は反逆者として相応の処断を下すという使者を送らせるように命じている。そして、犬山城の信清には、最後の最後に使者を送るように命じた。

果たして、信清の為に命を捨てる馬鹿な家臣はいるだろうか？

何もしなければ、那古野勢は通過するだけであり、命を張る価値もない。

そして、那古野勢はそのまま西に直進して、石仏で我々と合流するように命じてある。

信長兄ぃがにやりと笑った。

「信清は度肝を抜かれて、犬山で震えているであろうな」

「はい。犬山城の兵が一千人と言っていましたから、那古野勢三千人に襲い掛かる度胸はないでしょう」

「信安様の兵も集まらぬのだな」

「小牧を通る稲置街道沿いの領主は、那古野や熱田の商人と縁が深いのです」

「河川を使った水運もあったな」

「はい。中美濃から木曽へ続く、東山道（中山道）への通り道となります。熱田から揚がった物資が那古野を通り、稲置街道を通って中美濃へ運ばれてゆきます。織田弾正忠家と戦いたくない領主が多くおり、信安様に賛同しておりません」

「織田伊勢守家に仕えている矜持はあるが、我らとは戦いたくないいか」

【エピローグ】


「親父の時は巧く回っていたのです。信安様が心を入れ替えれば、巧くゆくと思っております」

結局、織田弾正忠家に対抗するのは、古参の家臣が多い。

織田大和守家の奉行でしかない者に頭を下げたくないという矜持から、反信長派として信安を担いでいた。そして、古参なので領地が広く、それなりに兵を持っている。

しかし、古参ほど自領を守る為に兵を残したがるので、岩倉城には兵が集まらない。

最後に、物見頭が言った犬山城の西側の配下は元々岩倉城の家臣であり、織田弾正忠家にも両属して臣従していた者らが多く、生駒家を始め、信清に本気で臣従している訳ではない。

犬山の与力だった生駒家宗《いこまいえむね》は、親父が死ぬと信長兄ぃに臣従を申し出た一人であり、信清に従っている振りをしている。

生駒家宗には、周りの領主らが信清に協力しないように調整役として働いてもらっている。

犬山の与力衆は、隠れ那古野派と思ってよいだろう。

故に、石仏より西に移動するときは、伏兵とかに気を使う必要もなかった。

信長兄ぃが何かを考えていた。

まさか、信安が心を入れ替えれば、何て考えていないだろうな?

念の為に声を掛けた。

「信長兄ぃ。信安様は行列を襲撃する計画を立てておりました。心ある者が知らせてくれたので対処できたのです。もし、その知らせを聞いていなければ、伏兵が兄ぃを襲い、命を落としていたかもしれません。信安様は信長兄ぃを殺そうとしたのです。温情は掛けられません」

「で、であるか」

信安を助ける算段を考えていたのか、信長兄ぃの顔が曇った。

俺は攻め口を変える事にした。

「守護代であった者の命まで取るつもりはありません。ですが、すべてを奪って、尾張を追放する必要がございます。それ以上の譲歩はできません」

「それが妥当であろう。それで、先ほどから話に出てきた舅殿の手紙とは何だ？」

「大した話ではありません。斉藤利政様との会見が終わって油断している行列を、利政様と信安様が一緒に襲って亡き者にしようというお誘いの手紙です」

「舅殿がそんな手紙を⁉」

「私の依頼で書いていただきました。貸しが一つありましたので。信安様と信清に二通ずつ、延べ四枚の手紙です。一通目は、襲うは会見の後であり、先走り抜け駆けをすれば、この話はなかった事にするという内容です。利政様の後ろ盾が欲しければ、行きに襲えなくしました」

「それでも襲ってきたらどうするつもりだった」

「情報が筒抜けですから、どうとでもなります。ただし、会見は延期になります。ですが、美濃の斉藤家の後ろ盾を袖にして、決行する勇気が信安様にあると思いますか？」

「ないな」

「ですから、行きに襲ってくる事はありませんでした。今頃、二通目の手紙を受け取っております」

「二通目には何と書いた」

「会見で信長を気に入った。先の話はなかった事にしてくれ。もし、婿殿を見事に討ち取った暁には、敵討ちに攻め掛かるので、十分な備えをしておいてくれ。この秘密を打ち明けたのは、先の話を反故したお詫びだという感じに書いてもらいました」

「何だ。それは？」

「我々を見事に討ち取ったら、斉藤家が攻めるという宣戦布告です。信安様は、今頃、地団駄を踏んで怒り狂っている事でしょう。そして、一万五千人の兵を集結していると聞けば、次に震え縮む事でしょう」

「それで一万五千人もの兵を動員させたのか⁉」

「まさか。貸し一つでそんな事は頼めません。密書の手紙にも、すぐに攻めるなどと書いておりません。おそらく、今回の会見を使って東美濃に斉藤家は一万五千人を動員できると恫喝しているのでしょう。それを利用しましたが、こちらからのお願いではありません」

「呆れた。そんなハッタリで信安様を騙したのか」

「信安様は怒り狂うでしょうが、その怒りを織田家にぶつける勇気があるでしょうか。こちらは、中島勢と那古野勢を加えた延べ七千人。対して、岩倉城の兵力は二千人のみです」

「無理であろう。だが、舅殿が途中で気が変わる心配はないのか？」

「ある訳がありません。私は貸し一つで四枚の手紙を書いてもらいました。受け取った手紙を、密書として信安様と信清に届けているのは、俺の手の者です。心変わりする余地などありません」

「其方が持っておったのか」

「ですから、貸し一つで、使者を何度も立てていただくなどできません。俺がお願いしたのは、手紙を四枚書いていただく事のみです」

あははは。信長兄ぃが笑った。派手に笑った。

何度も何度も「四枚で思い留まらせたのか」と呟く。

たった四枚の手紙で襲う事を思い留まらせてしまった事に笑っていた。

しかし、仕掛けは簡単だが、割と銭が掛かる。

那古野勢と中島勢を六千人も動員してしまった。

しかも那古野勢は朝から晩まで歩き詰めだ。

やはり兵達も労ってやらねばならない。

那古野に到着すれば、会見の成功を祝って、武将らにご馳走と酒を用意している。

腹いっぱいの食事と酒。土産に餅四個と銭百文だ。

俺がそう言うと信長兄ぃが驚いた。七千人に百文で七百貫文が、一瞬で消える。

大盤振る舞いにしても派手な使い方だ。

信長兄ぃがもう一度聞いた。

「本気で配るつもりか？」

「ここで銭を惜しんでどうします。織田家がケチと思われれば、次から兵が出てきません。明日、家に帰っても仕事になりません。夜中から叩き起こされたのですから、三日分の給金をはずむ必要があります。雑兵一日で十文として……あっ。他国は一日八文ですが、織田は十文です。三日なら三十文になります。その三倍強を出せば、略奪なしでも十分に喜んでもらえるでしょう。そして、次に動員を掛ければ、喜んで兵を出してくれるでしょう。これもちょっとした投資です。ケチる所はケチりますが、出す時は大盤振る舞いがよいのです」

「那古野城の倉は空にならんのか？」

「すでに空です。私も親父から三千貫文を借りた事がありますから、今回の三千貫文は信長兄ぃにお貸ししましょう。武士の情けで金利は取りません。台所に余裕ができた所で、勝手に差し引かせてもらいます」

「くれるとは言ってくれんのだな」

「こっちも銭に余裕はありません。造船は金食い虫と覚えておいて下さい。そもそも信長兄ぃの常備兵の費用も、作業現場を増やすのを延期して捻出したのです」

「そうなのか？」

「そうです。そろそろ出発しましょう。石仏で那古野勢を拾って、那古野に帰りましょう」

「そうだな。そうするか」

こちらが休憩をしている間に中島勢も同行する準備を終えて先行してもらった。

石仏では、那古野勢の他に犬山配下の領主らが、わずかな供を連れて信長兄ぃに挨拶に訪れていた。そして、領主達は会見が無事に終わった事を祝ってくれた。

皆、保身が大変だ。

犬山城の信清と一緒に滅ぼされたくないので、信長兄ぃに媚びを売る。

どうやら、信安と信清の双方の家臣にクサビを打つのに成功した。あとは、二人にどう難癖を付けて追い詰めるかだ。

今回の事で、信安と信清が織田弾正忠家と敵対しているという印象を周囲に持たせた。

そして、家臣の半分を引き裂いた。

坂を転がりはじめた信安と信清は止まらない。

こちらは、守護の斯波義統様という人質もいないので好きな時に処断できる。

どう処断するかだけだ。

信長兄ぃに、いつ尾張を追放するのがよいかと聞いてみた。

「魯坊丸。そう簡単な話ではない」

「何か、まずいですか？」

「まずいだろう。信安様は実際に襲撃をやっておらん。証拠もなく、断罪はできん」

「これをご覧下さい」

俺は懐から二通の密書を取り出した。

一通は、信安が信長兄ぃを討ち取って後、那古野を奪って、中島郡の一部を蝮殿に譲るという覚書であり、もう一通は、信清が蝮殿に宛てた信長兄ぃを一緒に襲うという同意書であった。

密書の返信として、二人に書いていただいた。

信長兄ぃを殺そうとした証拠である。

「証言してくれる家臣がおり、本人の花押も入っております。これ以上の証拠はございません。こちらの好きな時に攻める事ができます」

「魯坊丸。しばし待て」

「ご安心下さい。俺はしばらく上洛する事になります。武家作法や公家作法を習い、平手殿に教えてもらった段取り通りにやっても二ヵ月は掛かります。早くとも三ヵ月は帰ってこられないでしょう。下手をすると、半年になるかもしれません」

「半年も掛かるのか？」

「朝廷の儀式の予定など読めません。ですが、今川も放置する訳にいきませんので、どんなに遅くとも半年で帰ってきます。信長兄ぃも下手に清洲に手を出さないで下さい」

「承知している。銭がないと言われたばかりだ。上洛の費用だけで倉に銭がない」

「それを聞いて安心しました」

「でき過ぎた弟を持ったものだ」

「俺は城で引き籠もりたいので、早く解放していただきたいのです」

「ぬかせ。那古野を牛耳っておいて、それを言うか」

「なるべく早く、長門守と帰蝶義姉上に譲ります。もう忙しいのは遠慮します。私は今も昼寝ができなくてつらいのです」

「子供のような事を言うな」

「この通り、子供です。子供らしく遊ばせて下さい」

「知らん。勝手にせよ。此度も勝手にやったであろう」

「もちろん。勝手にさせてもらいます。信長兄ぃが独り立ちできるように」

「戯《たわ》けめ」

信長兄ぃはそう軽口を叩くが、どこか笑っているような気がした。

呆れられたか。


俺は馬から落ちないように気を付けた。

岩倉城を通り過ぎ、林領に戻ってきた所で、もう日が沈んで辺りが暗くなっていた。

那古野城の光が見えてきて、やっと無事に会見が終わったと思った。

帰還の挨拶だけして、俺は部屋を借りて寝る事にしよう。

もう限界だ。何も考えたくない。

信安と信清の仕置きは、信長兄ぃに任せる事にしよう。

甘い信長兄ぃが、どんな結末にするのかも見物だ。

俺としては犬山が商業地として開放できれば、あとはどうでもよい。

東美濃も清洲も全部、上洛が終わってからだ。

だが、その前に。雨の為に用意した四日間の予備日が空いた。

予定は何もない。

よ〜〜〜し、中根南城に戻ったら部屋に引き籠もるぞ。

それだけを楽しみに馬を那古野城に向けた。

特別ページ

キャラクターガイド

『魯鈍の人　～信長の弟、信秀の十男と言われて～』に登場する
主なキャラクターを、ニシカワエイト氏のデザインラフ画とともにご紹介！

キャラクターデザイン：ニシカワエイト

魯坊丸　ろぼうまる

織田信秀の十男。信長の弟。中の人は車を運転中に土砂崩れに巻き込まれ、戦国時代に転生した現代人。

織田信長　おだのぶなが

魯坊丸の兄。『うつけの馬鹿殿』と呼ばれる振る舞いをしているが、頭が切れて先進的な人物。

望月千代女《もちづきちよじょ》

魯坊丸の護衛で秘書的存在でもある。現代で伝説の『くの一』と呼ばれることを知る魯坊丸がスカウトした。

お市《おいち》

魯坊丸と信長の妹。たびたび魯坊丸のもとに遊びにやってくる。魯坊丸のことは『魯兄じゃ』と呼んでいる。

斉藤利政　さいとうとしまさ

後の斉藤道三。『美濃の蝮』と呼ばれる老練な武将。魯坊丸は『蝮殿』と呼んでいる。

帰蝶　きちょう

斉藤利政の娘。信長に嫁いだ。美しく、仕草や物言いが柔らかい。

あとがき

初めまして、『魯鈍の人』作者の牛一《ドン》です。この本を手に取って頂いてありがとうございます。

ＷＥＢ版の読書さま皆様の応援もあって書籍化となりました。

夢のように嬉しく思っております。本当にありがとうございます。

ＷＥＢ版と違って、書籍版はより深みのあるように書き直しを致しましたが楽しんでいただけたでしょうか？　楽しんでいただければ幸いです。

この作品は転生ものですが、史実の人物のキャラクター付けをいじらないように描いております。料理人に例えると、素材の良さを生かす料理を心掛けております。

ですから、当時の天候や事件、天文二十一年の夏に『京で風流踊りが流行った』というどうでもよい史実のネタも大切に扱っており、読者様にはトリビアの泉のネタになると幸いです。

また、この主人公の織田信照という人物も、本当に戦国時代のニートな武将であり、そこに惹かれて書き始めましたが、多くの方に読んで頂いて幸せです。

新紀元社さん、書籍化の話をいただいてありがとうございます。桜雲社の担当編集さん、はじめてで何もわからない私に色々と教えていただいてありがとうございます。イラストのニシカワエイトさん、可愛い魯坊丸を書いていただいてありがとうございます。そして、名も知らない印刷・出版に係わった方々に感謝の気持ちが一杯です。

最後に、読書様の応援のおかげで、一冊の本となりました。皆様、ありがとうございます。

またお会いできる日を楽しみにしています。

牛一《ドン》

魯鈍《ろどん》の人
～信長の弟、信秀の十男と言われて～

2024年6月30日 初版発行

【著　者】牛一《ドン》

【イラスト】ニシカワエイト
【編集】株式会社 桜雲社／新紀元社編集部
【デザイン・DTP】株式会社明昌堂

【発行者】福本皇祐
【発行所】株式会社新紀元社
〒101-0054　東京都千代田区神田錦町1-7　錦町一丁目ビル2F
TEL 03-3219-0921 ／ FAX 03-3219-0922
http://www.shinkigensha.co.jp/
郵便振替　00110-4-27618

【印刷・製本】中央精版印刷株式会社

ISBN978-4-7753-2156-0

※本書は、「小説家になろう」（https://syosetu.com/）に掲載されていたものを、改稿のうえ書籍化したものです。